Am newid

'Mae angen sawl math o garreg i godi wal.'

Cyflwynir y llyfr hwn i holl aelodau
Merched y Wawr y gorffennol, y presennol
a'r dyfodol, am wneud gwahaniaeth.

Am newid

DANA EDWARDS

Diolch o galon:

I'r Lolfa am fod mor barod i gyhoeddi'r nofel, i Meinir Wyn Edwards
am ei sylwadau a'i hawgrymiadau gwerthfawr ac i Meleri Wyn James,
fy ngolygydd, am ei gwaith trylwyr a'i chyngor parod.

I Huw Meirion Edwards ac Olwen Fowler o Gyngor Llyfrau Cymru
am eu cymorth buddiol hwythau.

I Siân Matthews a Lila Piette am fod mor barod eu cymwynas
wrth ddarllen y broflen gyntaf oll a chynnig gwelliannau call.

Ac i'm gŵr, Richard, a'r plant Fflur a Dafydd,
am ysgogi a chefnogi yn ôl eu harfer.

Argraffiad cyntaf: 2017
© Hawlfraint Dana Edwards a'r Lolfa Cyf., 2017

Cynllun y clawr: Olwen Fowler

Rhif Llyfr Rhyngwladol: 978 1 78461 505 5

Dymuna'r cyhoeddwyr gydnabod cymorth ariannol
Cyngor Llyfrau Cymru

Cyhoeddwyd ac argraffwyd yng Nghymru
ar bapur o goedwigoedd cynaliadwy gan
Y Lolfa Cyf., Talybont, Ceredigion SY24 5HE
e-bost ylolfa@ylolfa.com
gwefan www.ylolfa.com
ffôn 01970 832 304
ffacs 01970 832 782

1

Roedd y gwydr gwin coch bron yn wag ac fe roddodd Ceri'r grisial ar sìl y ffenest, rhag ofn; roedd rhyw gryndod dierth yn y dwylo heno. Edrychodd unwaith eto ar y cloc ar y wal. Toc byddai'n bryd gadael. Ers rhyw ddeng munud dda bellach roedd y maes parcio wrth ochr y Neuadd wedi dechrau llenwi, gyda 4x4s, yn bennaf. Roedd rhai yn cyrraedd nawr ar droed neu ar 'Shanks' Pony', chwedl Mam-gu, a gwyliodd wrth i'r criwiau bach ymgasglu wrth fynedfa'r adeilad. Roeddent yn amlwg yn cael blas ar y glonc. Pwysodd Ceri'n agosach i'r ffenest i geisio canfod pwy oedd yn codi chwerthin ar y lleill. Dyna'r math o berson a ddeisyfai'n ffrind.

Trodd a chodi siaced o'r casyn a hyrddiodd ar yr otoman wrth droed y gwely pan gyrhaeddodd y tŷ ganol y prynhawn. Er taw dechrau Medi oedd hi, roedd yna naws hydrefol yn yr awyr, yn arbennig ar ôl diwrnod braf fel heddiw, a siawns y byddai'n ddiolchgar am fwythiad y brethyn ysgafn pan ddôi o'r cyfarfod.

Roedd hi'n tynnu am hanner awr wedi saith, ac yn bryd iddi ei throi hi. Ar ben y grisiau oedodd am eiliad i edrych ar y ffoto a fu'n crogi yn yr union le ers bron i ddeugain mlynedd. Roedd yn cofio'n iawn y diwrnod y tynnwyd y llun. Cofio oherwydd y strancio mawr a fu am ddyddiau cynt, byth ers i Mam-gu (Ceridwen Ifans i bawb arall) ddangos y siwt yr oedd hi wedi'i phrynu i Ceri o gatalog Oxendales, yn arbennig ar gyfer y Gymanfa Bwnc. Mam-gu a gariodd y dydd bryd hynny, meddyliodd Ceri â gwên, a'r llun yn dyst i'w buddugoliaeth.

Ceri, yn wyth oed, yn y siwt lwyd a achosodd y cecru, a thei dartan yn llosgi'r gwddw, yn gwgu ar y camera, a Mam-gu yn y ffrog flodau cabaets pinc yn gwenu'n llydan. Gwenodd Ceri nawr; erbyn hyn nid oedd yn gwarafun iddi'r goncwest fach honno.

Wrth y drws ffrynt roedd cabinet gwydr yn llawn o hen deganau Ceri – ceir bach Matchbox mewn ciw taclus nad oedd yn mynd i nunlle, milwyr plastig a'u gynnau'n barod i saethu wedi eu rhewi mewn *tableau* parhaol, a llond powlen wydr o goncyrs a oedd wedi hen golli eu sglein. Cofiai eu casglu o'r goeden gastan a hawliai gornel o'r sgwâr gwyrdd gyferbyn â'r tŷ. Roedd Mam-gu yn giamstar ar chwarae concyrs, ac mewn gwirionedd yn llawer mwy brwdfrydig na Ceri am eu casglu. Byddai'n eu pobi wedyn ar gyfer y gornestau oedd i ddod, a'u rhwto yn ei ffedog nes eu bod yn disgleirio.

Ochneidiodd yn uchel. Roedd crugyn o waith i'w wneud yn y tŷ; prin yr oedd unrhyw beth wedi newid yn Rhif 1, Y Sgwâr, ers colli Mam-gu dros chwarter canrif ynghynt. Ers hynny perchennog alltud fu Ceri, a'r asiantaeth yng Nghaerlew yn gwneud y gwaith cynnal a chadw, glanhau'r tŷ a thwtio'r ardd, a'i osod fel bwthyn gwyliau. Ym mlynyddoedd cyntaf ei hiraeth ni fedrai Ceri feddwl dod ar gyfyl y lle, a beth bynnag, roedd yr incwm o'i osod yn hwb mawr i'r grant pitw, ac yn gefn wedyn wrth gychwyn gyrfa. Roedd yr asiantaeth wedi marchnata'r tŷ fel cartref 'rustic'. Chwarddodd Ceri'n sych.

Bwriodd olwg gyflym yn y drych uwchben y cabinet gwydr, tynnu llaw drwy wallt mor gwta nes ei fod yn daclus eto fyth, a chlymu crafát sidan wrth y gwddf. Gorfododd ei hun i wenu 'nôl ar yr adlewyrchiad cyn cau'r drws a cherdded yn chwim, er gwaetha'r coesau shimpil, ar draws y Sgwâr tua'r Neuadd Goffa. 'Face your demons – head on,' dyna oedd cyngor y cwnsler, a dyna oedd orau siawns.

Cyn penderfynu ar yr union ddyddiad y byddai'n mudo o Lundain, roedd wedi edrych ar wefannau'r ardal ac wedi ffonio'r Cyngor i weld beth oedd yn digwydd yn Llanfihangel bellach. 'Dim llawer,' oedd sylw ffwrdd-â-hi'r bachgen ifanc a atebodd y ffôn. Yn sicr roedd pethau wedi newid, roedd hynny'n amlwg iawn. Roedd yr ysgol wedi hen gau a golwg druenus ar yr adeilad bellach, a'r siop bob peth a'i swyddfa bost nawr yn 'The Olde Shoppe', ac yn gartref i rywun. Roedd Eglwys Mihangel ar y bryn hefyd dan glo parhaol er bod drysau Bethel a Seion yn cael eu hagor unwaith y mis. Roedd Ceri wedi ystyried amseru'r symud o Lundain i gyd-daro ag un o'r gwasanaethau, ond gofyn am drwbl fyddai hynny. Roedd y dewis yn gyfyng felly, a'r penderfyniad terfynol oedd symud i'w hen gartref i gyd-fynd â chyfarfod yn y Neuadd Goffa.

Hanner awr wedi saith ar ei ben, meddai wyneb gwyn yr oriawr. Perffaith. Gwthiodd y drws allanol ar agor. Roedd drws y Llyfrgell, a leolid mewn un ystafell o fewn yr adeilad, ar gau ond dôi sŵn clebran o'r Neuadd ei hun. Cerddodd Ceri tuag at y dwndwr. Doedd dim troi 'nôl nawr. Agorodd ddrws y Neuadd a dod wyneb yn wyneb â menyw ifanc fochgoch gron a safai wrth ddesg a oedd dan bentwr o bapurach. Gwenodd Ceri ar y ferch yn y dillad llon – haenau a haenau ohonynt – sgarff felen, siwmper las gyda chrys-t *tie-dye* yn pipio mas oddi tani a jîns glas.

'Www – aelod newydd?' gofynnodd, gan wenu'n groesawgar.

Nodiodd Ceri. 'Ceri Roberts – newydd ddychwelyd i'r pentre i fyw.'

'Wel croeso mawr, Ceri. Rhian, Rhian Jones, ysgrifennydd,' meddai gan estyn ei llaw.

Oedodd Ceri am eiliad cyn trosglwyddo'r siaced i'r llaw chwith ac estyn y llaw dde.

Chwarddodd Rhian. 'Ma'n lletchwith, on'd yw e?' Nid oedd Ceri'n siŵr at beth yn union y cyfeiriai Rhian, ond teimlai fod yr holl sefyllfa yn lletchwith.

'Chi wedi bod bant am sbel glei, dwi yma ers bron i ddeng mlynedd.'

Gwenodd Ceri arni. Roedd rhyw agosatrwydd hyfryd yn y ferch yma.

'Dwi ddim wedi bod 'nôl yn y Llan ers dros chwe blynedd ar hugain.'

Chwibanodd Rhian yn ddi-sŵn.

'Wel bydd Grace wrth ei bodd. Ma aelodau newydd mor brin â charthion ceffyl pren! Ma'r pencadlys wedi gosod her i ni fel cangen – denu 5 i ddathlu 50. A ma Grace yn benderfynol o lwyddo. Sdim methu i ga'l i Grace. Arhoswch funud fach nawr... Grace!... Grace!...,' bloeddiodd ar draws y neuadd i gyfeiriad y llwyfan yn y pen pellaf lle'r oedd menyw drwsiadus, gwallt golau, wedi ei dorri mewn bob, yn gosod jwg o ddŵr. Cododd honno ei phen a symud yn osgeiddig tuag atynt gan roi ei llaw'n ysgafn ar ysgwydd ambell un wrth lithro heibio. Gwenodd yn gynnes wrth gyrraedd y ddesg. Erbyn hyn roedd pawb arall wedi tawelu a throi i syllu ar y newydd-ddyfodiad.

'Aelod newydd, Grace,' meddai Rhian, wedi cyffroi cymaint nes bod dau smotyn bach coch yn pingan yng nghanol ei bochau.

'Croeso cynnes iawn,' meddai Grace, gan estyn ei llaw hithau.

'Helô, Grace,' meddai Ceri'n dawel, yn boenus o ymwybodol bod y gynulleidfa gyfan yn eu gwylio.

Camodd Grace yn ôl fel petai wedi cyffwrdd â weiren drydan. Ni ddywedodd air am funud hir, dim ond syllu a syllu, yr olwg ar ei hwyneb yn cyfleu popeth – anghrediniaeth, sioc, dirmyg.

'Ceri Roberts,' meddai Rhian wedyn. 'Ceri, Grace Gruffudd; Grace, Ceri.'

'Dwi'n gwybod yn iawn beth yw'r enw, diolch, Rhian,' meddai Grace yn siort.

Roedd y cleber wedi peidio'n gyfan gwbl erbyn hyn, a'r aer yn drwm, fel petai pawb wedi dwgyd yr ocsigen ac yn dal eu hanadl.

'Ro'n ni yn yr un flwyddyn yn ysgol y Llan 'ma, flynydde 'nôl,' meddai Ceri, er mwyn rhoi cyfle i Grace ddod at ei choed.

Saib disgwylgar arall.

'Mae'n siŵr bo chi, Grace, a chithe, Ceri, wedi newid tipyn ers hynny,' meddai Rhian o'r diwedd, gan ychwanegu chwerthiniad llanw bwlch.

'Mae Ceri wedi newid – mae hynna'n sicr ddigon,' atebodd Grace yn ddi-wên.

'Lot o ddŵr dan y bont ers hynny,' meddai Rhian wedyn, a gwthio'r cwrls melyngoch yn ôl i ofal y sgarff felen a oedd i fod i gadw trefn arnynt. 'O's mwy o gardiau aelodaeth 'da chi, Grace?'

'Na, sori.' Trodd Grace ei gwegil. 'Ta beth, mae'n amser dechre; ry'n ni ar ei hôl hi'n barod, ac mae lot ar yr agenda,' meddai dros ei hysgwydd.

Gwyliodd Ceri hi'n mynd gan gasglu dwy neu dair ati ar ei ffordd.

'Wel, ma hynna'n syndod,' meddai Rhian, 'ma Grace fel arfer mor drefnus â morgrugyn. A gyda'r ymgyrch 5 i'r 50 a phopeth... O wel, pidwch chi â becso, Ceri, wna i'n siŵr bo chi'n ca'l cerdyn. Cewch chi dalu'r tâl aelodaeth bryd hynny.'

Trwcodd Ceri ei siaced o un llaw i'r llall a hoelio'i holl sylw ar Rhian groesawgar.

'Nawr, te sy gynta heno, i bawb ga'l cyfle i hel clecs ar ôl toriad yr haf. Syniad da; syniad Grace wrth gwrs,' meddai wedyn, yn amlwg yn llawn edmygedd. 'Fel arall, bydde pawb isie cloncan pan y'n ni'n trafod busnes y gangen. Dim siaradwr gwadd heno, fel'na ni'n neud, ch'wel, yng nghyfarfod cynta'r tymor. Nawr 'te – te? Ma Celia, un o'r aelodau'n dod â the Darjeeling – y te gore yn y byd, yn ôl Celia. A ma hi'n deall 'i stwff,' meddai Rhian, yn amlwg o ddifri. 'Celia wedi byw mas yn India am flynydde, ei mam a'i thad yn genhadon.'

Diolchodd Ceri am y baned a weinwyd mewn cwpan tsieina hardd â stamp Capel Seion, Llanfihangel arno. Gwelodd Rhian yn syllu ar y cwpan yn crynu'n ysgafn yn ei llaw. Yfodd Ceri y llwnc lleiaf. Roedd yn rhy dwym, dylai fod wedi aros cyn ei flasu wrth gwrs.

'Mm, Celia yn llygad ei lle – ma'r te 'ma'n fendigedig.' Blasodd y llosg ar ei thafod.

'Ie, festri Capel Seion wedi'i dymchwel, ma arna i ofn – asbestos – ond ma'r llestri wedi dod i'r Neuadd 'ma. Mae da ymhob drwg, o's wir.'

Gwenodd Ceri arni, yn ddiolchgar tu hwnt am y browlan parod.

Daeth amryw i dorri gair â Rhian a'r rhan fwyaf, chware teg, yn estyn gair o groeso i Ceri hefyd. Ond roedd Ceri'n ymwybodol bod eraill yn ciledrych arnynt, ac roedd yn ddigon balch pan arweiniodd Rhian y ffordd er mwyn iddynt eistedd ar y cadeiriau a wynebai'r llwyfan.

Roedd Ceri wedi rhagdybio'n gywir felly. Roedd Grace, dros y tebotau te, wedi esbonio i amryw o'r aelodau pwy, a beth, oedd Ceri. Byddai'r rhain wedyn wrth gwrs yn mynd adref ac yn rhannu'r wybodaeth â'u teuluoedd a'u ffrindiau. O fewn diwrnodau byddai ei stori'n dew drwy'r ardal. Oedd, roedd wedi dewis yn ddoeth. Roedd hyn yn llawer llai poenus yn y pen draw, ac ni fyddai'n rhaid i Ceri esbonio beth oedd beth wrth yr un copa walltog. Diolch byth bod o leiaf un person yma heno yn cofio Ceri'n blentyn, neu ni fyddai'r cynllun i sicrhau bod pawb yn dod i wybod yr hanes wedi digwydd hanner mor chwim. Mae'n debyg bod yna rai eraill, yn ogystal â Grace, yn cofio'r Ceri ifanc. Roedd yn adnabod ambell i wyneb, ond ni allai roi enwau iddynt chwaith.

O un i un eisteddodd y gynulleidfa. Roedd Ceri ar ben y rhes gefn, ac fe nodiodd ambell un wrth fynd heibio, ambell un arall yn gwenu a mwmian croeso.

'Iawn, 'te,' meddai Grace o'r llwyfan a tharo llwy yn erbyn cwpan Seion i sicrhau tawelwch. Estynnodd groeso ffurfiol i bawb ar ddechrau blwyddyn arall ac yna adrodd yn fras ar y penwythnos preswyl a fynychwyd gan nifer o aelodau'r gangen yn Aberystwyth. Siaradodd yn frwdfrydig am y trefniadau ac roedd hi'n amlwg bod cantor bach o'r enw Ioan Mabbutt wedi dwyn ei chalon.

Roedd yna adlais o'r ferch ysgol a adnabu Ceri flynyddoedd ynghynt, oedd, yn sicr. Bryd hynny roedd Grace yn arweinydd naturiol, ei llais, ei hymarweddiad, popeth, yn mynnu sylw, mynnu parch. Ac felly'r oedd hi eto fyth. Roedd y gynulleidfa yn ei dwrn wrth iddi longyfarch y pwyllgor blaenorol ar ddenu aelodau newydd, cyn gosod yr her i ddenu mwy o aelodau fyth er mwyn cwrdd â'r nod a osodwyd i'r gangen. Soniodd am hanes balch y mudiad, am y frwydr dros y Gymraeg, dros gymunedau, dros hawliau merched; am y codi arian a'r estyn llaw i fenywod ar draws y byd; am greu cyfleoedd a'r cydweithio i greu Cymru y medrai pawb fod yn falch ohoni. Byddai Grace hefyd wedi gwneud cenhadwr penigamp, meddyliodd Ceri wrth wrando ar y llais melys yn galw arnynt oll i fynd allan i'r priffyrdd a'r caeau i ddod â mwy at yr achos.

Ar ôl y traethu ysbrydoledig trodd Grace at bethau ymarferol, sôn am y Clwb Llyfrau a manylu ar y ffurflenni yr oedd angen eu cwblhau'n ddi-oed.

'Mae yna dri chlipfwrdd sydd angen eich sylw chi heno – nodwch os oes gennych ddiddordeb yn y Sadwrn Celf, y Cwis a'r Cinio Nadolig.'

Tychodd rhywun yn uchel, a'r sylw parod gan rywun arall oedd bod angen codi tatws, dathlu Calan Gaeaf, llosgi Guto Ffowc, dipo'r defaid a hwrdda cyn meddwl am ginio Dolig.

Gwenodd Grace gan adael i'r heclwr fwynhau gwerthfawrogiad y gynulleidfa.

'Diolch, Ann…' meddai wedyn i dawelu'r gynulleidfa drachefn. 'Y cynta i'r felin gaiff falu. Chi'n cofio blwyddyn diwetha i ni fethu cael ein cinio yn y Baedd, dim bai wrth gwrs ar bwyllgor llynedd, ond…'

Gadawodd i'r 'ond' hofran yn yr awyr.

'Y tro nesa byddwn yn casglu enwau gogyfer â'r cwrs ysgrifennu creadigol, a'r rhai sydd am ymuno â'r tîm darts a chystadlu yn yr her Dewis Dau Ddwrn.'

Doedd dim clem gan Ceri beth oedd cystadleuaeth 'dau ddwrn'. Doedd neb yn edrych fel paffiwr amlwg, dim trwyn toredig ar gyfyl y lle. Ond 'na fe, doedd Begum a Brækhus ddim yn edrych fel petaent yn treulio'u hamser yn dyrnu pobl chwaith ac roedd y ddwy hynny'n bencampwyr proffesiynol.

'Fe fyddwch chi'n falch o glywed taw dim ond un llythyr sydd wedi dod i law y bydd angen i ni fel cangen gyfan ei drafod.' Cliriodd Grace ei gwddw, ac yfed llwnc o ddŵr o'r gwydr o'i blaen. 'Derbyniais i hwn heddiw'r bore,' meddai a chymryd anadl ddofn.

'Cyngor Sir Caerlew

6ed o Fedi 2017

At ddefnyddwyr Neuadd a Llyfrgell Llanfihangel

Ar ran y Cyngor ysgrifennaf i'ch rhagrybuddio y bydd

Cynghorwyr Sir Caerlew yn trafod dyfodol Llyfrgell a Neuadd Llanfihangel ddydd Llun, y 18fed o Fedi.

Mae'r Cyngor wedi edrych yn fanwl ar y defnydd cyfredol o'r cyfleusterau hyn, ac er ei bod yn siom aruthrol nid oes gennym ddewis, yn sgil y sefyllfa economaidd bresennol, ond argymell cau'r Llyfrgell a'r Neuadd cyn diwedd y flwyddyn.

Mae'r Cyngor yn parhau i ymrwymo'n llwyr i ddarparu'r gwasanaeth gorau posib i drigolion y sir, gan gynnwys, wrth gwrs, drigolion Llanfihangel a'r cyffiniau.

Yr eiddoch yn gywir
Jeremy Jenner
Swyddfa'r Prif Weithredwr'

Am eiliad bu tawelwch. Yna trodd un at y llall gan ryw fwmian eu hanghrediniaeth.

'Cau, cau fan hyn?' gofynnodd yr Ann a gododd chwerthin ynghynt. Bu distawrwydd eto.

Nodiodd Grace a syllu ar y darn papur.

'Ry'n ni'n ymwybodol, wrth gwrs, eu bod nhw wedi bygwth gwneud ers misoedd, blynyddoedd a dweud y gwir, ond do'n i byth bythoedd yn meddwl bydde fe'n digwydd,' meddai o'r diwedd.

Bu murmur o gytundeb cyn i rywun o ochr arall y rhes gefn godi ei llaw yn yr awyr.

Nodiodd Grace o'r llwyfan.

'Ond sai'n deall. Wedon ni'n ddigon clir pan gynhaliwyd yr ymgynghoriad 'na – bron i flwyddyn yn ôl, taw'r Neuadd 'ma o'dd calon y pentre…'

'Mared fach, ti'n meddwl eu bod nhw'n cymryd unrhyw sylw o be ni'n ddweud? Mynd drwy'r broses oedd cynnal ymgynghoriad. Cael eu gweld yn gwneud pethe'n iawn. 'Na gyd.'

Cododd y siaradwraig a throi at y gynulleidfa.

'Fe adawon nhw i bethe dawelu yn dilyn yr ymgynghoriad. Neud i ni feddwl taw dyna ddiwedd ar y peth. Ond ma'r diawlied wedi bod yn cynllwynio dros yr haf, f'ynta i – meddwl cau pen y mwdwl ar y mater cyn bo pawb 'nôl mewn trefn ar ôl gwylie'r haf.'

Canolbwyntiodd Ceri ar y tatŵ o iâr fach yr haf ar ochr gwddf y siaradwraig. Roedd y croen o'i amgylch yn fflamgoch.

'Dyw cwta wythnos o rybudd bo nhw am drafod y peth yn ddim byd. A synnen i daten 'sen nhw 'di anfon y llythyr yna'n ail ddosbarth – do fe, Grace?'

Nodiodd Grace.

'Achos 'na beth y'n ni iddyn nhw, myn diain i – *second class citizens.*'

Eisteddodd y ferch â'r tatŵ yn swrth yn ei chadair wrth i nifer borthi'r sylw.

Bu saib wedyn am eiliadau.

'Dim ond bore 'ma dderbyniais i yn union yr un llythyr yn sgil bod yn Gadeirydd y Neuadd hefyd,' meddai Grace, ei llais yn torri.

'Wel, ble byddwn ni'n cwrdd os caeith y lle hyn, 'te?' gofynnodd Rhian a stwriodd y grŵp unwaith eto.

'Festri Bethel,' cynigiodd un o'r aelodau.

'Rhy fach, Celia. Ma mwy o le yng Nghapel Seion,' awgrymodd un arall.

Teimlodd Ceri bwniad ysgafn. ''Co ni'n mynd – yr hen ddadl enwade 'to,' sibrydodd Rhian.

'Dy'n ni ddim yn fudiad crefyddol, bydde cwrdd mewn capel oer yn ddechre'r diwedd,' rhybuddiodd merch ifanc, gwallt lliw barlys. Daeth murmur o gytundeb o'r dorf o tua phump ar hugain, nifer ohonynt yn amlwg wedi eu taro'n fud gan y newyddion annisgwyl.

'Ma Iola yn llygad ei lle,' meddai ei chymydog. 'Ma Festri Bethel yn damp, a sdim modd symud y corau yn Seion – dyw'r capel ddim yn addas ar gyfer ein nosweithie crefft a chadw'n heini, a llwyth o bethe eraill hefyd.'

Roedd pobl yn dechrau codi eu lleisiau erbyn hyn, a'r awyrgylch yn yr ystafell yn mynd yn fwyfwy tanllyd.

'Be ma'n nhw'n feddwl "diffyg defnydd"? Ni'n defnyddio'r neuadd 'ma, a ma'r rhieni ifanc a'u plant yn cwrdd 'ma bob bore Mercher. A ma teulu ni, ta beth, yn dibynnu ar y Llyfrgell – chi'n gwbod, gyda chost llyfre fel ma'n nhw ddelen ni ddim i ben…'

'Ma Guto ni yn y Llyfrgell byth a hefyd, yn whilmantan am lyfre at ryw brosiect ysgol neu'i gilydd…'

'Ie, a fan hyn ma Emily'n ca'l y rhyngrwyd, a ma'n rhaid ca'l hwnnw ar gyfer gwaith cartre, a gallen ni ddim…'

Roedd pobl yn dechrau siarad ar draws ei gilydd nawr, pawb yn pledio pwysigrwydd y Llyfrgell iddyn nhw.

'Wel, mae'n rhaid i ni ymladd yn erbyn y cynlluniau 'ma i gau'r lle, 'te,' meddai Iola yn benderfynol.

Edrychodd pawb yn ddisgwylgar am arweiniad o'r llwyfan ond siglo'i phen a wnâi Grace.

'Chi'n gwybod cystal â fi, unwaith mae'r Cyngor Sir wedi gwneud awgrym sdim shiffto arnyn nhw wedyn. Chi'n cofio'r misoedd o brotestio ac ymgyrchu i gadw'r ysgol ar agor – yr holl ymdrech, yr holl oriau o waith, a'r Cyngor yn ildio dim yn y diwedd?'

Roedd y ferch gwallt barlys ar ei thraed erbyn hyn.

'Chi'n iawn, Grace, fe ymladdon ni, ac fe gollon ni. Ond sai'n difaru dim i ni roi popeth i'r ymgyrch. Fydden i ddim yn galler edrych i fyw llygad Erin a Rhys tasen i ddim wedi neud fy ngorau glas i gadw'r ysgol o'n nhw mor hapus ynddi ar agor.'

Clapiodd rhai o'r aelodau ac yn raddol bach ymunodd

y mwyafrif. Teimlodd Ceri hyrddiad o egni yn llifo drwy'r ystafell cyn i Grace godi ei dwy law. Roedd ei hymarweddiad mor ddi-fudd â gweithred y protestiwr hwnnw yn Sgwâr Tiananmen a safodd yn llwybr colofn o danciau milwrol yn chwifio'i fag plastig gwyn er mwyn ceisio eu hatal. Roedd y ffoto o'r weithred honno wedi ei serio ar gof y Ceri ifanc, a byddai yno am byth.

'Iawn, os taw dyna yw dymuniad y mwyafrif,' meddai Grace, ei llais yn dawel, gynnil. 'Wedi'r cyfan ry'n ni'n fudiad democrataidd. Dwi wedi cael fy newis gennych chi i arwain ond… Wel, fe ysgrifenna i lythyr ar ein rhan yn mynegi ein gwrthwynebiad.'

'A threfnu petisiwn,' awgrymodd Ann.

Nodiodd Grace, yn amlwg yn anfoddog.

'Ac ysgrifennu at yr Aelod Cynulliad a'r AS,' ychwanegodd Ann wedyn.

Nododd Grace y tasgau mewn llyfr nodiadau o'i blaen.

'A chysylltu gyda William Jenkins – fe yw'n Cynghorydd Sir ni, yntife? Dyle fe fod yn ymladd droson ni. Ble ma fe wedi bod ta beth nad o'dd e wedi'n rhybuddio ni am hyn?' meddai Iola'n rhesymol.

'Ma'r cynghorwyr 'ma'n ca'l 'u talu i falu awyr a gwneud prin ddim arall,' grwgnachodd rhywun arall.

'Iawn,' meddai Grace yn gymodol, yn amlwg yn awyddus i sicrhau na fyddai'r ymosodiad yn troi'n bersonol. 'Unrhyw awgrym arall?'

Tawelwch.

'Na? Iawn. Fe ysgrifenna i'r llythyron ac anfon y ddeiseb at bob un ohonoch. Ceisiwch gael enwau, a dychwelyd y ffurflenni ata i – ddwedwn ni erbyn nos Iau?'

Arhosodd am eiliad i gael cytundeb yr aelodau.

'Diolch, dyna gloi'r cyfarfod felly. Ond a wnaiff aelodau'r

pwyllgorau chwaraeon, celf a chrefft a'r clwb llyfrau aros ar ôl am rai munudau os gwelwch yn dda?'

Gwthiodd Ceri ei sedd yn ôl ond nid oedd cyffro o unman arall. Teimlodd Rhian yn anesmwytho, ond ni chododd hithau chwaith. Trodd ambell un fel petai i'w hel oddi yno. Gafaelodd Ceri yn ei siaced a cherdded tua'r drws mewn tawelwch llwyr. Roedd yn amau a fyddai'r coesau simsan yn dal.

O gyrraedd y tŷ aeth yn syth i'r ystafell wely er mwyn gwylio'r lleill yn ymadael â'r Neuadd. Bu'n disgwyl am hanner awr hir. Arhosodd wedyn wrth y llenni net nes i oleuadau'r cerbyd olaf ddiflannu dros y bryncyn, y Twmp, i gyfeiriad pentref Penbanc. Ac yna, heb fatryd, gorweddodd ar y gwely. Teimlodd flinder llethol cyffro a gofid y diwrnodau diwethaf ymhob gewyn, ac yna ni theimlodd ddim am y deg awr nesaf.

2

'DYW'R PETH JYST ddim yn iawn, Siôn, ddim yn naturiol,' meddai Grace dros ei hysgwydd wrth grasu pancws ar gyfer brecwast. Roedd wedi gorfod esbonio'r hyn a ddigwyddodd yng nghyfarfod Merched y Wawr yn syth ar ôl cyrraedd adre'r noson cynt gan i Siôn sylwi ei bod yn fflwstwr i gyd. Ond roedd e, yn ôl ei arfer, wedi chwerthin a gwneud yn fach o'r ffiasgo, a nawr roedd hi'n benderfynol o'i orfodi i weld difrifoldeb y sefyllfa, a gweld pethau o'i safbwynt hi.

'Mm,' atebodd ei gŵr heb godi ei wyneb o'r papur dyddiol.

'Dyw hi ddim yn fenyw, a fydd hi byth, nid i fi ta beth.'

'Mm,' meddai Siôn eilwaith.

'A dwi'n beio'r Rhian yna. Tase hi ddim wedi mynnu siarad mas o blaid derbyn Ceri'n aelod fydde dim dadl, ond unwaith agorodd hi ei cheg, wel o'n nhw i gyd â barn wedyn. Defaid, wir i ti.'

Fflipiodd y bancosen a'i dal yn dwt yn y badell.

'Mlân a mlân am hawlie dynol fel tasen nhw mewn tribiwnlys yn yr Hague.'

Llithrodd y bancosen i blât lliwgar crochenwaith Abertawe a fu'n berchen i'w mam a'i mam-gu cyn hynny.

'Diolch,' meddai ei gŵr, gan blygu'r papur a'i wthio i ben pella'r bwrdd mawr derw.

'Lemwn neu fenyn?' gofynnodd Grace ac estyn y ddau iddo beth bynnag. Trodd 'nôl wedyn i arllwys mwy o'r cymysgedd i'r badell ffrio.

'Mae'r Rhian yna'n fusnes i gyd, odi wir.'

'Pam ddewisest ti hi'n ysgrifennydd, 'te?' holodd Siôn ar ôl cymryd hansh awchus o'r toes.

Trodd Grace a rhoi pancosen arall ar ei blât.

'Diolch, ffein iawn, cariad.'

'Dewis? Hy, doedd dim dewis. Fel'na mae hi'r dyddie 'ma, pawb rhy fishi…'

Rhoddodd Grace y talpyn lleiaf o lard yng ngwaelod y badell a'i dal wedyn ar ongl uwchben y gwres nes i'r braster droi'n hylif. Yna arllwysodd rywfaint o'r cymysgedd i'r badell eto a gwylio hwnnw'n ildio i'r gwres a throi'n bothelli i gyd.

'Arogl da,' meddai Alaw wrth gyrraedd y gegin a phlygu i roi cusan ar foch ei thad.

Trodd Grace i gyfarch ei merch.

'Falch bod rhywbeth yn dy godi o'r gwely ar awr resymol,' meddai a chwarddodd er mwyn lliniaru'r cerydd.

Anwybyddodd Alaw'r sylw. 'Oes te yn y tebot, Dad?' gofynnodd gan roi'r tamed lleiaf o laeth mewn mẁg.

'Digon – paned dda hefyd,' atebodd Grace o'r ffwrn, cyn codi pancosen i blât a'i estyn i Alaw.

'Sut olwg sy ar y Ceri 'ma, 'te?' gofynnodd Siôn gan lyo'i fysedd.

Roedd hynny'n gwestiwn. Erbyn hyn nid oedd Grace yn siŵr. Gefn trymedd y nos, wrth iddi droi a throsi, roedd Ceri'n ymddangos fel yr oedd yn llanc deunaw oed, ond bellach yn gwisgo dillad benywaidd a cholur.

Wrth i Rhian fwrw ati i'w cyflwyno roedd Grace wedi ei hadnabod yn syth, y llygaid gwyrdd siâp almwn yn canu o hen adnabyddiaeth. Yn ystod gweddill y cyfarfod roedd wedi osgoi edrych ar Ceri; roedd ei phresenoldeb yn bygwth ei bwrw oddi ar ei hechel, a hithau'n cadeirio ei chyfarfod cyntaf fel Llywydd newydd. Roedd wedi bod yn Llywydd droeon o'r blaen wrth gwrs, ond roedd hon yn flwyddyn arbennig, a hithau am sicrhau bod y pedwar mis nesaf yn glo teilwng i flwyddyn dathlu pen blwydd y mudiad yn hanner cant.

'Wel?' pwysodd Siôn.

Trawiadol, dyna'r gair fyddai Grace yn ei ddewis i ddisgrifio Ceri. Ond wrth gwrs, ni fyddai hynny'n cyfleu rhyw lawer i Siôn. Roedd angen manylion i greu llun.

'Mae'n dal, tenau, eiddil yr olwg – wastad wedi bod, gwallt cyrliog byr lliw cneuen gastan, ceg lawn, dillad drud.'

'Swnio fel model,' meddai Siôn gan wenu.

Roedd ei gŵr yn llygad ei le. 'Crwt pert, manwl,' dyna fel y byddai ei mam yn disgrifio'r Ceri ifanc.

'A ma 'na rywbeth ymbiti Ceri erio'd – rhyw arwahanrwydd, rhywbeth sy'n awgrymu bod Ceri'n fwy diddorol na phobl gyffredin fel ti a fi,' meddai Grace wedyn cyn troi 'nôl at y badell.

Er syndod iddi eisteddodd Alaw wrth y bwrdd. Prin y byddai'n ymuno â'i rhieni am unrhyw bryd bwyd bellach, gan ymddangos yn y gegin a chludo ei the a rhyw damaid i'w hystafell wely. Daliodd Grace lygad Siôn, a'r olwg ar ei hwyneb yn rhybudd tawel i beidio â gwneud sylw ar y mater.

'Pwy sy dan y lach tro 'ma, 'te?' gofynnodd Alaw gan sipian ei the.

'Ceri, Ceri Roberts. Ŵyr yr hen Ceridwen Ifans, Rhif 1. Ceridwen druan wedi hen farw cyn i ti gael dy eni, ond siŵr bo ti wedi clywed pobl yn sôn amdani? Ceri, ei hŵyr hi, newydd symud 'nôl i'r hen dŷ.'

'A?' gofynnodd Alaw, gan roi mwy o lemwn ar ei bwyd.

'A, oedd 'da Ceri'r wyneb i ddod i Ferched y Wawr neithiwr.'

Chwarddodd Alaw yn uchel. 'Eitha peth hefyd. Dyle ddim bod hawl 'da chi wahardd dynion – ma 'na ddigon o ffws pan fo rhyw glwb golff neu rywbeth yn gwahardd merched.'

Cymerodd Grace lwnc hir o'i the. Doedd ganddi mo'r stumog am ddadl arall ar ôl neithiwr.

'Dim dyn yw Ceri,' meddai Siôn.

Edrychodd Alaw o'r naill i'r llall. 'O'n i'n meddwl i chi ddweud taw ŵyr rhywun oedd Ceri.'

'Cweit,' atebodd Grace.

'A nawr mae Ceri'n fenyw,' meddai Siôn.

Chwarddodd Alaw'n uchel, yn amlwg yn mwynhau'r ddrama.

'O mam fach, ma menyw o'dd yn ddyn wedi ymuno gyda Merched y Wawr Llan.'

Trodd Grace a rhoi'r 'edrychiad' i'w merch – ymarweddiad a fyddai wedi rhoi taw arni rai blynyddoedd ynghynt. Ond parhau i biffian chwerthin a wnâi. Cododd arogl crimp o'r badell a throdd Grace ei sylw yn ôl i'r stof. Ond yn rhy hwyr. Daro fe, eiliad o esgeuluso ac roedd pethau'n mynd yn ffliwt. Crafodd y cymysgedd llosg i'r bin bwyd a dechrau o'r newydd.

'Mae'n bwysig i dy fam bod hon yn flwyddyn i'w chofio yn hanes cangen Llan,' meddai Siôn, mewn ymgais amlwg i roi taw ar chwerthin Alaw. Ildiodd honno i ymbil ei thad.

'Mae 'na beryg bydd hon yn flwyddyn i'w chofio am resymau chwithig,' meddai Grace wedyn. 'Synnen i ddim na fydd 'na erthygl am Ceri yn *Y Wawr* – ma'n nhw'n lico rhyw erthygle gwahanol, rhywbeth sy'n destun siarad.'

Pentyrrodd Grace ddwy bancosen berffaith arall ar blât, ond cyn i'r plât lanio ar y bwrdd roedd Siôn wedi estyn am un ohonynt. Gwnaeth Alaw'r un fath.

'*Y Wawr* heddi, Mam, tudalen flaen *Golwg* a'r *Daily Mail* wedyn.' Chwarddodd Alaw, ei cheg yn llawn pancws.

'Alaw!' dwrdiodd Grace yn ofer.

'A pheth nesa bydd e'n blastar ar y BBC... dros Facebook a Twitter,' ychwanegodd y ferch ifanc.

Teimlai Grace yn sydyn yn hollol lipa, gwres y stof a'r noson ddi-gwsg yn sugno'i gallu i daro 'nôl. Cododd y bancosen olaf a diffoddodd y nwy cyn suddo i un o'r cadeiriau wrth yr Aga. Doedd dim chwant bwyd arni erbyn hyn.

'So, chi am wneud y Ceri 'ma'n is-rywbeth? Pawb yn is-rywbeth yng nghangen Llan, nady'n nhw?'

Pwysodd Grace ei phen yn erbyn cefn y gadair a chau ei llygaid am eiliad cyn ateb ei merch.

'Dyw'r gangen heb ei derbyn yn aelod – ry'n ni am holi barn y swyddfa yn Aberystwyth,' meddai'n dawel o'r diwedd.

'Barn am beth?' holodd Alaw.

'Beth ti'n feddwl, Alaw? Barn am gynnig bisged siocled neu Digestive? Barn i weld a ddylai Ceri gael ei derbyn yn aelod ai peidio wrth gwrs,' esboniodd Grace yn flin.

Gwthiodd Alaw ei chadair yn ôl o'r bwrdd gan adael iddi sgrapio'n swnllyd ar hyd y llawr llechi.

'Wrth gwrs bo rhaid i chi dderbyn Ceri'n aelod,' meddai a rhoi ei mŵg a'i phlât yn y sinc. 'Bod yn fenyw yw'r unig faen prawf, yntife?'

'Ie, ond dyw hi ddim yn fenyw – ddim yn fenyw go iawn. A ta beth, ma nifer o'r aelodau yn cytuno gyda fi…'

'A sut y'ch chi'n mynd i brofi nad yw hi'n fenyw?' Rowliodd Alaw ei llygaid yn ddramatig. 'Chi'n mynd i ofyn am weld 'i bits hi?' Chwarddodd yn sych. 'Wel pob lwc gyda hynna, Mam,' meddai gan gilio i'r llofft.

'Rhaid i fi fynd hefyd.' Cydiodd Siôn yn ei siaced, tynhau ei dei a rhoi sws ar foch Grace.

'Wela i di heno, adre tua chwech,' meddai, cyn dianc am ei waith.

Eisteddodd Grace yn hir yn ei chadair. Dim fel hyn roedd pethau i fod ar ddechrau ei thymor fel Llywydd. Caniataodd ryw ugain munud iddi ei hun i nofio mewn hunandosturi cyn codi i gynnau'r radio. Byddai Aled Hughes yn siŵr o godi'i chalon.

*

Roedd Ceri wedi dihuno wrth i frig y wawr wthio golau swil y bore i'w hystafell wely. Teimlai ei chorff fel petai wedi ei rwymo'n dynn ar ôl cysgu'r nos yn ei dillad diwetydd ac roedd yn rhyddhad eu tynnu a sefyll dan y gawod glaear. Byddai'n rhaid iddi newid y tanc dŵr twym maes o law – unwaith y byddai'r tywydd yn dechrau cydio byddai'r fath ddiferion llugoer yn annioddefol.

Ar ôl dod o'r gawod, rhwbio'i gwallt cyrliog â digon o fôn braich i'w sychu, a gwisgo par o jîns glân a chrys-t â delwedd David Bowie arno – momento o gyngerdd arbennig yn yr O2 – roedd wedi codi ei phaned ac eistedd ar y rhiniog llyfn wrth y drws cefn. Roedd addewid o ddiwrnod braf arall yn yr awyr las golau â chymylau blew geifr yn cael eu gyrru'n hamddenol ar ei hyd gan awel ysgafn. Ond y lawnt a hawliai sylw Ceri. Yn y gerddi maint hances boced a fu ganddi yn Llundain prin y gwelai wlith y bore, ac roedd wedi anghofio pa mor hudol yr edrychai'r ardd dan ei orchudd. Cofiai ei mam-gu yn dweud taw dafnau o chwys y tylwyth teg oedd y diferion a ddisgleiriai ar y lawnt yn y bore, y bobl fach wedi chwysu'n botsh ar ôl dawnsio drwy'r nos. Roedd ei mam-gu yn llawn rhyw storïau celwydd golau fel yna.

Mm, roedd y coffi Java cryf yn blasu'n dda. Byddai'n rhaid iddi ganfod rhywle lleol lle medrai ei brynu, ni allai wynebu'r dydd heb y dos boreol. Roedd y Java, ers bron i ddegawd bellach, wedi disodli ei hen arfer o dynnu'n ddwfn ar sigarét Gauloises, a diolch am hynny. Wrth iddi wylio dwy iâr fach yr haf yn fflyrtian yn chwareus â'i gilydd, gan hedeg fel dwy falerina yn eu gwenwisg ar hyd y border, crwydrodd ei meddwl yn ôl i gyfarfod y noson cynt a geiriau sur y ferch ifanc â'r tatŵ. Roedd hi yn llygad ei lle wrth gwrs, roedd wythnos o rybudd swyddogol ynglŷn â'r drafodaeth i gau'r Llyfrgell a'r Neuadd yn annheg. Ond o wrando ar y sylwadau roedd yn amlwg i'r Cyngor Sir fod yn ystyried y peth ers amser, a hwyrach y dylai pobl Llan fod wedi bod yn fwy o gwmpas eu pethau. Doedd dim pwrpas edliw hynny iddynt nawr. Cynllun, nid cweir, oedd ei angen bellach.

Llyncodd weddill y coffi cyn mynd i'r gegin a chysylltu â'r we drwy ei ffôn bach. Am yr hanner awr nesaf bu'n syllu a sgrolio, ei bysedd yn aml yn tapio'n ddiffrwyth ar y sgrin fach wrth aros i'r gwefannau lwytho. Rhegodd o dan ei hanadl ar yr arafwch anghyfarwydd.

''Na fe!' meddai'n uchel o'r diwedd.

Am awren wedyn bu'n cymoni a rhoi'r dillad a'r petheuach a ddaeth gyda hi yn y car o Lundain yn eu priod lefydd newydd. Oedodd cyn penderfynu peidio â rhoi ei dillad isaf yn y droriau lle arferai gadw pethau felly flynyddoedd yn ôl, gan ddewis eu rhoi yn yr otoman. Roedd yn bwysig ei bod yn cael y pethau hyn i drefn cyn i weddill ei heiddo gyrraedd ar y lorri drannoeth. Nid bod ganddi ryw lawer; roedd wedi symud cynifer o weithiau ers cyrraedd Llundain yn fyfyriwr deunaw oed nes iddi ddysgu gwerth gwaredu yn gyson. Roedd wedi dysgu hefyd bod darpar brynwyr yn llawer mwy tebygol o gael eu temtio gan dai glân, twt a diaddurn. Yn yr ugain mlynedd diwethaf roedd wedi prynu, adnewyddu a gwerthu chwe chartref. Edrychodd o'i chwmpas. Roedd yn mawr obeithio taw hwn fyddai'r tro olaf iddi weddnewid tŷ. Nid harddu er mwyn ymgartrefu am ychydig cyn gwerthu am elw iach oedd y bwriad y tro hwn, ond creu cartref parhaol. Roedd yn edrych ymlaen yn arw, ond ni fyddai'n cychwyn eto am sbel, rhag ofn. Cyn gwneud roedd angen iddi fod yn siŵr y medrai ailgartrefu'n hapus yma, ac ar ôl y cyfarfod neithiwr doedd dim sicrwydd o hynny. Efallai wir fod gan y pwyllgorau a wahoddwyd i aros ar ôl gan Grace bethau i'w trafod – ond roedd hi'n amau taw un peth yn unig a drafodwyd ganddynt.

Unwaith iddi gael tipyn o drefn ar y dilladach, aeth i'r gegin gefn i ferwi'r tegell eto. Paned o de di-laeth fyddai'r ail baned bob dydd, a thros y baned honno heddiw câi ystyried sut y gellid defnyddio'r wybodaeth a gasglodd o'r we. Roedd mor falch iddi ganfod yr erthygl. Roedd ganddi frith gof o'i darllen fisoedd ynghynt, ond er mor ffantastig oedd y rhyngrwyd roedd yn rhwystr hefyd ar adegau, a cheisio ailganfod rhywbeth yn cymryd oriau ac weithiau yn mynd yn drech na hi yn gyfan gwbl. Roedd fel petai gwybodaeth yn cael ei llyncu, ei sugno i haenau dwfn y greadigaeth gymhleth. Ond cyn i Ceri gael y cyfle i eistedd i fwynhau'r baned a dechrau dwdlo ar y papur gwyn o'i blaen, fel y byddai'n ei wneud bob amser wrth geisio datrys problem, fe glywodd gnoc siarp ar y drws ffrynt. Aeth i'r cyntedd a straffaglu i agor y drws – roedd yn ystyfnig o stiff.

'Bore da, Ceri,' meddai Rhian gan estyn bwndel twym iddi wedi ei lapio mewn lliain sychu llestri sgwariau mawr glas a gwyn a regai'r gardigan smotiau gwyn ar gefndir coch a'r sgarff binc a wisgai'r bore 'ma.

Agorodd Ceri'r pecyn a chymryd anadl ddofn. Roedd hi'n siŵr y byddai Grace wedi rhoi Rhian, a phawb arall yn y cyfarfod neithiwr, ar ben ffordd am ei rhyw, a nawr roedd y ferch lawen hon yn sefyll ar ei stepen drws yn dal cyfwerth y Llo Pasgedig.

'Wel, odi wir, Rhian, bore bendigedig. Diolch am y dorth, ogle hyfryd. Chi sy 'di bod yn cwcan?'

'Ti.'

Chwarddodd Ceri yn ddiddeall.

'Ti, plis galwa fi'n ti.'

Nodiodd Ceri. 'Iawn, ti a tithe fydd hi, 'de. A drws cefn – ffrindie i'r drws cefn, beilïaid i'r drws ffrynt. Iawn?'

Chwarddodd Rhian. 'Fel yna byddi di'n gwybod i beidio ag ateb y drws ffrynt byth – gwych.'

'Dere mewn, dwi newydd neud paned.'

Dilynodd Rhian hi i'r gegin.

'Braf fan hyn, Ceri. Cynnes.'

Nodiodd Ceri gan wahodd Rhian i sedd wrth y bwrdd. 'Ydy, wynebu'r de, haul drwy'r dydd. Te?'

'Llaeth, dim siwgr,' atebodd Rhian wrth eistedd.

Arllwysodd Ceri baned, ac er bod ei chefn at Rhian roedd hi'n gwybod yn iawn fod honno yn bwrw golwg dros yr ystafell. Nid bod hynny'n digio Ceri, dyna fyddai hithau'n ei wneud mewn tŷ dierth hefyd, o gael hanner cyfle.

Estynnodd y baned i Rhian ac eistedd wrth y bwrdd gan wthio'r papur gwag i'r neilltu. Byddai'n rhaid i'r cynllun a oedd yn mud-ffurfio aros am y tro. Gwelodd fod llygaid Rhian wedi'u hoelio ar ffotograff ohoni hi a'i mam-gu. Nid oedd Ceri wedi sylwi arno, roedd y ffoto yn llythrennol yn rhan o'r dodrefn ers ei harddegau. Petai wedi sylwi efallai y byddai wedi ei roi o'r neilltu. Ond i ba bwrpas mewn gwirionedd? Doedd hi ddim am gelu'r gwir amdani ei hun oddi wrth neb fan hyn, ofer fyddai ceisio gwneud hynny.

'Fi a Mam-gu ar drip ysgol Sul i Borthcawl,' meddai Ceri mor ddidaro â phosib, gan edrych arni hi ei hun yn ei siorts pen-glin a'r crys gwyn llewys byr. Roedd ei mam-gu mewn ffrog streipiog, un o'r casgliad o ffrogiau lliwgar o'i heiddo a garai Ceri gymaint. Chwythodd Rhian ar ei the cyn yfed y sip lleiaf.

'Neis.' Gwthiodd gwrlyn anystywallt tu ôl i'w chlust. 'Porthcawl yn neis,' meddai wedyn.

Dim cwestiynu, dim unrhyw fynegiant o syndod. Felly roedd Grace wedi gwneud ei jobyn yn drylwyr.

Nodiodd Ceri. 'Ydy, Porthcawl yn lle digon pert, er gwaetha'r enw. Wastad yn neud i fi feddwl am fae yn llawn cawl. Ych-a-fi.'

Chwarddodd Rhian yn rhwydd.

'Diwrnod digon diflas o'dd e i fi hefyd,' meddai Ceri wedyn yn ddi-wên.

'Glaw dwi'n cofio o'n tripiau ni 'fyd, ac arogl côt law blastig Tad-cu.'

Edrychodd Ceri yn iawn ar wyneb agored Rhian a cheisio penderfynu a oedd hi'n troi'r sgwrs yn fwriadol ai peidio, ond doedd hi ddim yn adnabod y ferch yma'n ddigon da i'w darllen eto. Palodd ymlaen.

'Diflas iawn, am 'mod i wedi gwrthod newid i drôns nofio er gwaetha pledio Mam-gu a Mr Jones Gweinidog,' meddai Ceri wedyn.

'Dwi ofn dŵr hefyd,' meddai Rhian. 'Cofio Mam yn mynd â fi i fracso yn Cei, wel, panic llwyr...'

Chwarddodd Rhian, y pellter amser yn amlwg yn gwneud yr atgof cas yn bleser bron.

'Na, isie cwato 'nghorff o'n i...'

'Deall yn iawn,' nodiodd Rhian, cyn yfed peth o'i the. 'Ers ca'l Llŷr a Gwenno fydden i ddim yn gwisgo bicini am y byd. A gweud y gwir, byrcini sy isie arna i – rheiny gafodd 'u gwahardd yn Ffrainc.'

Eisteddodd Ceri yn ôl a mwytho'i mwg. Am funud ystyriodd adael i'r sgwrs lithro i ble bynnag roedd Rhian am ei harwain, ond roedd rhyw ddiawlineb ynddi hi hefyd yn mynnu cael adwaith. Mae'n siŵr y byddai gan ei therapydd rywbeth i'w ddweud am hynny, yr ysfa i synnu, i fwrw pobl oddi ar eu hechel, i brofi bod yna ragfarn. Neu falle taw eisiau profi ei dewrder ei hun roedd hi, eisiau profi ei bod bellach yn medru siarad am y peth yn ddigywilydd, yn ddi-boen.

'O'n i'n dair ar ddeg yn y ffoto 'na, yr adeg mae'r corff yn newid. Amser dua 'mywyd i.'

Am eiliad ni ddywedodd Rhian ddim a dechreuodd Ceri ddifaru. Roedd y ferch yma wedi galw, yn galon i gyd, ac roedd hi Ceri fel petai yn ei rhoi ar brawf, wedi bwrw i mewn i bethau personol a hithau prin yn ei hadnabod. Ni allai ei beio petai'n cymryd y goes cyn gynted â phosib. Roedd y fath beth â gor-rannu. Clefyd mwyaf heintus yr oes.

'Plorod a *periods*,' meddai Rhian o'r diwedd gan chwerthin.

'Ceilliau a blewiach,' ategodd Ceri. Chwarddodd y ddwy fel plant saith oed yn rhestru rhegfeydd.

'Os taw'r arddegau oedd y gwaetha, yr ugeiniau oedd y gore,' meddai Ceri â gwên lydan. Roedd yn awyddus nawr i lenwi'r bylchau i gyd. Fel hyn, gobeithio, ni fyddai'n rhaid iddi gael y sgwrs hon gyda neb arall.

'O'n i'n dair ar hugain yn dechre cymryd yr hormonau ac yn saith ar hugain pan ges i'r llawdriniaeth. Dwi wedi byw'n hirach nawr fel menyw na wnes i fel crwt.'

Llyncodd Rhian ddiferion olaf ei the.

'Paned arall?' Cododd Ceri i ail-lenwi'r tegell. Gwelodd rywbeth tebyg i ofn yn llygaid y ferch ifanc a chwarddodd yn ysgafn er mwyn ceisio tawelu ei meddwl.

'Dwi'n addo peidio sôn mwy am fy hunan – clefyd rhywun sy'n byw ar ben ei hun fach, mae arna i ofn. Fy nhro i yw gwrando nawr.'

Roedd yr olwg ar wyneb Rhian yn dal i fynegi'i phryder.

'Paid poeni, dwi'm angen gwbod am dy fywyd rhywiol,' chwarddodd Ceri yn ysgafn.

Chwarddodd Rhian hefyd. 'Bydde paned arall yn grêt,' meddai gan dynnu'r sgarff binc o'i gwddf a'i gosod dros gefn y gadair. 'Ond ma fy mywyd bach i'n go ddiflas, ddim hanner mor gyffrous â dy fywyd di.' Agorodd fotwm uchaf y gardigan smotiog.

Nid cyffrous fyddai'r ansoddair fyddai Ceri wedi ei ddewis i ddisgrifio ei bywyd – anodd, pryderus, unig, byddai'r rheina'n agosach ati, ond nid nawr oedd yr amser i drafod hynny.

'Ma gen ti ddau o blant, mae hynny'n gyffrous,' meddai Ceri'n gynnes.

Gwenodd Rhian a thynnu ei ffôn bach o'i phoced.

'O's, y gore yn y byd. Llŷr, mae e'n bump, a Gwenno yn bedair (neu'n bedair ar ddeg ar adege!). Cannwyll fy llygad, y ddau ohonyn nhw.'

'Ma'n nhw yn yr ysgol, 'te?' Rhoddodd Ceri ddwy baned ffres ar y bwrdd a chymryd y ffôn.

Nodiodd Rhian. 'Llŷr drwy'r dydd, a Gwenno fach newydd ddechre mynd bob bore. Ysgol Aberwennol.'

'O, ma'n nhw'n ciwt. Gwenno 'run sbit â ti, Rhian,' meddai Ceri gan syllu ar y ffoto ar y ffôn bach. Yna sylwodd ar y llygaid glas yn pylu.

'Sai'n gwbod ble ma'r amser wedi mynd, wir,' meddai Rhian wedyn.

Bwriodd Ceri olwg ar ei ffôn hithau. 'Dim ond chwarter i ddeg yw hi.'

Chwarddodd Rhian.

'Y blynydde o'n i'n feddwl,' meddai'n ddwys mwyaf sydyn.

Pam yn y byd yr oedd pobl fel Rhian yn dweud y fath bethau? Pobl â rhywbeth pendant i ddangos ffrwyth treigl amser. Roedd yn amlwg ddigon ble roedd y blynyddoedd wedi mynd – yn planta, newid cewynnau, a becso am bob cwymp, a chlochdar am bob camp.

'Ond 'na fe, ma priodi, geni dau blentyn a gwahanu i gyd o fewn cwta chwe blynedd yn ddigon i gadw rhywun yn fishi,' meddai wedyn i'w the.

Oedodd Ceri am eiliad i weld a âi Rhian yn ei blaen. Wyddai hi ddim a oedd y fenyw ifanc yma am gael ei phrocio ai peidio, a doedd hi Ceri ddim am fusnesa. Roedd wedi addo hynny iddi ei hunan wrth benderfynu mudo 'nôl i Lanfihangel. Dyna un o'r pethau a'i gwylltiai am y pentrefwyr pan oedd ar ei phrifiant, yr ymdeimlad bod ganddynt hawl i wybod popeth am bawb. Tybiai Ceri fod busnesa yng ngenynnau pobl cefn gwlad.

Ond ni ymhelaethodd Rhian ar y gwahanu a threuliwyd gweddill y baned yn trafod ei swydd ran-amser yn siop Penbanc.

'Dwi'n neud y shifft hwyr, pump i ddeg. Hyd yn oed siope bach y wlad yn gorfod agor bob awr i oroesi. Gyda'r nos ma pobl yn dod mewn i brynu o'r offi, a ma tipyn o elw mewn alcohol.'

Chwarddodd Rhian yn uchel, doedd Ceri ddim yn siŵr pam.

'A'th Steve a finne ar *minimoon* i Werddon. Fyddet ti'n credu bo ti'n methu prynu alcohol yno tan ar ôl hanner awr wedi deg y bore? Bach yn eironig, on'd yw e, mewn lle sy'n gwerthu ei hun fel gwlad y *craic*?'

Nodiodd Ceri, wedi drysu braidd. Roedd sgwrs y ferch yma yn droeon i gyd. Ond roedd yn ddifyr, a'i pharablu byrlymus yn taro'n felys ar y glust.

'Y trueni yw bo fi'n gorfod mynd i'r gwaith mewn cetyn bach ar ôl i Llŷr gyrraedd gartre o'r ysgol. Ond 'na fe, sdim dewis ar hyn o bryd; dwi angen bod adre gyda Gwenno yn y prynhawn. O leia mae eu tad ar ga'l i'w gwarchod gyda'r nos.'

Gwgodd Ceri. Trawodd y dewis o'r gair 'gwarchod' hi'n rhyfedd. Rhywbeth roedd rhywun yn ei wneud i blant pobl eraill, neu i hen adeilad neu greiriau, oedd 'gwarchod'.

'A ta beth, dwi'n lwcus i ga'l jobyn o gwbl. Ma'n nhw'n bethe sobor o brin, a'r rhai amser llawn yn brinnach nag amynedd Gwilym Owen – fi'n joio fe yn *Golwg* – Mam yn postio copi bob wythnos. Costio mwy na tasen i'n 'i brynu fe! Ond 'na fe, mae'n gwbod yn iawn na fydden i'n gwario ar gylchgrone…'

Nodiodd Ceri, ei meddwl yn dal ar ran gyntaf y llith. Nid oedd, tan nawr, wedi ystyried sefyllfa waith yr ardal. Diolch byth, yn sgil gwerthu ei chartref olaf yn Llundain ni fyddai'n rhaid iddi weithio, o leiaf am y tro. Llenwi'i dyddiau yn peintio oedd ei bwriad, a phetai yn gwerthu rhai peintiadau, wel efallai na fyddai'n rhaid iddi ystyried canfod swydd go iawn byth eto. Prin fu'r blynyddoedd iddi ymgymryd â jobyn naw tan bump a dweud y gwir. Yn syth o'r coleg roedd wedi cael swydd mewn oriel yn Mayfair gan weithio mewn bar gyda'r nos er mwyn cynilo digon i roi blaendal ar ei fflat cyntaf. O hynny ymlaen prynu, trwsio, addurno ac ailwerthu tai fu ei gwaith, a'r farchnad iach yn Llundain wedi sicrhau ei bod yn gyfforddus ei byd. Cawsai ambell i gomisiwn celf hefyd a roddodd y jam ar y bara menyn.

'Wel diolch am y te, a'r sgwrs,' meddai Rhian wrth godi gan ailglymu'r sgarff â chwlwm dwbl wrth ei gwddf.

'Cofia bod croeso mawr i ti yn Rhif 8, Rhes Non. Dwi'n gweithio rhwng pump a deg nosweithie Mawrth, Mercher, Gwener a Sadwrn, ond fel arall dwi gartre gan amla.'

Diolchodd Ceri iddi am alw, ac am y bara, ac wrth i'r ddwy ffarwelio ar garreg y drws teimlai rywbeth tebyg i ryddhad. Synhwyrai iddi wneud ffrind newydd, y cyntaf ers hydoedd. Pan aeth i'r coleg, roedd wedi casglu ffrindiau, a hynny'n ddiymdrech, y diddordeb cyffredin mewn celf a'r cyd-fyw mewn neuadd breswyl yn creu cwlwm. Ac roedd rhywbeth eangfrydig iawn am bobl ifanc. Nawr, yn ganol oed, roedd yn gweld hynny'n glir. Bellach roedd y cyfle i wneud ffrindiau newydd yn brinnach o lawer, pawb rywsut wedi setlo i'w grwpiau, a theuluoedd y mwyafrif yn darparu'r cysylltiadau cymdeithasol yr oeddent eu hangen. Ac i nifer o gyplau, peth peryglus oedd menyw sengl yn ei phedwardegau.

O'r drws gwyliodd Ceri Rhian yn mynd, yn sionc a phwrpasol. Ond yn lle croesi'r Sgwâr tua Rhes Non trodd a dringo'r stepiau i dŷ Grace. Gwyddai Ceri'n iawn taw pum stepen oedd i'r tŷ mawr ar y gornel; roedd hi a Grace wedi treulio oriau yn eistedd arnynt yn taflu marblys i fwced glan môr. Bwced plastig glas a physgod amryliw yn nofio arno. Doedd Ceri erioed wedi gweld pysgod fel hynny yn Llyn Awen nac oddi ar y Pier yn Aberystwyth chwaith. 'Pysgod Timbyctŵ' oeddent yn ôl Grace. Bryd hynny nid oedd Ceri wedi ei hamau.

Gwelodd Ceri Rhian yn camu i'r tŷ a suddodd ei chalon. Efallai nad oedd ganddi ffrind newydd wedi'r cwbl.

*

'Ma'n rhaid i ni dderbyn Ceri'n aelod,' meddai Rhian yn daer cyn i Grace gael cyfle i ddweud dim.

Anwybyddodd Grace y sylw a throdd ar ei sawdl gan wybod y byddai Rhian wrth ei chwt.

'Meddwl eich dal chi cyn i chi ffonio Aberystwyth o'n i,' meddai Rhian wedyn. 'Chi ddim wedi neud hynny'n barod, y'ch chi?'

Siglodd Grace ei phen ac amneidio ar Rhian i eistedd yn un o'r cadeiriau o boptu'r Aga. Pwyntiodd at y pentwr o bapurau ar y bwrdd.

'Dwi 'di bod wrthi fel lladd nadredd, wir i ti – yn llunio'r ddeiseb, sgrifennu llythyron at y Cynghorwyr, yr Aelod Cynulliad a Seneddol, a wedyn yn bwrw golwg drwy'r rhain i gyd, i weld a oes unrhyw ganllawiau, ond...'

'Sdim angen canllawiau, Grace.'

Cododd Grace y pentwr ac yna ei ollwng yn ddiamynedd.

'Ma Ceri wedi cael yr op. Mae'n fenyw ers dros ugain mlynedd,' meddai Rhian a llacio'r cwlwm wrth ei gwddf. 'Mae Ceri wedi bod yn fenyw gyhyd â fi – felly os nad yw Ceri'n gymwys i fod yn aelod, dw inne ddim chwaith,' cwympodd geiriau Rhian driphlith draphlith o'i genau.

Gwgodd Grace a oedd yn dal i sefyll wrth y bwrdd yn byseddu'r papurach.

'Paid â gwamalu, groten. Dyw torri pethe bant ddim yn ei gwneud hi'n fenyw, ddim yn fy marn i, ta beth.'

'Wel, heb bidyn dyw hi ddim yn ddyn, yw hi?'

Sythodd Grace ac edrych yn ddi-ddweud ar Rhian am eiliad. Roedd wyneb honno cyn goched â chrib ceiliog.

'Mae llawer mwy i fod yn fenyw na chorff, Rhian,' meddai Grace o'r diwedd yn ei llais maneg felfed gorau.

'Fel bod ag empathi, bod yn sensitif a chroesawgar,' cynigiodd Rhian.

'Yn union.' Estynnodd Grace at y ffenest a'i lluchio ar agor. 'Dwi'n teimlo 'mod i'n mogi, wir!' meddai gan dynnu'r gardigan *cashmere* goch a'i thaflu ar gadair.

''Na fe, 'te, dyna hynna wedi'i setlo.' Cododd Rhian o'r gadair esmwyth.

Anadlodd Grace yn hir ac yn ddwfn. Fel athrawes ysgol Sul, yn y dyddiau pan gynhelid ysgol Sul ym Methel, roedd wedi ymhyfrydu yn ei hamynedd a'i gallu i esbonio cysyniadau yn glir i'r plant. Yn wir, teimlai y byddai wedi gwneud athrawes lew. Dyna pam, yn rhannol, roedd wedi cychwyn dosbarth dysgu Cymraeg, mae'n siŵr. Ond weithiau, wir, roedd oedolion yn llawer mwy o her na phlant.

'Dyw pethe ddim mor syml â hynna, Rhian fach. Falle bod Ceri'n fenyw yng ngolwg meddygon, a deddf gwlad hyd yn oed, ond dyw'r peth dal ddim yn iawn. Mae'n anfoesol.' Caeodd y ffenest yn glep wedyn.

Ochneidiodd Rhian yn uchel. 'Pwy y'n ni i farnu ar bethe fel'na, Grace?' gofynnodd, ac eistedd am yr eilwaith ar ymyl y gadair ddofn gyfforddus.

Trodd Grace ati gan wthio'r ffrinj o'i thalcen chwyslyd.

'Os na wnawn ni warchod safonau, pwy wnaiff?' Roedd holl anobaith y degawd diwethaf wrth weld ei chymuned yn mynd ar chwâl yn ei llais.

'Beth? Y'ch chi'n gweld Merched y Wawr Llan fel rhyw fath o heddlu, milisia moese?' heriodd Rhian.

Cododd Grace ei haeliau'n awgrymog.

'Wel mae digon o isie, fysen i'n dweud – pobl yn byw ar y wlad, plant yn cael eu hesgeuluso – glywes i heddi ddiwetha bod rhieni ifanc yn treulio mwy o amser ar y gwefannau cymdeithasol 'ma na'n darllen i'w plant – pobl yn cael affêrs…'

'Tor-priodas?'

Am eiliad ni ddywedodd Grace ddim. Roedd y smotiau coch ar fochau Rhian yn ymledu a brech yn codi'n don ar ei gwddw uwchlaw'r sgarff binc.

'Wel, na, wrth gwrs, dim dyna o'n i'n feddwl…' meddai Grace yn llipa.

Wrth i'r ymwadiad ffurfio ar ei gwefusau roedd ei hymennydd yn dweud rhywbeth gwahanol iawn. Rhoi modfedd, cymryd troedfedd. Dyna oedd natur pobl. Yn ddiweddar roedd hi'n medru gweld gwerth y cysyniad o *zero tolerance* y darllenai amdano yn y papur byth a hefyd. Roedd hi wedi arfer rhoi ei ffydd mewn cymodi a rhyddfrydiaeth a goddefgarwch. Yn byw yn ôl adnod ei mam – 'Gwna i eraill fel y caret iddyn nhw wneud i ti'. Ond pa mor llwyddiannus fu hynny mewn difri calon? Roedd pethau'n gwaethygu'n flynyddol a chymdeithas yn mynd yn fwyfwy anwaraidd. Wrth gwrs, roedd pethau drwg yn digwydd yn y dinasoedd ers degawdau, ond bellach roedd rhyw hedyn o ddifaterwch, rhyw ymdeimlad o bawb drosto'i hun ac wfft i gymdeithas yn treiddio hyd yn oed i'r Llan. Ac roedd pawb yn gwybod taw wrth ei wraidd roedd mogi'r fath beth. Na, roedd angen newid cwrs, ac efallai wir taw'r *Daily Mail* oedd yn iawn wedi'r cwbl.

'Grace, sdim rhaid i ni gwmpo mas dros hyn…'

Roedd Rhian hithau wedi ymdawelu bellach.

'Nid cwmpo mas yw gwneud safiad, Rhian.' Rhoddodd Grace ei llaw yn gymodol ar fraich y ferch ieuengaf. 'Ond mae'n amlwg bod Merched Llan am wneud safiad ar hyn.'

Ysgydwodd Rhian ei phen.

'Ambell un falle, Grace, ond nid pawb. Dim o bell ffordd.'

'Mae hyn y tu hwnt i fi, Rhian, y peth gore yw cael barn y swyddogion.'

Nodiodd Rhian, eistedd yn ôl yn y gadair a chau ei llygaid.

Pwniodd Grace y rhif cyfarwydd ac aros am eiliad.

'Ie, helô… ie, ie, bore da. Grace Gruffudd, Llywydd Cangen Llanfihangel sy 'ma. Ga i air â'r gyfarwyddwraig plis?… Iawn, ie, fe wna i…'

Rhoddodd Grace ei llaw dros y ffôn a sibrwd wrth Rhian bod y gyfarwyddwraig ar fin gorffen un cyfarfod ond bod siawns y câi air cyn iddi ruthro i gyfarfod arall.

'O ie, helô. Isie tamed o arweiniad sy arnon ni fel cangen…'

Esboniodd Grace y sefyllfa mewn cwta ddwy frawddeg.

'Ie, dwi'n deall hynna, ond…'

'Ie, ie, wrth gwrs. Ydw, cytuno, pob aelod yn werthfawr ond mae 'na safonau, rheolau…'

Daliodd Grace y ffôn bach i ffwrdd o'i chlust mewn ystum a fyddai wedi dweud wrth Rhian, petai honno â'i llygaid ar agor, nad oedd y sgwrs yn plesio Llywydd y Llan o gwbl.

'Wel, beth bynnag am hynny, dyw'r aelodau ddim yn hapus.

Rhai yn ei chofio hi'n grwt, maen nhw'n anghyffyrddus â'r sefyllfa, ac wrth gwrs fy nghyfrifoldeb i yw cyfleu hynny i chi.'

'Mm, ie… Ewrop… Cynta'n byd wnewn ni fadel, gore i gyd. Maen nhw wedi gwthio toreth o reolau twp arnon ni…'

'Hawliau dynol? Wel wrth gwrs 'mod i… Ond beth am hawliau'r mwyafrif… pobl fel fi, a Celia…?'

Erbyn hyn cerddai Grace mewn cylchoedd o amgylch y gegin, ei sodlau cath fach yn tap tapian ar y llawr llechi.

'Wel, mae'n siŵr y byddech chi'n cytuno bod diogelu enw da'r mudiad yn hollbwysig…'

'Ydw, wrth gwrs 'mod i'n falch i fod yn aelod o fudiad eangfrydig a blaengar, ond mae'n…'

'Ie, wrth gwrs, dwi'n cytuno bod ymladd dros hawliau merched yn rhan o'n hanes ond…'

'Ie, fe wna i. A diolch i chi am gynnig dod draw 'ma i drafod, falle y daw hi i hynny wir…'

'Bore da i chi hefyd. A diolch.'

'Am ddim byd,' ychwanegodd o dan ei gwynt ar ôl diffodd y ffôn.

Aeth at y ffenest, ei hagor eto a llyncu'r awyr iach yn farus. Roedd yn ymwybodol bod llygaid Rhian ar ei chefn.

'Mae rhywun yn disgwyl cefnogaeth o'r pencadlys, pam arall y'n ni'n talu'n harian aelodaeth?' gofynnodd, yn dal i edrych allan i'r ardd. Roedd y tri-lliw-ar-ddeg yn dal i flodeuo, dim ond arlliw o gysgod yr hydref oedd ar y pennau mawr.

'Gwneud ei jobyn ma hi, Grace. Cynnig cyngor teg, cyngor da, diduedd.'

Wfftiodd Grace. 'Falle wir. Ond o'n i wedi disgwyl gwell. Mae digon o sens 'da hi fel arfer. Wel, cawn ni weld pa mor hunanfodlon fyddan nhw sha Aberystwyth 'na pan fydd rhwyg ym Merched y Wawr Llan 'ma. A hynna ym mlwyddyn dathlu'r rhwyg anferthol a roddodd fod i'r mudiad yn y lle cynta. Bach o eironi yn fanna yn rhywle, yn does?'

Anesmwythodd Rhian yn y gadair gyfforddus.

'Chi 'rioed o ddifri, Grace? Prin bump ar hugain o aelodau sy 'da ni nawr; sdim lle i ddau grŵp yn y Llan.'

Caeodd Grace y ffenest.

'Sdim dewis, Rhian fach. Dyna'r peth ola fydden i isie, wrth gwrs, ond dwi wedi cael fy ethol yn ddemocrataidd a rhaid i fi wneud yr hyn mae'r mwyafrif am i mi ei wneud. Nid fy mai i yw hyn – ond bai Ewrop, a bai Ceri am ein rhoi ni yn y fath sefyllfa anodd.'

Estynnodd bentwr o dudalennau deiseb i Rhian.

'Wnei di ddosbarthu'r rhain i'r aelodau sy ddim ar e-bost? Anfona i gopïau electronig i'r lleill. A nawr, os wnei di fy esgusodi i, mae gen i alwadau ffôn i'w gwneud.'

Cymerodd Rhian y ffurflenni. 'Finne hefyd,' atebodd yn swta.

3

Y<small>N YR AWR</small> dda y bu Ceri'n sefyll wrth ffenest ei llofft yn disgwyl, roedd wedi gweld Grace yn croesi'r Sgwâr a basged lwythog yn ei llaw, hen ddyn yn cerdded o gylch y Sgwâr i fynwent Bethel yn dal tusw o grysanthemyms pendrwm wrth ei ochr i'w gochel rhag y gwynt main, ac Iola, ei gwallt melyn yn symud yn ôl ac ymlaen fel cynffon ceffyl ar ddiwrnod clerog, yn loncian o amgylch y llain werdd a ffurfiai ganol y Sgwâr. A dim arall. Mae'n debyg bod rhai wedi codi'n blygeiniol i fynd â'r ci am dro, ond bod y rheini wedi hen fynd, a bellach yn ôl yng nghlydwch eu cartrefi neu wrth eu gwaith.

Ac wrth gwrs, roedd rhywun ar neges arbennig wedi dod i'r Sgwâr rhywbryd rhwng iddi ddringo'r stâr i'r cae nos y noson gynt a phan ddihunodd toc cyn wyth o'r gloch. Roedd yr amlen wen yn ei disgwyl ar lawr y cyntedd ac arni un gair o gyfeiriad. 'Ffrîc.' A hynny mewn beiro goch.

Roedd wedi codi'r amlen a'i hagor yn y gegin y bore hwnnw, er y medrai weld a theimlo ei bod yn wag, cyn ei thaflu at weddill y sbwriel i'r bin o dan y sinc. Ni fyddai'r amlen hon yn cael ei hailgylchu. Teimlodd y cyfog yn codi. Arllwysodd wydraid o ddŵr a'i yfed yn araf bach. Beth oedd yn bod arni? Roedd hi wedi paratoi at hyn, wedi disgwyl rhyw fath o ymateb. Ond eto...

Pwy?

Dieithryn debyg.

Dyna oedd ei phrofiad. Pobl nad oedden nhw'n ei hadnabod yn chwerthin a bytheirio arni yn y stryd. Tagwyd hi nawr gan atgof o'r ofn hwnnw a deimlai pan oedd ei chorff heb newid digon iddi fedru ymdoddi yn y pair o wynion a duon, Iddew a Moslem, a phawb arall a ystyrid yn 'normal' yn ei rhan hi o Lundain. Cydgerddai'r ofn i bobman gyda hi bryd hynny, ond roedd ar ei waethaf pan âi allan fin nos, i'r siop neu i gwrdd â ffrind. Roedd alcohol yn llacio tafodau.

Bryd hynny dal ei thafod a wnâi hi. Anwybyddu'r gwawdwyr. Dyna oedd yr ymateb mwyaf diogel. A dyna a wnâi nawr. Ni fyddai'n sôn wrth neb am hyn. Siawns, o beidio cael ymateb o fath yn y byd, na fyddai'r llythyrwr yn tarfu arni ymhellach.

Ar ôl yfed ei phaned blygeiniol roedd wedi dod i sefyll wrth ffenest y llofft. Edrychodd ar ei horiawr unwaith yn rhagor. Roedd y lorri ddodrefn ymhell ar ei hôl hi.

Am chwarter i un ar ddeg y llusgodd honno i stop yn y Sgwâr.

'Sorry we're late, love, this place is so far from everywhere,' meddai'r gyrrwr canol oed wrth i Ceri ei gyfarch o'r drws ffrynt.

'No, everywhere is far from this place,' atebodd hithau, efallai yn rhy frathog o feddwl ei bod yn dibynnu ar hwn a'i gyd-weithiwr i gludo ei heiddo i'r tŷ yn ddiogel. Ond roedd y neges haerllug ben bore a hwyrni'r cludwyr ar ben hynny wedi'i gwneud yn swrth.

'Any chance of a cuppa, love?' gofynnodd y gyrrwr wedyn, gan rwbio'i gefn a thynnu ei jîns gymaint i'r gogledd ag a ganiatâi ei fol nobl.

A hwythau wedi cyrraedd o'r diwedd roedd Ceri'n awyddus iddynt fwrw ati. Ond taw piau hi.

'Of course,' atebodd, gyda llawer mwy o gynhesrwydd nag a deimlai.

'Good girl,' meddai'r gyrrwr wedyn wrth iddo fe a'i gyd-weithiwr iau a llawer sioncach ei dilyn i'r gegin.

Rhyfedd fel y gall dau air newid popeth, meddyliodd wrth lenwi'r tegell.

Menyw oedd hi i'r ddau hyn.

Reit, roedd rhaid iddi anghofio am neges y llatai gwenwynig dienw. 'It's in your power not to become a victim,' dyna oedd un o hoff ddywediadau ei chwnsler. Roedd wedi talu digon iddo am y fath emau, roedd rheidrwydd arni i'w defnyddio! Gwenodd am y tro cyntaf y bore hwnnw a thynnu pecyn o fisgedi o'r cwpwrdd.

'Tea or coffee?' gofynnodd ar ôl hwylio'r bwrdd. Cytunodd y ddau ar de, ond penderfynodd Ceri taw te tramp fyddai'n ei weini – byddai llenwi tebot yn wahoddiad i oedi.

'Took us forever to get to you,' meddai'r gyrrwr, gan gymryd tair bisged.

'Two hundred and twenty miles, you'd expect to make it in four hours, four and a half tops, but this place… how long, Mike mate?

'Six hours, Terry.'

'And no bleedin signposts,' ychwanegodd y gyrrwr, 'and the Satnav – she's well confused.'

'Ah well, you're here now, and so is my stuff. Shall I show you where things are to go?' Symudodd Ceri at y drws.

'Need to see a man about a dog first, love,' meddai Terry.

'Your chihuahua can wait. Make way for the donkey,' atebodd Mike, a edrychai yn debycach i filgi nag unrhyw anifail arall – yn fain, ac yn llwyd, ac yn chwilio am unrhyw esgus i'w heglu hi. Roedd rhyw olwg lwglyd, eiddgar ar ei wyneb di-liw.

Roedd Ceri'n ymwybodol wrth gwrs bod y ddau'n disgwyl iddi ymateb i'w pryfocio, ond doedd ganddi ddim bwriad o roi'r pleser hwnnw iddynt.

'The lavatory is upstairs, first on your right,' meddai. 'I'll be outside when you're ready.'

Lavatory? Pwy oedd hi'n meddwl oedd hi? Y Frenhines? Rwyt ti'n mynd yn hen drwyn, dwrdiodd ei hun. Rho'r gorau iddi nawr. Falle cei di faddeuant gan bobl Llan am newid rhyw, ond chei di ddim maddeuant am fod yn fawr. Mae'r rhain yn gwybod yn iawn pwy wyt ti – Ceri, Ceridwen Rhif 1, a dyna fyddi di fyth.

Fe gymerodd drwy'r prynhawn, dwy baned arall a gweddill y bisgedi i Terry a Mike wagu'r lorri, wel i Mike wneud hynny a dweud y gwir. Goruchwylio wnâi Terry ar y cyfan. Erbyn i'r olaf o betheuach Ceri gael eu cludo i'r tŷ roedd Grace wedi polisio'r bwlyn pres ar ei drws ffrynt gyda chymaint o eli penelin fel na allai'r Sarjant Mejor mwyaf cysetlyd gwyno. O bryd i'w gilydd daliodd Ceri hi'n edrych draw i gyfeiriad Rhif 1 gan ei hanwybyddu hi'n llwyr. Yn y petheuach, yn hytrach na'r person, mae'n amlwg, yr oedd diddordeb Grace.

'You an artist then?' gofynnodd Terry wrth fwrw golwg drwy'r cynfasau yn yr ystafell wely gefn lle'r oedd Ceri wedi gosod ei hîsl a'i phaent pan gyrhaeddodd brynhawn Llun. Roedd wedi cario'r rheini gyda hi yn y car rhag ofn y byddai'r awydd i beintio yn ei bwrw'n syth ar ôl cyrraedd Llanfihangel. Aeth pethau eraill â'i sylw, ond nid oedd yn difaru dim. Roedd sut orau i ddod adre'n ôl wedi ei thrwblu'n dawel bach ers misoedd lawer. Nid y symud ei hun wrth gwrs, ond sut i ymddangos ar ei newydd wedd heb wynebu cwestiynau di-ri, a heb achosi embaras i eraill chwaith. Bellach roedd hynny wedi'i gyflawni, a heblaw am oerni amlwg Grace, a'r un amlen sarhaus, roedd pethau wedi mynd cystal ag y gellid disgwyl. Beth bynnag, byddai digon o gyfle i beintio dros y misoedd nesaf; doedd dim llawer o gyfleoedd eraill yma i fradu amser.

'Nice. I like a bit of Monet myself,' meddai Terry gan syllu ar lun a beintiodd Ceri yn Ffrainc yr haf cynt.

Weithiau byddai rhywun yn dweud rhywbeth a theimlai

Ceri ei bod yn cael ei rhwygo ddwy ffordd. Roedd hwn yn un o'r troeon hynny. Roedd rhan ohoni am fynegi boddhad bod Terry wedi adnabod cartref a gardd ryfeddol yr arlunydd o'i hymgais bitw hi, a rhan arall am fynegi syndod at ei ddiléit annisgwyl. Yn ei chyfyng-gyngor, collodd y cyfle i ddweud y naill beth na'r llall wrth i Terry adael yr ystafell i weld sut oedd Mike yn dod i ben.

Gosododd Ceri'r cynfas ar yr îsl a chamu'n ôl i edrych arno eto. Roedd wedi ei phlesio pan orffennodd y llun yn haul Normandi flwyddyn yn ôl. Ond byth ers hynny roedd wedi amau ei fod yn rhy lachar, gymaint felly nes iddi fwrw golwg droeon dros y ffotograffau a dynnodd ar yr un pryd. Cadarnhaodd y rheini nad ei dychymyg hi a blastrodd y cynfas mewn gwyrdd a melyn, oren a choch. Lliwiau a oedd yn gweiddi, lliwiau oedd yn rhegi ei gilydd fel y byddai Mam-gu yn ei ddweud. Debyg bod lluniau, fel bwyd a gwin a phopeth arall, yn gweddu i'w cynefin, ond yn deithwyr sâl. Ofnai na fyddai ei lilis *Monetesque* yn hawlio lle ar waliau llwm Rhif 1, Y Sgwâr.

Roedd rhywbeth arall am y llun yn ei thrwblu hefyd. Roedd wedi gwneud ei gorau glas i beidio â chopïo campwaith Monet yn slafaidd, ni welai unrhyw werth yn hynny. Pwy yn ei iawn bwyll fyddai'n ceisio cystadlu â'r meistr? Ond roedd gormod o adlais o hynny yn y llun. Dyna'r broblem, wrth gwrs, o beintio golygfa mor gyfarwydd. Y gamp oedd rhoi ei stamp ei hun ar ardd nad oedd prin wedi newid mewn canrif, ac roedd wedi methu.

Gwyddai Ceri'n iawn y byddai ei therapydd wedi ei dwrdio (yn dawel a chwrtais iawn wrth gwrs) am fod mor llym â hi ei hun. A gwyddai'n iawn hefyd taw rhan o'r hen frwydr i fod yn driw iddi ei hunan oedd yn gyfrifol am ei gorymateb. Dylai fod yn llai beirniadol, wir. Gwenodd, dyna hi eto yn canfod bai am ganfod bai. Roedd hi'n anobeithiol, y Methodist ynddi'n drech na'r blynyddoedd o sesiynau cwnsela costus. Rhoddodd y cynfas i'r naill ochr a rhoi llun o un o strydoedd Llundain yn y glaw yn ei le.

'A nice cuppa would set us on our way,' galwodd Terry i fyny'r grisiau.

Caeodd Ceri'r drws ar y lluniau gan addo iddi ei hun y byddai'n bwrw ati i ddechrau ar rywbeth newydd yn o handi. Darlun o Lyn Awen efallai. Byddai hynny'n gweddu ac yn harddu'r hen waliau llwyd yma.

Hanner awr yn ddiweddarach, a Terry a Mike wedi ffarwelio â hi fel hen gyfeillion yn sgil cildwrn nobl, caeodd Ceri ddrws cefn Rhif 1 ar ei hôl. Sychodd ei thraed ar y llwybr cyn mentro esgyn stepiau sgleiniog Rhif 6. Tybed a ddylai fynd i'r drws cefn fel ers talwm? Penderfynodd beidio. Tarodd Ceri'r bwlyn pres sgleiniog. O fewn eiliad clywodd lais Grace yn gweiddi rhywbeth cyn iddi agor y drws. Roedd Grace fel pìn mewn papur, blowsen wen wedi ei gwthio'n dwt i jîns ac iddynt y plyg sythaf a welodd erioed. Ond roedd golwg flin ar ei hwyneb ac roedd Ceri'n difaru'n barod iddi daro heibio'n ddirybudd. Ond doedd mo'r help. Doedd rhif ffôn Grace ddim ganddi, a beth bynnag, nonsens oedd ffonio cymydog a threfnu galw; ni fyddai pobl Llan fyth yn gwneud hynny. Neu o leiaf, nid dyna oedd y drefn chwarter canrif ynghynt.

'Wyt ti wedi bod ar ben drws ers sbel?' gofynnodd Grace. 'Methu clywed dim yn y tŷ 'ma – Alaw a'i cherddoriaeth, os ti'n galw fe'n gerddoriaeth hefyd,' meddai gan droi ac edrych tua'r llofft.

'Oes munud 'da ti? Isie trafod y Neuadd a'r Llyfrgell ydw i.'

Agorodd Grace y drws yn lletach a dilynodd Ceri hi i'r tŷ ac i ystafell eang ar yr ochr chwith. Parlwr oedd e o hyd, a phrin oedd ôl byw yno. Amneidiodd Grace arni i eistedd ar un o'r ddwy soffa ledr wen a wynebai fwrdd coffi ac arno dri llyfr swmpus. Hoeliodd Ceri ei sylw arnynt rhag gadael i'w llygaid fusnesu gormod ar gynnwys gweddill yr ystafell. *Plants and Flowers, Royal Horticultural Society* oedd ar waelod y pentwr, *Cymru* John Davies a Marian Delyth oedd y jam yn y frechdan, a *Gardens of the National Trust* a hawliai'r brig.

'Siôn, y gŵr, sy'n ymddiddori mewn garddio,' meddai Grace gan eistedd gyferbyn â Ceri. 'Er, digon prin yw'r cyfle i fynd i ymweld ag unrhyw erddi. Galwadau lu ar reolwr cymdeithas adeiladu,' meddai'n ddifrifol.

'Ydy, mae gwaith yn medru mynd yn drech…'

Aeth Ceri ddim pellach; roedd ei geiriau fel petai'n awgrymu nad oedd Siôn yn medru dygymod, ac nid dyna ei bwriad o gwbl. Byddai Grace yn siŵr o glywed ensyniad yn y geiriau a theimlo ei bod yn barnu. Os oedd modd digio byddai'n achub ar y cyfle i wneud, gwyddai Ceri hynny'n iawn.

'A sai'n gwybod wir a ddylen ni barhau'n aelodau o'r Ymddiriedolaeth Genedlaethol – maen nhw wedi gwneud shwd smonach o bethe'n ddiweddar. Glywest ti amdanyn nhw'n gwahardd yr Helfa Wyau Pasg? Pasg yn dieithrio pobl, medden nhw. Beth nesa?'

Pwysodd Grace ymlaen i sythu'r llyfrau twt.

'Mae'n braf bod 'nôl…' dechreuodd Ceri eilwaith.

'Felly, y Neuadd a'r Llyfrgell,' prociodd Grace. Gwelodd Ceri hi'n edrych ar ei sgidiau. Roedd amryw wedi edmygu'r sandals arian, rhyw hybrid o sgidiau a sandals, a Ceri yn mwynhau dweud wrthynt eu bod wedi eu gwneud â llaw gan grefftwraig o Fachynlleth y digwyddodd daro ar ei gwaith ar y we. Ond syllu heb wneud yr un sylw a wnaeth Grace.

Teimlodd Ceri ei phen-ôl yn llithro ar hyd y lledr llyfn ac eisteddodd i fyny'n sythach.

'Meddwl am yr ymgyrch o'n i, a…'

'Ymgyrch? Y ddeiseb wyt ti'n feddwl?'

Sylwodd Ceri fod Grace yn eistedd ar flaen y soffa. Dyna felly oedd y ffordd i gadw rheolaeth. Ond wrth iddi symud gwnaeth y soffa sŵn amheus.

'Dwi ddim wedi torri gwynt, wir-yr, Grace,' chwarddodd Ceri.

Ymledodd gwên dros wyneb Grace. Sylwodd Ceri ar y minlliw hyfryd o gynnil ar ei gwefusau llawn. Byddai wedi hoffi holi'r union enw a chanfod ble roedd Grace yn prynu ei cholur yn lleol. Ond mae'n debyg na fyddai Grace yn gwerthfawrogi ei hymgais i ddechrau'r fath sgwrs ferchetaidd.

'O't ti wastad yn ddoniol, Ceri. Wel, yn yr ysgol fach ta beth.'

Nodiodd Ceri. 'Chware'r ffŵl byth a beunydd bryd 'ny.'

Ond roedd Grace wedi difrifoli drachefn.

'Dwi wedi anfon y ddeiseb at yr aelodau. Doedd dim pwrpas i ti gael copi wrth gwrs,' meddai, ei llais yn llyfn, resymol.

Wrth gwrs, roedd Grace yn iawn, doedd hi prin yn adnabod neb y medrai ofyn iddynt lofnodi'r ddeiseb. Ond eto...

'Ma gen i gwpl o syniade.' Magodd Ceri damed o hyder wrth i Grace gydio mewn clustog, ei gosod wrth ei chefn ac eistedd yn ôl ryw fymryn. Dechreuodd Ceri ar ei hesboniad ac ymwroli ymhellach o weld arlliw o wên eto ar wyneb y llall. Ond ymhell cyn iddi ddod i ben torrodd Grace ar ei thraws.

'Gyda phob parch...'

Gwyddai Ceri o'r tri gair damniol hynny nad oedd ei hawgrym yn mynd i gael croeso.

'Dyna'r cynllun mwya anwaraidd dwi wedi'i glywed erioed, a dwi wedi clywed fy ngwala o syniadau gwallgo dros y blynyddoedd. Na, Na, Na. Ac yn bendifadde nid yn enw Merched y Wawr.'

'Ond, gwranda...' ceisiodd Ceri atal y llif.

'Bydden ni'n tynnu pawb i'n pennau o wneud rhywbeth

mor ddieflig. Mae'r swyddogion yn Aberystwyth fel arfer yn lico rhyw gynlluniau waci ond bydde hyd yn oed nhw'n cael ffit biws tasen ni'n gwneud hyn. A fydde dim bai arnyn nhw. Mae'n cymryd blynyddoedd i ennill enw da, eiliadau i'w golli. Bydde'r aelodau yn heidio 'nôl i'r W.I. – bydden ni'n difa hanner canrif o waith caled…'

Roedd wyneb Grace yn gochddu a chododd yn swta i agor drws yr ystafell. Gan feddwl taw arwydd pendant iddi adael oedd hyn, cododd Ceri hefyd. Ond safai Grace wrth y drws yn ei wyntyllu yn ôl ac ymlaen. Deuai bît cyson gitâr fas o'r llofft.

'Ond os ga i orffen…'

'Dwi wedi clywed digon, diolch,' rhefrodd Grace.

A hithau ym mharlwr antiseptig Grace ni theimlai Ceri y gallai brotestio ymhellach, ond wrth iddi fynd tua'r cyntedd rhoddodd un cynnig arall arni.

'Falle dyle'r aelodau ga'l barnu?'

Bu eiliad o dawelwch wrth i Grace sychu ei dwylo mewn hances wen blygiedig a dynnodd o boced ei jîns. Roedd y llythrennau GWJ wedi eu pwytho arni. Grace Wyn Jones. Crair o'i dyddiau yn nosbarth Miss Llwyd yn yr ysgol gynradd, mae'n siŵr. Roedd yr hancesi a bwythodd Ceri wedi hen ddiflannu. Sychodd Grace ei dwylo'n drwyadl cyn plygu'r hances a'i gosod yn ôl yn ei phoced. Dim ond wedyn y cododd ei golygon i edrych ar Ceri.

'Mae democratiaeth yn iawn yn ei le,' meddai Grace yn araf, bwyllog nawr. 'Dwi wedi cael fy ethol yn Llywydd Merched y Wawr Llan, yn ddemocrataidd, wedi fy ethol i arwain, i wneud penderfyniadau.'

Agorodd y drws ffrynt.

'Mynegi barn mewn ffordd waraidd, dyna yw democratiaeth, a dyna a wnawn ni drwy'r ddeiseb. Does dim lle i anarchiaeth mewn gwlad ddemocrataidd,' ychwanegodd

Grace, pob gair yn cael y sylw dyledus fel petai'n llefaru ar lwyfan y Genedlaethol.

'Pawb a'i farn,' atebodd Ceri dros ei hysgwydd wrth gamu i'r awyr iach.

4

TYWALLTODD CERI O'R botel Merlot er gwaetha'r ffaith nad oedd ond pump o'r gloch. Beth bynnag, roedd y botel ar ei hanner ers y noson cynt. Roedd hi angen drinc neithiwr, ac roedd angen drinc arni nawr hefyd ar ôl bod yn glanhau a thwtio am fod Rhian, Iola ac Ann yn taro draw ar ôl swper i roi clust i'w syniad i achub y Llyfrgell.

Grace a'i hymateb chwyrn i'w chynllun a'i gyrrodd at y botel neithiwr. Roedd ei theimladau briw wedi para am oriau, yn union fel y gwnaent yn dilyn rhyw gwympo mas plentynnaidd rhyngddynt. Bryd hynny cwtsh yng nghôl Mam-gu oedd wedi lleddfu ei phoen a'i galluogi i ymwroli eilwaith. Ond roedd y Merlot yn un da, ac wrth i'r alcohol ei hymlacio'n gorfforol neithiwr roedd y llonyddwch meddwl a ddôi yn ei sgil wedi ei galluogi i ystyried y cam nesaf. Os nad oedd Grace am roi'r cynllun ar waith, yna pwy fyddai'n fodlon cydweithio â hi? Rhian oedd yr unig un arall oedd wedi torri mwy nag ychydig eiriau â hi mewn gwirionedd yn ystod y pedwar diwrnod ers iddi gyrraedd y pentref.

'Ond fe aeth hi'n syth â dy stori di at Grace,' meddai llais bach anfoddog yn ei phen.

'Falle'n wir, ond dyna'n union oedd dy fwriad. Esbonio'r driniaeth newid rhyw i un person ac wedyn gadael i'r neges fynd ar led. Felly does gen ti ddim byd i gwyno amdano. A ta beth, Rhian yw'r unig opsiwn. Dwyt ti ddim yn adnabod neb arall yn y pentre y medri di ofyn iddyn nhw am help,' atebodd y llais croes.

'Ond ma hi yn giang Grace,' ymatebodd y llais cwynfanllyd. 'Sdim pwynt i ti ofyn iddi hi, ar ben dy hunan bach neu ddim o gwbl yw'r ffordd mlân.'

Roedd y lleisiau piwis ar eu gwaethaf neithiwr ac wedi mwydro'i phen yn llwyr. Teimlai'r tŷ yn annioddefol o drymaidd. Ac felly, gyda'i gwydr yn ei llaw, aeth Ceri i eistedd ar riniog y drws cefn. Dyma lle byddai'n dod i anadlu ers talwm, i bwyso a mesur, yn aml yng nghwmni ei mam-gu, y ddwy yn magu paneidiau o de cryf.

O'r rhiniog medrai weld gardd gefn Rhif 6. Neithiwr roedd Siôn yno yn dwgyd ychydig o amser prin rhwng gorffen gwaith a'r machlud. Roedd hi'n ddiwetydd mwyn ac roedd wrthi'n tocio'r rhosod, ei symudiadau hamddenol, rhwydd yn bloeddio bodlonrwydd. Druan, roedd yn hollol anymwybodol o'r awyrgylch annifyr a fyddai'n siŵr o'i gyfarch pan âi i'r tŷ am ei swper. Teimlai Ceri'n euog am hynny.

Bu'n eistedd yn llonydd yn y tawelwch am amser hir, cyhyd nes nad oedd yn dawelwch mwyach. Yn raddol aildiwniodd ei chlust i gleber yr adar bach wrth iddynt baratoi i noswylio, ac i suo diog y gwenyn a oedd yn pigo ar y *buddleia* wrth y sied obry.

Roedd wedi codi ddwywaith neu dair i ail-lenwi'r gwydr. Erbyn hynny roedd hi wedi tywyllu a Siôn wedi hen ddiflannu i glydwch cegin Rhif 6, lle roedd Grace, mae'n siŵr, yn cintachu amdani hi. Hyd yn oed yn ffresni'r awyr agored roedd y lleisiau'n ei phen wedi parhau i ddadlau am oes, a'r gwin coch wedi gwneud Ceri'n fwyfwy araf ei rhesymegu.

'Os na wnaiff rhywun rywbeth glou bydd hi'n rhy hwyr,' meddai'r llais callaf o'r diwedd. 'Mae'n unfed awr ar ddeg,' mynnodd y llais yn ddramatig wedyn.

Bryd hynny yr oedd Ceri wedi yfed gweddill y gwin ar ei dalcen.

'Sdim iws codi pais ar ôl piso,' meddai'n uchel gan daro golwg ar ei horiawr i sicrhau ei bod wedi deg o'r gloch, cyn cau drws Rhif 1 am yr eilwaith y noson honno. Y tro hwn gobeithiai am well derbyniad.

Ac roedd wedi cael croeso yn nhŷ Rhian. Roedd Ceri wedi esbonio ei chynllun yn gryno, heb ymhelaethu o gwbl, gan nodi ymateb Grace mewn modd mor deg a diduedd â phosib. Roedd Rhian wedi ei sicrhau y byddai'n taro draw'r noson ganlynol, ac y byddai'n gwahodd Iola ac Ann i ddod gyda hi, ar y sail bod y ddwy wedi bod yn rhan o ymgyrch yr ysgol, ond yn anad dim oherwydd nad oedd ofn Grace arnynt.

Neithiwr oedd hynny ac roedd addewid Rhian i ddod draw heno ar ôl swper wedi esgor ar ddiwrnod o gymoni. Bwriodd Ceri olwg frysiog dros y gegin. Ychydig bach mwy o dwtio yn y gornel bellaf a byddai'r lle'n weddol bach mewn pryd iddi groesawu'r merched. Agorodd y bocs cardfwrdd a oedd yn gymysgfa o lyfrau a'i halbymau ffotograffau. Cododd y llyfrau a'u rhoi ar y silff ffenest. Byddai'n rhaid iddi godi silffoedd llyfrau maes o law. Wrth gwrs, nid oedd angen rhywbeth felly ar Mam-gu. Tri llyfr a gofiai Ceri yn y tŷ erioed – y Beibl teuluol a eisteddai ar ben y piano yn yr ystafell ffrynt o hyd gyda'r llyfr emynau, a'r llyfr ryseitiau a fu'n eiddo gynt i fam Ceridwen a'i mam hithau. Ynddo roedd Ceridwen wedi ysgrifennu ei rysáit hi ar gyfer jam mefus a chacen ffrwythau wedi'u berwi, i gyd-fynd â'r ryseitiau cawl a tharten fale a chatwad cidnabêns yn ysgrifen gain y cenedlaethau a fu. Roedd y drysorfa bellach yn ddiogel yn nrôr y seld a Ceri wedi ei chwato yno rhag beirniadaeth y tudalennau gwag.

Roedd ei halbymau ffotograffau yn rhy lydan i'r silff ffenest a chariodd Ceri nhw i'r llofft i edrych am loches addas – nid oedd am iddynt fod ar gael i bawb eu bodio. Nid bod ganddi gywilydd o unrhyw ffotograff arbennig, roeddent yn gofnod gwir o'i hanes, o'i 'thaith' fel y byddai'r cwnsler yn ei alw. Er, efallai fod ganddi gywilydd o'i chyfnod pinc hefyd, obsesiwn cyffredin a derbyniol mewn merched bach pedair oed, nid felly mewn rhywun chwe throedfedd ac un fodfedd. Roedd y llun ohoni yn y sgert gwta *shocking pink* wedi hen weld fflamau coelcerth ond roedd wedi ei serio ar ei chof. Gweld y llun hwnnw oedd y trobwynt; daeth rhyw fath o sobrwydd cymharol yn ei sgil. Rhoddodd yr albymau yn y cwpwrdd wrth ymyl ei gwely gan ganiatáu iddi'i hun agor yr olaf. Ar hap trawodd ar lun ohoni hi a Marc. Roedd yn gwybod yn iawn ble a phryd y tynnwyd ef – ar y fferm ddinesig yn Hackney, ar brynhawn Sul, y penwythnos cyn iddo ei gadael hi.

Nid bod hynny'n sioc iddi, ond roedd yn ysgytwad yr un fath. Roedd wedi amau droeon dros y misoedd olaf hynny. Byddai Marc yn codi sgwrs â rhieni ifanc, yn siarad â babis bach mewn rhyw lais rhyfedd. Ac ar y Sul hwnnw roedd wedi cyfaddef. Yn ddeugain oed roedd fel 'iâr glwc' – ei ddisgrifiad ef, nid ei disgrifiad hi. Ac er y byddai hithau hefyd wedi dymuno cael plant, roedd yn amhosib. Ond roedd hi yn bosib i Marc fod yn dad – i blentyn rhywun arall. Ac er y boen a deimlai o'i golli, hyd yn oed ddeunaw mis yn ddiweddarach fel hyn, byddai'n trysori'r saith mlynedd hapus a gafodd yn ei gwmni am byth. Roedd Marc wedi bod yn dda iddi, wedi rhoi taw ar un gofid mawr a oedd wedi ei nychu yn y degawd cyn iddi ei gyfarfod. Fe oedd y cyntaf iddi ymddiried digon ynddo i beidio â dal 'nôl, a'r noson gynta honno roedd e wedi dweud yn dawel ei bod 'yn fenyw i gyd', ac nad oedd 'dim gwahaniaeth'. Gwyddai'n iawn i Marc gael nifer o gariadon, ac iddo fod yn briod unwaith, ac roedd y cadarnhad tawel, ac iddo ei roi heb iddi orfod gofyn y cwestiwn, wedi newid ei byd.

Diwedd y berthynas â Marc, dyna oedd y catalydd o ran symud yn ôl i'r Llan. Roedd bywyd dinesig wedi mynd i'w llethu fwyfwy dros y blynyddoedd, pobl ym mhobman yn troi yng ngwynt ei gilydd. Roedd wedi breuddwydio droeon am symud i'r wlad ond gwyddai ei bod yn llawer haws i rywun fel hi ymdoddi mewn dinas. Ond ar ôl colli Marc dim ond ofn beirniadaeth a'i cadwai yn y metropolis, ac roedd ei chwnsler wedi awgrymu efallai y byddai'n hapusach o wynebu'r ofn hwnnw. Felly penderfynodd fwrw ati o ddifri wedyn i orffen gweddnewid y tŷ a brynodd gwta dri mis ynghynt. Roedd yn dŷ mawr, pedwar llawr, a phymtheg ystafell, ond gwyddai, o'i adnewyddu'n iawn, ac i safon ddigon uchel, y medrai fyw'n gyfforddus ar yr elw am gyfnod hir iawn. Ystyriodd werthu'r cartref yn y Llan hefyd a phrynu bwthyn gwledig lle na fyddai neb yn gwybod dim o'i hanes. Ond roedd rhyw atynfa ryfedd i Lanfihangel ac i'r cartref a rannodd â'i mam-gu, ac roedd Ceri'n amau hefyd bod rhyw ddiawlineb ynddi yn mynnu ei bod yn rhoi ei hunan, a'r Llan, ar brawf.

Trodd y dudalen i weld Marc yn bwydo oen swci a daeth y lwmp arferol i'w gwddw.

'Paid llefen nawr neu fe fydd Rhian a'r criw yn meddwl dy fod ti'n odiach nag wyt ti hyd yn oed,' meddai'n uchel wrthi hi ei hun a dabio'i llygaid rhag i'r masgara redeg. Gosododd yr albwm lluniau yn ei gartref newydd ac aeth i sefyll wrth y ffenest i aros am y merched. Roedd lampau ar bob cornel o'r Sgwâr, er mai gwan oedd llewyrch yr un agosaf i'r tŷ gan fod y goeden yn bwyta'r golau. Ymhen munudau gwelodd jîp yn parcio wrth y Llyfrgell ac Iola'n camu ohono. Agorodd y drws arall hefyd a rhoddodd y deithwraig slam egr iddo. Roedd Ceri'n ei chofio'n iawn o'r cyfarfod. Roedd yn un o'r rhai a gyfrannodd i'r drafodaeth. Menyw yn ei phedwardegau cynnar oedd hi, menyw gref, ei hosgo'n awgrymu y byddai'n un dda mewn argyfwng. Gwenodd Ceri – saith eiliad, dyna meddai'r arbenigwyr yr oedd hi'n ei gymryd i wneud argraff ddrwg neu dda, ac roedd hi fel pawb arall yn euog o ffurfio pob math o ragdybiaethau o edrych ar ymarweddiad pobl.

Gwelodd fod Rhian hefyd yn croesi'r Sgwâr ar drot ac aeth i lawr y grisiau i groesawu'i gwesteion.

'Ceri, dyma Iola ac Ann,' meddai Rhian wrth i Ceri agor y drws cefn iddynt. Am eiliad bu'r lletchwithdod arferol wrth i Ceri geisio penderfynu ai estyn llaw neu sws ar foch oedd orau. Yn Llundain, wrth groesawu rhywun i'r tŷ, sws ar foch oedd y norm, ond doedd Ceri ddim yn siŵr beth oedd arfer y Llan bellach, ac efallai y byddai sws gan fenyw *trans* yn ddigon i godi ofn ar y lleill. Daeth Rhian i'r adwy drwy roi ei braich yn ysgafn ar fraich Ceri, a chododd y ddwy arall eu dwylo mewn cydnabyddiaeth.

'Dewch mewn, dewch mewn, a diolch am ddod. Meddwl falle bydden ni'n fwy cyfforddus yn y gegin,' meddai Ceri wrth gymryd y cotiau a'u hongian.

'Rhywbeth bach.' Estynnodd Ann hanner dwsin o wyau i Ceri.

Cododd lwmp sydyn yn ei gwddf. Rhyw arwyddion bach o garedigrwydd fyddai'n ei tharo galetaf bob tro.

'Wel diolch, Ann – sdim byd yn well nag wyau ffres. Wrth fy modd gydag wy wedi'i sgramblo ac eog wedi'i fygu i frecwast.'

Gwenodd Ann. 'Henrietta a'i ffrindie yn dodwy jyst fel eogiaid ar hyn o bryd.'

Tynnodd Rhian gadair wrth y bwrdd a gwnaeth y ddwy arall yr un peth.

'Gwin?' cynigiodd Ceri.

'Man a man a mwnci.' Roedd Rhian mewn hwyliau da.

'Coch yn iawn?' holodd Ceri.

'Perffaith,' meddai Ann a Rhian mewn unsain.

'Matsio dy siwmper di.' Prociodd Ann ystlys ei ffrind.

'Well i fi beidio. Gyrru,' esboniodd Iola.

'Sudd oren, Iola?' gofynnodd Ceri wrth dywallt gwin i ddau wydr, ail-lenwi ei gwydr ei hun, a nôl y sudd o'r oergell.

Ar ôl rhyw fân siarad am y tŷ a'r gwin, ac i Ceri ddeall bod Ann ac Iola yn ffermio nid nepell oddi wrth ei gilydd yng nghesail y Twmp, taenodd Ceri ddarn o bapur A3 o'u blaenau ac esbonio'r dwdls a'r nodiadau.

'Iesgob,' meddai Rhian ar ôl i Ceri gael dweud ei dweud. 'Deall yn iawn pam nad oedd Grace yn rhy awyddus.'

'Oedd hi'n gacwn gwyllt, yn ôl Celia.'

'Ti a dy idiome, Ann,' chwarddodd Iola. 'Mae Ann yn mynd i ddosbarth gloywi iaith Grace,' esboniodd wrth Ceri.

'I ddysgwyr sydd ar groesi'r bont,' esboniodd Ann. 'Chware teg i Grace am roi ni ar ben ffordd ond dwi fel gafr ar daranau cyn mynd i'r dosbarth.'

Chwarddodd y tair arall.

'Rhaid i fi gofio hynna, Ann,' meddai Iola. 'Bydd y plant wrth eu boddau â gafr ar daranau i ddisgrifio rhai o'r geifr gwallgo sy 'co.'

Pesychodd Ceri'n ysgafn i geisio atal y sgwrs rhag mynd yn hollol ar gyfeiliorn.

'Wel, beth y'ch chi'n feddwl? Allwn ni roi'r cynllun ar waith?' holodd. Roedd hithau bellach mor nerfus â gafr Ann, ond roedd Iola yn gwenu'n llydan.

'Ysbrydoledig,' meddai.

'Ysbaradigaethus!' ychwanegodd Ann.

'Ys… Clyfar,' meddai Rhian, gan chwerthin yn uchel.

Gwenodd Ceri ei rhyddhad. Gwyddai y dylai gydnabod nad oedd ei chynllun yn un hollol wreiddiol, ond twt, beth oedd yr ots? Roedd yn gynllun da pwy bynnag a feddyliodd amdano, a beth bynnag, prin iawn oedd syniadau hollol wreiddiol; rhyw esblygiad o syniadau blaenorol oedd popeth yn y pen draw.

'Bydde'n dda cael help un neu ddau arall,' awgrymodd Ceri.

'Beth am Llew, cymydog i fi? Mae e'n reit handi gyda morthwyl,' cynigiodd Rhian. 'Dwi'n siŵr y bydde fe wrth ei fodd yn helpu.'

'Allwn ni ymddiried ynddo fe, i beidio gadael y gath o'r cwd?' holodd Ceri, yn awyddus nawr i gadw rheolaeth ar yr holl beth.

Gwenodd Rhian. 'Yn bendant. Ma'n siŵr bod ti'n 'i nabod e, Ceri. O'dd e'n arfer ffarmio Cae Coch.'

Nodiodd Ceri. 'Wrth gwrs, Llew Evans, gŵr Mari Llaeth.'

'Ie, 'na fe. Ma Mari wedi'n gadael ni, siŵr bo pum mlynedd ers hynny, a Llew wedi ymddeol i'r pentre yn y misoedd diwetha 'ma. Ond druan ag e, mae e wedi torri, dyw e ddim yn mynd mas rhyw lawer.'

'Dim blas byw,' esboniodd Ann.

'Be chi'n feddwl am ofyn i Alaw, merch Grace? Digon o amser gyda hi,' cynigiodd Iola.

'Ac fe wneith hi unrhyw beth i dynnu'n groes i'w mam,' meddai Rhian.

Yfodd Ceri lwnc hir o'i gwin. Byddai wedi hoffi holi mwy am Alaw, ond nid oedd am fusnesa chwaith.

'Dwi ddim yn meddwl y dylen ni dynnu Grace i'n penne mwy na sy'n anorfod,' atebodd Ceri'n bwyllog.

'Na gwyntyllu fflamie ffrwgwd rhwng mam a merch,' meddai Iola wedyn.

'Cytuno'n llwyr,' ategodd Rhian. 'Ma Grace yn medru bod yn ddigon pigog, ond mae'n werth y byd hefyd. Bydde'r pentre 'ma llawer tlotach hebddi. Pwy arall fydde'n Llywydd hyn a'r llall, yn Gadeirydd Pwyllgor y Neuadd, yn cynnal gwersi Cymraeg, yn cwcan i bawb ac yn sgwennu i gwyno ar ein rhan byth a hefyd?'

'A medru gwneud y pethau yna i gyd ar yr un pryd,' ychwanegodd Ann.

Chwarddodd y lleill.

'Iawn. Sdim amser i'w golli,' dechreuodd Ceri.

'Amser torchi llewys,' ategodd Ann. 'Mynd â'r maen i'r wal,' ychwanegodd wedyn.

Dros y gwydraid nesaf bu'r pedair yn rhannu cyfrifoldebau, ac erbyn iddynt noswylio a hithau wedi troi deg o'r gloch, roeddent yn barod i gychwyn ar y gweithredu drannoeth.

5

'**M**AE'N WARTH,' TARANODD Grace, gan luchio'r placard ar lawr y gegin.

Cododd Siôn ei drwyn o'r tudalennau chwaraeon ac ymestyn ei gorff i weld beth yn union oedd wedi cynddeiriogi ei wraig am un ar ddeg o'r gloch ar fore Sadwrn.

Parti Llosgi Llyfrau
Y Sgwâr, Llanfihangel
Nos Fawrth 19 Medi 6 o'r gloch

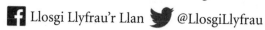 Llosgi Llyfrau'r Llan 🐦 @LlosgiLlyfrau

'Dyw hi ddim yn Ebrill y cynta yw hi?' chwarddodd Siôn wrth ddarllen y geiriau ar yr arwydd.

Clindarddodd y llestri brecwast wrth i Grace agor y tapiau oer a phoeth yn llawn gan anfon cawod o ddafnau mân ar hyd y cownter gwaith. Llifodd diferion fel dagrau ar hyd y cypyrddau gwyn o dan y sinc.

'Sut wyt ti'n medru gwneud hyn yn destun sbort, Siôn?'

'O dere mlân, cariad.' Cododd Siôn a rhoi ei ddwylo ar ei gwar. 'Jôc yw e, tynnu coes.'

Gwthiodd Grace ei gŵr i ffwrdd ag egni tarw a rhwbio'r cownter bob ochr i'r sinc yn ddidrugaredd.

'Hi… fe… hi…'

Anadlodd yn ddwfn.

'Ceri – mae'n dal ar bob cyfle i wneud y lle 'ma'n destun

57

gwawd. Sdim byd ond drama ers iddi gyrraedd, a chwta wythnos sydd ers hynny. Oedd y lle 'ma mor dawel, mor neis...'

'Pob dicter ac eiddigedd yn mudferwi jyst o dan yr wyneb, glei,' meddai Siôn.

'Falle wir,' atebodd Grace. 'Ond 'na beth yw pentre. Peidio â gadael i'r ffrwtian ferwi drosodd, dyna'r gamp. Duw a ŵyr beth wneith hi nesa. Sdim byd yn saff.' Rhoddodd gic i'r placard nes i hwnnw daro coes y bwrdd ac yna goes ei gŵr.

'Pwylla wir, Grace, achos sdim byd yn saff yn y gegin 'ma chwaith ar hyn o bryd.'

Agorodd y drws o'r cyntedd a safai Alaw yno mewn siorts a chrys-t enfawr – ei dewis o wisg nos er yr holl setiau o byjamas a lechai yn nroriau'r cwpwrdd deuddarn yn ei hystafell wely.

'Sdim llonydd i gael yn y tŷ 'ma. Chi fel ci a hwch bore 'ma, beth sy'n bod?' cwynodd Alaw wrth ddod i'r gegin a mynd yn syth at y tegell.

'Hwnna, 'na beth sy'n bod,' atebodd Grace gan bwyntio at y placard a oedd bellach o dan y bwrdd.

'Hi, Ceri sydd wrth wraidd hyn, a mae hi wedi tynnu Llew, druan, ar ei hôl. Oedd e'n llawn Ceri hyn a Ceri'r llall y bore 'ma – a fe fentra i mai fe sydd wedi gwneud y placards 'na. 'Na beth oedd mlân gyda fe yn 'i sied ddoe, siŵr o fod. Oedd e wedi cau'r drws, a dyw e byth yn cau drws y sied.'

Tywalltodd Alaw ddŵr i fŵg a rhoi bag te ar ei ben.

'Pam na wnei di de yn y tebot, Alaw, 'run fath â phobl wâr?'

Cododd ei merch ei hysgwyddau yn y modd hwnnw a wylltiai Grace cyn codi'r bag te a'i gludo i'r bin gan adael cynffon o ddiferion ar hyd y cownter marmor. Rhwygwyd Grace rhwng yr awydd i weiddi ar ei merch ac i grio. Y bore 'ma roedd Alaw yn edrych mor ifanc, ei gwallt golau mor gwta fel bod modd gweld union siâp ei phenglog, fel babi newydd. Fel y babi yr oedd hi ddwy flynedd ar bymtheg yn ôl.

'Isie i ti roi eli ar y breichiau 'na, Alaw,' meddai Grace.

Anwybyddodd ei merch y sylw a phlygu i ddarllen y placard.

'Mam! – methu credu bo chi wedi dwyn hwn! Lladron ma'n nhw'n galw pobl fel chi,' meddai'n goeglyd cyn codi ei the a bwrw 'nôl tua'r llofft.

Chwarddodd Siôn a thaflodd Grace y brws golchi llestri ato. Fe'i daliodd yn dwt a chodi i ateb y ffôn ar yr un pryd.

'O helô, Bronwen. Ydy, mae hi, arhoswch funud fach.'

Ysgydwodd Grace ei phen yn daer.

'Mae'n rhaid i ti, dwi wedi dweud dy fod ti yma,' hisiodd Siôn, gan estyn y ffôn iddi. Cymerodd hi'r teclyn yn anfoddog a gwgu ar ei gŵr wrth iddo ddiflannu drwy'r drws cefn i'r ardd.

'Bore da,' meddai Grace yn ei llais cynhesaf cyn gwrando wedyn ar neges Bronwen. Eisteddodd wrth y bwrdd wrth i honno fynd i hwyl.

'Maen nhw'n blastar ar hyd y Sgwâr 'ma hefyd,' meddai Grace a gadael i Bronwen barablu ymlaen. O leiaf roedd hon o'r un anian â hi, yn un o'r ychydig a oedd wedi cytuno na ellid derbyn Ceri yn aelod o Ferched y Wawr. Roedd Grace wedi ei siomi yn yr ymateb a gafodd gan y lleill, ond 'na fe, rhyw ddilynwyr oedd y rhelyw, ac roedd Rhian wedi gwneud ei gwaethaf. Wedi eu canfasio'n ddygn. Dim ond Bronwen a Celia, dwy o aelodau hynaf y gangen, y ddwy wedi hen gyrraedd oed yr addewid, a oedd wedi dweud y byddent yn dilyn Grace petai'n ffurfio grŵp newydd. Roedd wedi ei siomi yn nifer o'r lleill, yn enwedig y rhai hŷn, tair neu bedair yn eu saithdegau hwyr hyd yn oed, a oedd wedi cefnogi derbyn Ceri'n aelod. Byddai wedi disgwyl i'r hen do wneud safiad dros yr hen draddodiadau, ond nid felly y bu, a chyda'r ddwy ar hugain arall yn ei herbyn, a'r peiriant cenedlaethol hefyd, erbyn hyn roedd wedi gorfod derbyn yr anorfod, sef bod yn rhaid derbyn Ceri'n aelod o Ferched y Wawr Llan. Roedd wedi rhyw hanner meddwl falle y byddai'n gwneud safiad beth bynnag, gadael, ac ymuno â'r W.I. ym Mhenbanc, a mynd â Celia a Bronwen gyda hi. Byddai hynny'n siŵr o godi gwrychyn y swyddogion. Bu mewn cyfyng-gyngor am ddyddiau, ond penderfynu gwneud dim, o leiaf am y tro, a wnaeth yn y pen draw. Hi wedi'r cyfan oedd Llywydd Merched Llan a hynny yn y flwyddyn hollbwysig hon, a'i dyletswydd oedd ysgwyddo'r baich, er bod hwnnw nawr yn faich anghyfforddus ar un wedd. Roedd fel y Frenhines yn hynny o beth – dyletswydd yn gyntaf, dyna ei harwyddair. A beth bynnag, gyda Merched y Wawr Llan roedd ei chalon.

Roedd Bronwen yn dal i fytheirio. Chwarae teg, prin oedd y siawns a gâi i siarad â bod dynol; ei chŵn defaid fyddai fel arfer yn gorfod dioddef ei cheintach.

'Ie, ie, chi'n hollol iawn, Bronwen. Fel arfer dwi yn ei chanol hi, ond na, ddim y tro hwn. Dim byd o gwbl i'w wneud â fi…'

'Ydw, cytuno'n llwyr, heresi…'

'Wel, ie. Ceiniogau prin y tlawd a'u prynodd nhw, un ai'n uniongyrchol neu yn sgil y trethi. Bydde'r hen bobl yn troi yn eu beddau, bydden wir.'

Doedd Grace, wrth gwrs, ddim yn gwybod pa lyfrau oedd i'w llosgi ond roedd 'ceiniogau prin y tlawd' yn gymal mor ddefnyddiol. Ac yn sicr, byddai'r geiriau'n felodi i glust Bronwen a stryffaglai i gael deupen llinyn ynghyd yn y tyddyn mynyddig a ffermiai ar y Twmp, fel ei rhieni gynt.

Rhoddodd Grace ei phenelin ar y bwrdd er mwyn pwyso'i phen yn ei llaw. Rhwbiodd ei bysedd mewn cylchoedd bach i geisio lleddfu'r poen pen a oedd yn prysur waethygu.

'O, nawr, Bronwen, ailystyriwch wir…'

Gwrandawodd eto, yn astud bellach.

'Bronwen, bydde'ch colli chi, un o'n haelodau cynta ni, yn

golled lem… a leni gyda'r ymgyrch i gael mwy o aelodau a phopeth…'

Ond doedd dim modd newid ei meddwl er taer bledio Grace. Pwysodd yn galetach ac aeth y cylchoedd yn fwy a mwy.

'Ie, wrth gwrs. Ydw, deall hynna'n iawn. Cydymdeimlo. Cytuno'n llwyr…'

Gwrandawodd am eiliadau hir eto cyn i Bronwen gymryd anadl o'r diwedd.

'Wel, dwi'n falch iawn eich bod chi am barhau i ddod i'r Clwb Llyfrau, chi yw'r hoelen wyth, Bronwen…'

Ildiodd i lith arall.

'Wel da boch chi nawr. Cofiwch, os newidiwch chi'ch meddwl bydd canmil croeso i chi.'

Cododd Grace yn araf bach i osod y ffôn yn ôl yn ei grud. Roedd hi wedi eistedd yn rhy hir ac roedd ei chefn yn stiff fel pren. Gwthiodd ei dwrn i'w meingefn a sefyll wrth y ffenest i wylio'i gŵr yn cribinio'r dail o'r lawnt. Roedd rhywbeth trist am eu cwymp, y llateion yma yn eu dillad pert yn rhybuddio bod y mis du ar y ffordd. Casâi Grace fis Tachwedd gyda'i dân gwyllt swnllyd a'i babi coch hiraethus. Ond efallai eleni y byddai'r tywydd oer yn fendith, yn rhoi rhyw fath o hoe iddi o'r gwres annioddefol a lifai drwyddi'n ddirybudd ryw ben o bob dydd a phob nos.

Roedd Siôn yn ei blyg, llewys ei grys siec coch a du wedi'u gwthio'n uchel ar ei freichiau. Medrai Grace weld y cyhyrau'n tynhau ac ymlacio'n rhythmig wrth iddo ganolbwyntio'n llwyr ar y dasg o sgubo'r dail. Un fel'na oedd Siôn, yn medru ymollwng yn llwyr, byw yn y foment. Mor wahanol iddi hi. Roedd ei meddwl yn ddiweddar yn bownsio o un peth i'r llall nes bod y cyfan yn un cawdel dryslyd, fel pellenni gwlân ar chwâl mewn bag plastig. Teimlodd ei hun yn ymlacio ychydig wrth ei wylio'n gweithio, y boen yn ei chefn a'i phen yn tawelu a'r tyndra yn ei hysgwydd yn rhyddhau ryw fymryn. Gyda phopeth arall yn mynd yn ffradach, roedd Siôn yn dal yn gefn cadarn iddi ac roedd yn ddiolchgar am hynny. Siôn y gwydr hanner llawn, Siôn y deryn, Siôn pob dim.

'Ma fe dros Facebook a Twitter i gyd,' meddai Alaw gan ailymddangos yn y gegin. Nid oedd Grace wedi clywed y fath sioncrwydd yn ei llais ers misoedd.

'Beth sy ar Facebook?' gofynnodd, gan wneud ymdrech i ddangos diddordeb. Prin werth sylw oedd cynnwys y Gweplyfr fel arfer ym marn Grace, neu o leiaf y pytiau y cyfeiriai Alaw atynt, ac roedd wedi dweud wrthi droeon na ddylai fod yn gwastraffu'i hamser ar gyfrwng a lwyddai i'w hypsetio'n fwy aml na heb. Ond roedd Grace hefyd wedi darllen erthyglau di-ri yn y cylchgronau a brynai'n ddeddfol yn dweud taw'r unig ffordd i gymodi â phobl ifanc oedd parhau i siarad, parhau i drafod, i gymryd diddordeb yn eu pethau nhw.

'Y peth llosgi llyfrau 'ma,' meddai Alaw ac estyn ei ffôn bach iddi. 'Sgroliwch lawr,' gorchmynnodd, wrth wylio Grace yn syllu ar y sgrin fach.

'Pa fath o bobl mewn difri calon sy'n byw yn Llanfihangel bo nhw'n cynnal parti llosgi llyfra?'

Dyna oedd y sylw cyntaf.

'Mae Llanfihangel yn dal yn y Canol Oesoedd,' meddai un arall.

'Ma'n nhw mor *backward*! Yr eironi yw taw nhw yw'r union bobl sy angen llyfre…'

'Nodwch plis nad Llanfihangel, Pencader yw'r Llanfihangel hwn. Ry'n ni'n deall gwerth pethe ffor' hyn,' meddai Ap Teifi.

'Na Llanfihangel Genau'r Glyn…'

'Na Llanfihangel Glyn Myfyr…'

Ac ymlaen ac ymlaen.

Eisteddodd Grace wrth y bwrdd gan rwbio'i gwar.

'O'n i'n gwybod bod hwn yn syniad hanner pan. 'Na beth yw siop siafins.'

'O'ch chi'n gwbod am hyn cyn gweld y placard, 'te, Mam?' gofynnodd Alaw, cyn torri tafell dew o fara a'i gwthio i'r craswr. Syllodd Grace ar y briwsion mân yn disgyn i'r llawr. Gwyddai'n iawn taw yno y caent fod nes y byddai hi yn codi brws.

'O'n i'n gwybod am y syniad, ond wnes i ddim meddwl y bydde Ceri'n ddigon twp... Ond un fel'na fuodd hi erioed, llawn syniade, llawn drygioni. Mae'n iawn i fachgen ond...'

'O, Mam! Shwt yn y byd yn yr o's 'ma y'ch chi'n gallu gweud shwd beth?'

Roedd arogl llosg yn ymledu drwy'r gegin a cheisiodd Alaw dynnu'r dafell o afael y craswr. Ond roedd honno'n gwrthod symud. Neidiodd Grace ar ei thraed a diffodd y trydan wrth i Alaw roi cyllell yn y peiriant.

'Ti isie lladd dy hunan, Alaw? Gelli di gael sioc farwol o roi metal fewn fanna – os torri di'r *element*...'

Rhyddhaodd Grace y dafell gyda llwy bren.

'Wel sa i wedi clywed am *death by toaster* erioed, Mam.'

Eisteddodd Grace eto wrth y bwrdd gan daflu cip arall ar ffôn Alaw.

'Mae wedi dod â gwarth ar y pentre 'ma... ar bob un ohonon ni... O Alaw, defnyddia blât wir.' Safodd Grace eto ac estyn un i'w merch.

Rowliodd Alaw ei llygaid yn awgrymog.

'Mae pentrefi fel pobl, rhai yn uchel eu parch, rhai... wel...'

'Whatever,' meddai Alaw gan sefyll wrth y sinc yn cnoi ar ei thost.

'Pam na wnei di ishte i fwyta, Alaw? Ti wedi cael dy godi'n well na hynna.'

Cododd Alaw ei haeliau ond anwybyddodd y cais.

'Pobl Llan wastad wedi ca'l 'u nabod fel pobl wâr, pobl "Y Pethe".'

Torrodd Alaw dafell arall. 'O Mam, chi'n byw yn oes y cŵn a'r blaidd.'

'A hwnnw'n well byd nag oes y Facebook 'ma a'r *trolls*.'

Doedd Grace ddim yn siŵr beth oedd *trolls* ond roedd pob erthygl a ddarllenai yn y papurau a'r cylchgronau yn ddirmygus ohonynt.

Crynodd ffôn Alaw. Tynnodd honno ei llaw yn chwim ar draws y sgrin fach.

'Ma 'na rost mochyn yn y parti 'ma, a... o cŵl, band.' Chwarddodd yn uchel wedyn. 'Y Fflamau.'

Edrychodd Grace arni gan aros am esboniad.

'Enw'r band – Y Fflamau,' esboniodd ei merch yn ofalus fel petai Grace yn dwp. Doedd hi ddim yn dwp, ond teimlai fod mwy a mwy o bethau nad oedd hi'n eu deall. Synhwyrai ers peth amser bellach ei bod guriad neu ddau tu ôl i'r bît.

'Ma Trydar ar dân hefyd, Mam.' Chwarddodd Alaw ar ei jôc ei hunan ac yna gwelodd Grace hi'n diffodd y trydan cyn achub yr ail ddarn o dost. Taenodd haen o fenyn cnau drosto.

'Ap Ceibwr wedi dechrau rhestr o'r llyfre ddyle ga'l eu llosgi,' meddai, a darnau bach o dost yn tasgu o'i cheg.

'Oes rhaid bwyta, siarad, ac edrych ar y ffôn 'na ar yr un pryd?' dwrdiodd Grace.

'*Multi-tasking*, Mam! *Tân ar y Comin* yw'r awgrym cynta, a Sami'n cynnig *Hanes Penyberth*. Beth fyddech chi'n ei losgi, Mam?'

'*Tale of Two Cities*,' meddai Grace yn syth.

'Sai'n gweld y cysylltiad â thân,' meddai Alaw drwy gawod arall o dost.

'Na, ond 'na'r llyfr mwya diflas erioed,' meddai Grace.

'Fe dreulion ni dymor cyfan yn ei ddarllen yn y dosbarth – blwyddyn gynta yn yr ysgol fawr.'

Chwarddodd Alaw. 'Dim y ffordd ore i fwynhau clasur Dickens falle,' cytunodd, yn sganio drwy ei ffôn eto. '*Sam Tân* a *The Dragon has Two Tongues* – clyfar hynna, draig, chwythu tân.' Chwarddodd Alaw eto.

Ar hynny, agorodd y drws cefn a daeth Siôn i'r tŷ gan sychu ei draed yn ofalus ar y mat coconyt cyn cau'r drws ar ei ôl.

'Iawn?' holodd, yn amlwg yn ceisio gweld sut oedd yr hwyliau erbyn hyn.

'Ma sbort i'w ga'l,' meddai Alaw. 'Gwranda ar hyn, Dad – rhestr o lyfrau ddyle ga'l eu llosgi.'

Golchodd Siôn ei ddwylo wrth i Alaw ddarllen rhestr iddo a oedd yn mynd yn feithach eto fyth.

'*Y Llosgi*, Robat Gruffudd – beth am hwnna i'r pair?' chwarddodd Siôn yn uchel.

'Mor wael â hynna, yw e?' holodd Alaw.

Siglodd Siôn ei ben. 'Na, i'r gwrthwyneb, ond 'na'r unig deitl tanllyd alla i feddwl amdano ar hyn o bryd.'

Ysgydwodd y diferion o'i ddwylo dros wallt ei ferch a sgrechiodd honno'n uchel.

'Ma enw'r pentre 'ma'n faw, a chi'ch dou yn neud sbri. Chwerthin ar ben eich hunain y'ch chi.' Cododd Grace ac agor drws y cefn.

'Mam, ma'n ddigon oer i sythu brain, beth y'ch chi'n neud?' Anwybyddodd Grace y sylw. Aeth i eistedd ar y stepen a phwyso'i phen ar rimyn metal ffrâm y drws.

'Beth am i fi wneud cinio cynnar i ni? Omlet?' cynigiodd Siôn.

Clywodd Grace y ffrij yn agor. Doedd dim llonydd i'w gael. Cododd a gwthio ei gŵr i'r naill ochr.

'Gad e i fi, Siôn,' meddai gan wisgo'i ffedog streip bwtsiwr, casglu wyau, madarch a ham a'u rhoi mewn powlen wydr a gadwai uwchben yr oergell.

'Dad byth yn ca'l coginio dyddie 'ma,' meddai Alaw a symud o ffordd Grace a phwyso yn erbyn y cwpwrdd bwydydd sych.

'Ma digon gyda dy dad i neud rhwng y garddio, a gofalu am y ceir, a…'

'Ac ennill y bara menyn,' ychwanegodd Siôn yn gellweirus, gan dwymo'i ben-ôl ar yr Aga.

Chwarddodd Alaw yn sych. 'Wel am *stereotypes*. Chi'ch dou yn styc yn y gorffennol pell. Siôn a Siân.'

Craciodd Grace chwe wy, un ar ôl y llall, yn erbyn ochr y fowlen. 'A beth sy'n bod ar hynna?' Curodd yr wyau'n ddidrugaredd â fforc.

'Dy fam a fi yw Mr a Mrs Jacob Rees-Mogg Llanfihangel,' chwarddodd Siôn gan gludo jwg o ddŵr a gwydrau i'r bwrdd.

'Ffasiynol o anffasiynol,' porthodd Grace â gwên.

Gwenodd Alaw hefyd. 'Ffasiynol? Chi'ch dau? L.O.L.'

'Laugh out Loud,' meddai Grace a Siôn yn un corws.

Chwarddodd Alaw eto. 'Whare teg, o'dd 'na bwynt i Tony Blair wedi'r cwbl – ma hyd yn oed pobl fel chi'n gwbod taw dim *Lots of Love* yw L.O.L!'

'Esgusoda fi – dwi angen y saws tabasco o'r cwpwrdd,' meddai Grace gan symud ei merch o'r neilltu. Er ei bod newydd fwyta brecwast aeth honno i eistedd wrth y bwrdd i ddisgwyl ei chinio.

Ar ôl ychwanegu'r saws i'r cymysgedd wyau trodd Grace i syllu ar ei merch.

'Beth?' holodd Alaw.

'Gosod y bwrdd, wnei di, plis?'

'Pam na all Dad wneud 'ny?' gofynnodd, gan droi at Siôn a oedd bellach 'nôl wrth yr Aga.

Rhoddodd Grace yr edrychiad iddi.

'O wrth gwrs, mae jobsys i ferched a jobsys i ddynion,' daliodd Alaw ei thir.

Ebychodd Grace yn uchel. 'Beth yn y byd yw'r pwynt o wneud dynion yn ferchetaidd, a merched yn…?'

'Ddynol?' cynigiodd Siôn a symud i hwylio'r bwrdd.

Chwarddodd Alaw eto. 'Da iawn, Dad, ti'n siarp heddi.'

'Yn bwtsh,' meddai Grace gan anwybyddu'r rhialtwch.

Casglodd Siôn yr halen a'r pupur, agor pecyn o ddail gwyrdd a'u rhoi mewn powlen bren gan arllwys cymysgedd o olew olewydd a finegr balsamig drostynt cyn cludo'r cyfan i'r bwrdd.

'Dad ddyle fod yn dadle o blaid y *status quo*, ddim chi, Mam.'

'*Fahrenheit 451* – nofel am losgi llyfre – beth am honna? Lico'r eironi fanna,' meddai Siôn, gan edrych ar y ddwy, yn amlwg yn disgwyl iddynt ganmol ei glyfrwch.

Anwybyddodd Grace ei gŵr. 'Pam ti'n dweud hynna, Alaw?'

Roedd yr olew yn poeri yn y badell ffrio erbyn hyn. Taflodd Grace y madarch i'r gwres a rhoi ysgytwad egr iddynt.

'Achos, yn fuan iawn fydd dim angen dynion er mwyn neud babis,' meddai Alaw.

'Paid â bod yn wirion, Alaw, bydde'r ddynoliaeth yn dod i ben…' Ychwanegodd Grace weddill y cynhwysion i'r badell.

'*Duh*, Mam, chi ddim wedi clywed bod gwyddonwyr wedi llwyddo i neud babis drwy ddefnyddio *stem cells* menyw i greu sberm?'

'Gwarchod y byd, sdim yn sanctaidd bellach?' meddai Grace. Roedd cryd yn rhedeg ar hyd ei hasgwrn cefn er gwaethaf gwres y stof.

Chwarddodd Siôn. 'Paid tynnu coes dy fam, Alaw, dy'n nhw ddim yn creu babis fel'na – dim eto ta beth, dim ond embryos llygod.'

'A ma pawb yn gwbod bod yr hyn sy'n llwyddo mewn llygod yn llwyddo mewn pobl – yn y pen draw.' Cododd Alaw er mwyn torri lemwn a'i ychwanegu i'r jwg ddŵr.

Roedd Siôn yn rhedeg o gylch y gegin erbyn hyn gyda lliain llestri yn gwt iddo.

'O, tyfa lan wir, Siôn,' meddai Grace gan chwerthin ar ei gwaethaf.

'Felly wap byddwn ni ferched yn rheoli'r byd, ac yn siŵr o neud gwell jobyn o hynny hefyd,' meddai Alaw. Ni allai hithau chwaith beidio â chwerthin ar gastiau'i thad.

Doedd fawr o chwant bwyd ar Grace erbyn iddi dorri'r omlet yn dri ac iddynt setlo wrth y bwrdd. Roedd hi'n ddeugain a chwech ac eisoes roedd y byd yn ei gadael ar ei ôl. Tybed ai fel hyn roedd y canol oed yn teimlo erioed? A'r teimlad ofnadwy yma nad ydych yn ddigonol yn rhan naturiol o'r broses heneiddio? Cofiai fod yn y parlwr yn un ar bymtheg oed, wrth y cyfrifiadur anferth a eisteddai ar y bwrdd ger y piano, a'i mam yn sefyll wrth ei hysgwydd yn synnu a rhyfeddu. Ac yn ofni hefyd. Ni chaniatâi i neb heblaw Grace ddeffro'r Amstrad. Roedd Grace wedi chwerthin ar ei phen, ac roedd cofio hynny'n rhyw fath o gysur iddi nawr, er y teimlai'n euog hefyd. Druan â'i mam.

Ond roedd Grace yn wahanol i'w mam. Dewis ynysu ei hunan a wnâi Grace yn aml. Roedd wedi dewis peidio ymhél â Facebook a Twitter ac Instagram – y cyfryngau cymdeithasol anghymdeithasol yr oedd ei merch mor gaeth iddynt. Roedd Grace am fyw yn ei chymdeithas, nid mewn rhyw fyd rhithiol a oedd yn bygwth bodolaeth cymdeithas a chymuned go iawn. A beth bynnag, roedd wedi clywed am gymaint o bethau gwael yn digwydd ar y we fel nad oedd y siawns i fusnesa ym mywydau ei ffrindiau a'i chydnabod, na hyd yn oed ym mywyd Alaw, yn ddigon o demtasiwn iddi ymhél â'r pethau. Na, pwrpas ei chyfrifiadur oedd paratoi deunydd i'w grŵp

Cymraeg, ysgrifennu llythyron lu a derbyn a gyrru e-byst yn sgil y gwahanol ddyletswyddau yr ymgymerai â nhw.

'Beth yw'r sŵn 'na?' gofynnodd Siôn cyn rhoi'r fforchaid olaf o omlet yn ei geg. Edrychodd y tri ar ei gilydd.

'Lorri yn y Sgwâr?' awgrymodd Alaw.

'Mwy o bethe crand yn cyrraedd o Lundain, siawns,' cynigiodd Grace, gan godi a mynd i'r parlwr i gael cip drwy'r ffenest.

'O mam fach – mae'r *Martians* wedi glanio,' gwaeddodd o'r parlwr.

Rhuthrodd y ddau arall ati mewn pryd i weld lorri â soser enfawr ar ei phen yn straffaglu i barcio ar y Sgwâr.

'Beth yn y byd? Allan nhw ddim parcio fanna, byddan nhw'n strywo'r tir glas. A beth yw eu busnes nhw 'ma ta beth?'

Roedd ei phen yn hollti erbyn hyn ond ni arhosodd Grace i lyncu tabledi nac i glywed damcaniaethau ei theulu. Dim ond un ffordd oedd yna o gael at y gwir, ac o lygad y ffynnon oedd hynny.

6

O'R FFENEST LLOFFT gwyliodd Ceri'r siarabáng yn cyrraedd. Teimlodd y panig yn corddi'i stumog. Roedd yr holl beth wedi mynd dros ben llestri. Nid oedd wedi meddwl am funud y byddai gan bobl y teledu ddiddordeb yn y stori, ond siawns nad oedd storïau caled wedi brigo ar ôl diffeithwch blynyddol mis Awst pan oedd y byd a'r betws ar wyliau. Ac wrth gwrs, ar ben hynny roedd hi'n ddydd Sadwrn, dydd diffrwyth o ran newyddion y tu hwnt i'r meysydd chwarae. Roedd wedi synnu hefyd mor sydyn y cafodd ei phosteri'r ffasiwn sylw, effaith y cyfryngau cymdeithasol wrth gwrs. Gwyryf oedd hi o ran pethau felly, wedi defnyddio Facebook i gysylltu ag ambell hen ffrind ac i fusnesa yn y dirgel ym mywydau eraill, ond nid i greu cynnwrf cyhoeddus ac anhrefn. Roedd y Sgwâr yn berwi o bobl teledu yn codi goleuadau a rowlio llathenni o geblau ar hyd y lle, ac i'w canol camodd Grace, ei dwylo ymhlyg a'i cheg ar agor.

Roedd y ferch o'r BBC wedi bod mor gyfeillgar, yn cysylltu gyntaf trwy'r Gweplyfr gan ofyn yn gwrtais iawn am ei rhif ffôn 'jyst er mwyn cael sgwrs fach'. Cyn pen dim roedd yr holl beth wedi tyfu fel caseg eira. Roedd Angharad Haf wedi dweud, yn bendant ond yn garedig, y byddai'r rhelyw yn torri'u boliau am y fath sylw i ymgyrch, ac mai dim ond daioni allai ddod o'r fath gyhoeddusrwydd. Teimlai Ceri nad oedd ganddi ddewis. Toc wedyn roedd Angharad Haf ar ei ffordd i Lanfihangel.

Yn y cyfamser, roedd Ceri wedi ffonio ei thîm gan werthu'r sylw fel peth hollol bositif a thrafod y cyfweliad yr oedd

Angharad yn awyddus i'w wneud. Ac wedyn treuliodd hanner awr yn penderfynu beth i'w wisgo. Yn y pen draw roedd wedi dewis ffrog frown ac arni smotiau oren mawr – ar y sail bod Johnnie Boden wedi ei ddisgrifio fel 'sophisticated with a sassy twist'. Catalog Boden oedd beibl Ceri, a oedd yn ei diogelu, gobeithiai, rhag y pechod eithaf o fod yn ddafad yng nghnu oen bach. Medrai wisgo'r dillad hyn â hyder gan fwynhau'r sblash o liw neu brint difyr a offrymwyd yn iwnifform i'r dosbarth canol a'u bryd ar dreulio'u dyddiau'n sipian *espresso* mewn caffi palmant ym Mharis, fel y Sophie hardd a wisgai'r ffrog yn y catalog. Clymodd sgarff sidan oren o gylch ei gwddf ac roedd wrthi'n tynnu tamaid o olew drwy ei chwrls pan glywodd Rhian yn galw o'r gegin.

'Dim ond fi sy 'ma.'

Rhedodd Ceri i lawr y grisiau i'w chyfarch. Roedd Rhian yn ysblennydd heddiw mewn du i gyd, ond gyda sgert felen liw cwstard yn darparu sbloitsh o liw. Melyn oedd y lliw hapusaf yn y byd.

'Wel am gynnwrf,' meddai Rhian, yn wên o glust i glust.

'Dim Llŷr a Gwenno?' holodd Ceri, yn awyddus i droi'r sgwrs. Gwyddai yn iawn erbyn hyn nad oedd unrhyw beth yn fwy wrth fodd Rhian na siarad am ei phlant.

'Na, ma'n nhw gyda'u tad. O'n i wedi gobeithio bydde Steve yn mynd â nhw i nofio neu rywbeth, ond mae e'n pledio tlodi fel arfer. Esgus yw hynny wrth gwrs. Diogi, nid tlodi, yw'r broblem.'

'Ma digon o bethe all e neud yn rhad ac am ddim yng nghefn gwlad fel hyn, os bosib?' meddai Ceri gan agor yr oergell a thywallt sudd gwyrdd i wydr cyn ei gynnig i Rhian. Crychodd honno ei thrwyn.

'Beth yn union yw hwnna?'

'Bresych crych, moron a sbigoglys,' atebodd Ceri.

Tynnodd Rhian wep. 'Diolch, ond dim diolch.'

Chwarddodd Ceri ar ei chiamocs cyn cymryd dracht hir o'r hylif gwyrdd.

'Ma'n dda, Rhian, wir i ti. Dim whant cinio arna i heddi, ond ma hwn yn llawn maeth a chystal â chinio rhost.'

'Wel rho biff a *Yorkshire pud* i fi unrhyw ddydd, a ti'n iawn, ma digon o bethe i neud ond ma'n haws diddori'r plant â DVD. Ma Llŷr yn medru bod yn ddiawl bach, yn enwedig yng ngofal ei dad. Dim bod hynna'n ddrwg o beth, ma'n neud lles i Steve weld bod y ddau'n medru bod yn llond côl.'

Bodiodd Rhian drwy ychydig dudalennau o *Guardian* y diwrnod cynt a adawyd ar y bwrdd.

Edrychodd Ceri ar ei horiawr.

'Faint o'r gloch ma'r cyfweliad, Ceri?'

'Tua un. Gobeithio i'r nefoedd fydd Iola yma erbyn hynny.'

'Os wedodd Iola y bydd hi 'ma, fe fydd hi,' meddai Rhian a chau'r papur eto. 'Fe elli di ddibynnu arni fel y gelli di ddibynnu ar yr haul i godi fory. A bydd hi'n dda 'fyd. Mae'n hen gyfarwydd â siarad yn gyhoeddus – wedi ennill ar y gystadleuaeth gyda Ffermwyr Ifanc Penbanc droeon. Dwi'n cofio'i hanerchiad hi ar ddifa moch daear – "hollol argyhoeddiadol", 'na sut ddisgrifiodd Alun Elidyr, *Ffermio*, hi. O's, ma pen ar Iola.'

Nodiodd Ceri. 'Ishte wir, Rhian.'

Swniai'n bigog, gwyddai hynny'n iawn. Ddylai hi fyth fod wedi cytuno i roi cyfweliad, doedd hi ddim yn gyfarwydd â siarad ar goedd. Byddai'n siŵr o fynd yn nos arni, neu byddai'n baglu dros ei geiriau, neu'n methu'n lân a chofio'r geiriau Cymraeg. Roedd hi wedi gofyn i Angharad Haf beth fyddai'r cwestiynau, ond roedd honno wedi dweud, mewn ffordd ffwrdd â hi, nad oedd angen i Ceri boeni, ac na fyddai cael y cwestiynau o flaen llaw yn helpu neb.

'Mae'n bwysig i chi swnio'n frwdfrydig, yn llawn angerdd,

ond dweud, nid adrodd, mae'n bwysig bod y dweud yn ffres.'
Dyna oedd cyngor Angharad. Byddai'n well gan Ceri swnio'n
stêl nag fel ffŵl, ond ni ddywedodd hynny wrthi.

'Does dim argoel o waith i Steven, 'te?' gofynnodd Ceri. Nid
bod ganddi lawer o ddiddordeb yn y Steven 'ma yr oedd eto i'w
gyfarfod, ond roedd yn fodd i gadw'r sgwrs oddi wrth yr hyn a
oedd yn digwydd ar y Sgwâr.

'Na, dim taten, gwaetha'r modd.'

'Beth fuodd e'n neud, 'te, Rhian?'

Chwarddodd Rhian. 'Be nad yw e wedi neud? Galler troi'i
law i dipyn o bopeth. Bach o arddio yng Ngwesty'r Hafod, cyn
i'r hwch fynd drwy'r siop. Ac wedyn buodd e'n labro i Hughes a
Hughes Aberbanc, cyn i'r brodyr Hughes ymddeol. Gwitho fel
gwas yn Hendreffynnon fuodd e ddiwetha. Nes i'r tân losgi'r lle
yn ulw, a William yn bwrw bai ar Steve. Llosgi rhedyn o'n nhw
ond… Anlwcus yw e…'

Esgusododd Ceri ei hun a mynd i'r tŷ bach unwaith yn rhagor.
Golchodd ei dwylo a tharo golwg fanwl yn y drych uwchben y
basn a throi ei hwyneb ffordd hyn a ffordd 'co rhag ofn bod
blewyn neu ddau wedi goroesi'r helfa foreol. Tynnodd un neu
ddau o flewiach bach digon di-nod a rhoi'r plyciwr yn ôl yn ei
bag molchi. Yna rhoddodd ychydig mwy o bowdwr ar ei thrwyn
a'i gên, a slic o finlliw brown ar ei gwefusau. Roedd ei phenliniau
erbyn hyn yn gwegian. 'Mae angen berwi dy ben di am gytuno
i fod ar y teledu,' meddai'n uchel a gwgu ar ei hadlewyrchiad.
Byddai'r camerâu yn ddidrugaredd, a hithau'n ei rhoi ei hun ar
brawf o flaen miloedd o bobl a fyddai'n teimlo'n ddigon rhydd
i'w beirniadu o ddiogelwch eu lolfeydd. Pinsiodd ei braich i roi
taw ar y llif meddyliau, tric bach a ddysgodd y therapydd iddi
flynyddoedd ynghynt. Ffordd o newid ffocws yn sydyn oedd
hynny, wrth gwrs, a bu'n help i Ceri droeon, yn Rescue Remedy
cystal â'r un.

Clywodd gnoc wrth y drws cefn a Rhian yn ei agor. Gwrandawodd am eiliad. Diolch byth. Llais byrlymus Iola. Rhoddodd un cip arall arni ei hun yn y drych. Sythodd, yn ymwybodol ei bod yn wargam, effaith blynyddoedd o geisio ymddangos yn fyrrach, ac yna plannodd wên gaws ar ei hwyneb cyn mynd yn ôl i'r gegin.

'Mae fel maes Steddfod Gen mas fanna,' meddai Iola gan wthio'i gwallt hir 'nôl dros ei hysgwyddau. 'Ma'r cyfryngis fel morgrug dros y lle i gyd, ac ma'r pentre i gyd wedi dod mas i fusnesa, grêt o ran hysbýs i ni. Ma Llew wedi rhoi dau gyfweliad yn barod – mae e'n cael modd i fyw.'

Doedd ar Ceri ddim awydd trafod. Cynta'n y byd, gore'n y byd y byddai'r artaith hon drosodd.

'Bant â'r cart, 'te, Iola,' meddai gan agor y drws cefn unwaith eto.

'I ffau'r llewod,' atebodd Iola yn llawer rhy lawen.

Wrth gerdded yr ychydig fetrau o Rif 1 i ganol y Sgwâr roedd Ceri yn ymwybodol na chlywodd y fath dwrw ers gadael Llundain, ac roedd y rhuthro a'r ffws yn teimlo'n ddierth iawn yma.

'Ceri? Iola? Angharad Haf.'

Nodiodd y ddwy ar y fenyw ifanc. Roedd ôl bywyd y ddinas ar ei bòb symetrig a'i jîns gwyn. Teimlodd Ceri wasgiad bach ar ei braich wrth i Rhian ymadael â nhw a diflannu i ganol y miri.

'O'n i ddim yn meddwl bydde cymaint o…'

Chwarddodd Angharad Haf. 'Chi'n llygad eich lle – un camera ac un cyflwynydd fydde fel arfer i stori fel hyn, ond mae'r uned *OB* ar y ffordd i Aberystwyth. Ma'n nhw'n darlledu rhyw gyngerdd yn fyw oddi yno heno, felly chi'n lwcus – dyma'r *A team*.'

Byddai Ceri wedi bod yn llawer hapusach gydag uned bitw fach ond gwenodd yn foesgar.

'Meddwl basen ni'n ffilmio o dan y goeden,' meddai Angharad wedyn, 'fel bod y Neuadd a'r Llyfrgell yn gefnlen i'r siot.'

Dilynodd Ceri ac Iola'r ferch ifanc bengoch yn ufudd. Sylwodd Ceri fod un o gyd-weithwyr Angharad yn gyrru'r pentrefwyr, a oedd mor anystywallt â haid o wyddau, i gyfeiriad y goeden gastan hefyd.

'I ddangos bod yma dyrfa fawr, bod gan bobl ddiddordeb gwirioneddol yn y mater hyn, bod e'n bwysig i'r gymuned, bod canlyniad trafodaeth y Cyngor ddydd Llun yn bellgyrhaeddol o ran ei effaith ar fywyd yr holl ardal yma, o ran goroesiad y pentre, o ran goroesiad ffordd o fyw,' adroddodd Angharad yn ddrama i gyd wrth iddynt gyrraedd y goeden lle'r oedd Llew yn dal ei blacard fel tarian milwr. Bu dau o weithwyr y BBC wedyn yn ffysian gyda'r meicroffon a phrofi'r sain, ac Angharad Haf yn gwasgu'r teclyn yn ei chlust er mwyn dilyn cyfarwyddiadau rhyw feistr neu feistres anweledig.

'Iawn, 'te, barod?' gwenodd.

Roedd Ceri'n barod i'w heglu hi, ond nodiodd yn ufudd a theimlo llaw Angharad ar ei meingefn. Roedd honno'n amlwg wedi synhwyro ei nerfusrwydd ac yn ei chadw'n glòs. Roedd Iola ar ei hochr arall yn edrych yn hamddenol braf. Trodd Angharad i wynebu'r camera, ei hwyneb wedi difrifoli'n sydyn.

'Pentre bach Llanfihangel. Pentre cyffredin ddigon yng nghefn gwlad Cymru, ond pentre lle mae parti go anghyffredin i'w gynnal nos Fawrth, y parti cynta o'i fath yng Nghymru, mae'n siŵr. Mae dwy o'r trefnwyr yn ymuno â fi nawr i esbonio'r stori.' Roedd ei llais yn isel ei oslef, yn llawn *gravitas*.

'Ga i ddechrau gyda chi, Iola. Pam yn y byd cynnal parti llosgi llyfrau?'

Roedd golwg ddifrifol ar wyneb Iola hithau wrth iddi fwrw ati i esbonio'r parti arfaethedig.

'Wel, yn syml iawn mae'r Cyngor yn bwriadu cau'r Neuadd

a'r Llyfrgell, ac mae hynny'n gyfystyr â dweud nad oes dim gwerth i lyfrau, nad oes angen llyfrau ar bentrefwyr Llanfihangel – nad oes angen dysg, na gwybodaeth, na difyrrwch ar bobl ein hardal ni. Felly, dangos effaith polisi'r Cyngor Sir mewn modd gweledol fyddwn ni yma drwy gynnal parti llosgi llyfrau.'

Nodiai Angharad ei chefnogaeth.

'Ceri, eich syniad chi oedd hyn – felly protest yw'r parti yn hytrach na dathliad?'

Gwthiodd y meicroffon blewog ati.

'Ie,' meddai Ceri, ei llais yn anghyfarwydd o fain. 'Protest yn erbyn cynllun gwallgo y Cyngor Sir fydd yn amddifadu'r pentre nid yn unig o lyfrgell, ond o neuadd – unig fan cyfarfod seciwlar y pentre. Ma'r Llan yma yn marw ar ei draed. Ma'r Cyngor eisoes wedi cau'r ysgol, a hynny wedi cau'r siop a'r swyddfa bost. Ac mae yma annhegwch sylfaenol. Ma pobl yr ardal yn talu trethi yn union yr un peth â phobl y dre, ond prin yw'r arian sy'n cael ei wario yma. Ry'n ni'n cael ein hamddifadu, a nawr mae angen i'r Cyngor ddangos nad ydyn nhw'n ein hanwybyddu ni hefyd.'

Nodiai Angharad fel y ci yn ffenest Ford Escort Mam-gu ers talwm. Yna trodd a thynnu dyn dierth, nad oedd Ceri wedi sylwi arno cyn hynny, i mewn i'r grŵp bychan.

'William Jenkins – chi yw Cynghorydd Sir y ward, a ry'ch chi'n aelod o Bwyllgor Cyllid y Cyngor Sir hefyd. Beth yw'ch ymateb chi i'r brotest yma?'

Trodd Ceri at y Cynghorydd. Nid oedd Angharad Haf wedi ei rhybuddio y byddai rhywun arall yn cael ei holi, rhywun a fyddai'n rhoi ochr arall y geiniog. Teimlai'n ddig; dylai Angharad fod wedi sôn, i'w galluogi i baratoi ar gyfer y gwrthdrawiad. Doedd hi ddim wedi meddwl sut i ddadlau ei hachos o gwbl, rhoi'r ffeithiau moel am y brotest yn unig oedd ei bwriad.

Cliriodd y Cynghorydd ei wddf byr a gwthio ei frest allan fel rhyw robin goch oedd ar ben ei ddigon wedi gloddesta'n dda ar friwsion bara.

'Wel, wrth gwrs, mae cau'r Llyfrgell a'r Neuadd yn loes calon i fi yn bersonol, ac i'r Cyngor yn gyfan gwbl. Ond, ar ddiwedd y dydd, yn y sefyllfa economaidd sydd ohoni, ac mewn amgylchiadau sy'n ein gorfodi i wneud dewisiadau caled, y gwir amdani yw nad oes defnydd digonol o'r adnoddau fan hyn yn Llanfihangel, ac maen nhw'n gostus, yn rhy gostus i'w cadw.'

Disgynnodd y tarth coch yn frawychus o sydyn a thorrodd Ceri ar ei draws.

'Ceiniog a dime ma'r Cyngor Sir yn ei roi i gynnal yr adnoddau yma o gymharu â'r arian ma'n nhw'n ei roi i Gwrs Golff Ynys y Twyni, er enghraifft. Ond yn rhyfedd iawn, ma'r Cyngor yn gwrthod cyhoeddi'r union swm o arian cyhoeddus sy'n mynd ar yr adnodd hwnnw.'

Edrychai Angharad ar ben ei digon, roedd yn amlwg am wyntyllu'r ffrae.

'Beth yw eich ymateb, Gynghorydd?' pwysodd.

'Wel, mae'r Clwb Golff yn bwysig i'r diwydiant twristiaeth, yn dod â phobl i'r sir…'

'Y gwir yw bod cefnogi adnodd sydd o ddefnydd i bobl gefnog, bwerus yn cael blaenoriaeth ar gefnogi rhywbeth sydd at ddefnydd pawb, at ddefnydd plant, a'r henoed, a'r di-waith, pobl gyffredin.'

Roedd Ceri'n dechrau mynd i hwyl.

'Clywch, clywch,' porthai Llew ac Ann o'r tu cefn iddi.

'Beth am y cyhuddiad nad oes defnydd digonol yn cael ei wneud o'r adeiladau yma?' gofynnodd Angharad a throi at Iola.

'Wel, mae Merched y Wawr, grŵp o ddysgwyr, y grŵp Ti a Fi, a'r Clwb Llyfrau yn cwrdd yma'n gyson…'

'Y gwir yw bod yr adeilad yn cael ei ddefnyddio gan y grwpiau hyn am ddeuddeg awr mewn mis, a benthycwyd llai na 500 o lyfrau o'r llyfrgell y llynedd,' meddai'r Cynghorydd, gan dorri ar ei thraws.

Teimlodd Ceri'r rhod yn troi o'i blaid.

'Ond ma gyda ni gynlluniau mawr i wella'r adeilad a dechre menter newydd gyffrous yno,' meddai Ceri ar ruthr.

Teimlodd Iola yn ciledrych arni.

'A beth yw'r fenter hon felly?' gofynnodd Angharad.

Roedd Ceri fel cwningen yng ngolau car.

'Fedrwch chi rannu eich gweledigaeth gyda ni, Ceri?' pwysodd Angharad.

'Na, dwi ddim am roi'r cert o flaen y ceffyl, codi gobeithion pobl yr ardal. Rhaid i ni gael cadarnhad gan y Cyngor Sir y bydd y cyfleusterau yma'n parhau ar agor cyn datgelu mwy.'

Nodiodd Angharad a throi at William Jenkins.

'Os byddwch chi fel Cyngor yn penderfynu cau'r Llyfrgell a'r Neuadd, beth ddaw o'r adeilad wedyn?'

Gwenodd William Jenkins. 'Gwerthu'r adeilad er mwyn rhyddhau'r arian i gynnal gwasanaethau hollbwysig i blant, a phobl sâl, a'r anghenus. Dyna fydd y flaenoriaeth…'

'Ond mae'r Cyngor wedi methu cael gwared ar ysgol y Llan, a honno ar werth ers dros ddwy flynedd, ac yn prysur fynd â'i phen iddi,' meddai Iola yn rhesymol ddigon.

Ciliodd gwên y Cynghorydd.

'Mae'r sefyllfa economaidd wedi bod yn ein herbyn, ond gyda Brexit rwy'n obeithiol iawn y bydd pethau'n gwella, y daw eto haul ar fryn.'

Trodd Angharad at y camera gan hawlio'r meic iddi ei hunan bellach.

'Fe fydd y Cyngor Sir yn trafod tynged Llyfrgell a Neuadd Llanfihangel brynhawn Llun, a bydd ein camerâu ni yno i gofnodi'r canlyniad. Dyma Angharad Haf, o bentref Llanfihangel ger Caerlew.'

'Diolch yn fawr i chi'ch tri,' meddai Angharad yn gynnes cyn bwrw am y fan fawr. Ni fedrai Ceri ddweud dim am eiliad a theimlodd law Iola yn rhoi gwasgiad bach i'w braich.

'Ti'n ocê?'

Nodiodd. Clywai Llew wrth ei hochr yn dadlau'n frwd gyda'r Cynghorydd a sawl un arall yn achub ar y cyfle i roi cic i'r Cyngor Sir. Ond ni allai gyfrannu i'r sgwrs. Teimlai fel clwtyn llestri, wedi ei gwasgu'n sych gorcyn.

'Arbennig.' Ymddangosodd Rhian o ganol y dyrfa. Roedd y ddau smotyn ar ei bochau yn fflamgoch. 'Beth yw'r fenter newydd gyffrous sy gen ti mewn golwg, 'te, Ceri?' gofynnodd wedyn, yn amlwg wedi ei chyffroi.

Edrychodd Ceri ar ei hwyneb agored, disgwylgar. A dweud y gwir doedd ganddi ddim un cynllun yn y byd; cael ei gwthio i wneud rhyw ddatganiad mawr yng ngwres y ddadl, dyna a ddigwyddodd. Brolio di-sail oedd hawlio bod ganddi syniad, a nawr byddai'n siomi Rhian, a honno'n ei gweld hi fel yr oedd mewn gwirionedd, nid fel rhyw Feseia mawr. Byddai Ceri'n cael y gair o fod yn geg i gyd, neu'n 'siarad wrth y pwys a byw wrth yr owns', chwedl Mam-gu. Ar yr un pryd, waeth iddi gydnabod nad syniad gwreiddiol oedd y parti llosgi llyfrau chwaith.

Ond cyn iddi orfod stwrio a dweud rhywbeth daeth Llew atynt.

'Neis gweld y Sgwâr yn llawn 'to.' Rhoddodd ysgytwad brwdfrydig i fraich Ceri. 'Odi wir, jyst fel yr hen ddyddie,' meddai wedyn cyn ymlwybro i ffwrdd i gael clonc gyda rhywun arall.

'O'ch chi'n amêsin,' meddai weiren gaws o ferch ifanc a ymunodd ag Iola, Rhian a hithau wrth iddynt groesi'r Sgwâr tuag at Rif 1.

'Tôts amêsin a dweud y gwir. *Reverse psychology* – ysbrydoledig!'

'Ceri, dyma Alaw, merch Grace a Siôn,' esboniodd Rhian.

'Beth nesa?' gofynnodd Alaw, ei llygaid glas yn ddisglair. 'Beth yw'r plan?'

Teimlodd Ceri dri phâr o lygaid arni. Doedd hi ddim yn disgwyl hyn; fuodd hi erioed yn arweinydd. Ond eto, roedd wedi siarad ar ei chyfer ac roedd y tair yma'n disgwyl rhyw fath o gynnig ganddi.

'Wel, mae'r bleidlais brynhawn Llun. Falle bydde'n werth mynd â'r placards a chreu gosgordd i groesawu'r Cynghorwyr.' Swniai ei hymateb yn dila iawn.

'Guard of dishonour,' chwarddodd Alaw. 'Bydd e fel neud iddyn nhw gerdded y planc,' a meimiodd gerdded yn ofalus ar linell fain syth gan ddal ei dwylo ar led i sicrhau balans.

'Dylen ni neud e mor anodd â phosib iddyn nhw gau'r Llyfrgell,' cytunodd Rhian, a oedd fel potel o bop erbyn hyn.

'A bydde'n werth rhannu ffotos heddi ar Facebook – creu momentwm,' awgrymodd Iola.

'Dwi'n fodlon neud hynna,' meddai Alaw'n frwd. Trodd y tair arall ati, a chymerodd Alaw gam yn ôl. Yn sydyn roedd ei thraed o'r diddordeb pennaf iddi.

'Ond dim ond os y'ch chi isie i fi neud,' meddai, wedi tawelu'n sydyn. 'Os o's rhywun arall... dwi ddim am...'

Gwenodd Ceri arni'n ddiolchgar. Roedd egni'r lleill yn heintus.

'Grêt, diolch, Alaw – bydde hynna'n help mawr. Dwi'n werth dim gyda'r pethe 'na.'

'A phawb i rannu a hoffi a thrydar hefyd; rhoi cymaint o bwyse â phosib ar y Cynghorwyr,' meddai Iola wedyn.

'Ma'n amlwg bo ti, Ceri, isie cadw dy gynllunie cyffrous i ti dy hunan am y tro,' chwarddodd Rhian. 'Digon teg, popeth da yn werth aros amdano,' ychwanegodd, a'r lleill yn porthi.

Erbyn iddi gyrraedd ei drws ffrynt roedd Ceri ar bego. Roedd Angharad Haf wedi dweud wrthynt y byddai'r eitem ar y rhaglen newyddion toc cyn pump, ond penderfynodd na fyddai'n gwylio – byddai'n siŵr o ganfod rhywbeth i'w feirniadu am ei chyfraniad hi ei hun. Agorodd botel o win adfywiol ac eistedd wrth fwrdd y gegin gyda darn mawr o bapur ysgrifennu glân o'i blaen a beiro yn ei llaw.

7

Y R AROGL A'I deffrôdd. Roedd yn gwybod yn iawn beth oedd
hwnnw, ond sut yn y byd roedd e wedi treiddio i'w hystafell
wely? Doedd dim un ffenest yn y tŷ cyfan ar agor. Arogl talaith
Assam oedd e i Ceri. Roedd yn arogl a oedd yn hen gyfarwydd
iddi gynt wrth gwrs, ond yn India, ar y trip peintio hwnnw bron
i ddwy flynedd yn ôl, roedd y sawr wedi ei bwrw â'r fath nerth.
Cododd un bore i ganfod perchennog y tŷ drws nesaf i'w lety
yn chwistrellu waliau ei gartref â chymysgedd o ddom da a dŵr.
Gyrru'r pryfed i ffwrdd oedd y bwriad, meddai fe. Yn sicr, fe'i
gyrrwyd hi oddi yno gan y drewdod dieflig.

Gwisgodd ei jîns, tynnu hwdi dros ei phen a gwthio'i thraed
i'r sgidiau Converse coch heb ddatod y careiau. Stryffaglodd i'w
tynnu dros ei sodlau a chuchiodd. Byddai wedi bod yn gynt
tynnu'r careiau wedi'r cwbl. Ni ddylai, wrth gwrs, fod wedi
tynnu'r sgidiau yn y lle cyntaf heb eu rhyddhau, ond dyna fe,
bu'n gwneud hynny gyda'i threinyrs erioed.

Ar ben y grisiau roedd y drewdod yn waeth fyth. Carlamodd
i lawr y grisiau. Roedd darn bach o bren wedi ei osod gan rywun
i gadw'r blwch llythyrau ar agor. Ond doedd dim llythyr ar lawr
y cyntedd yn ei disgwyl chwaith.

'O diolch byth,' meddai'n uchel.

Roedd yn amlwg taw o'r tu allan y dôi'r arogl. Am funud
roedd yn ofni bod rhywun wedi torri i mewn i'r tŷ, wedi taenu'r
mochyndra ar hyd y gegin neu'r stafell fyw. Roedd y syniad i
rywun fod yn ei chartref tra'i bod hithau'n cysgu lan lofft yn
codi cryd arni.

Ceisiodd agor y drws ffrynt. Roedd wedi chwyddo a bu'n rhaid iddi ddefnyddio nerth bôn braich i'w ryddhau. Ar y rhiniog roedd sach blastig las a'i phen ar agor ac amlen wen ynddi. Roedd ôl tail brown ar yr amlen, ond roedd yr un gair mewn beiro goch yn dal yn rhy ddealladwy: 'Cach<u>WR</u>'.

Taflodd Ceri gip i fyny ac i lawr y stryd ond doedd dim enaid byw ar gyfyl y lle. Tynnodd y sach ar hyd blaen y tŷ ac i'r ardd gefn. Ac yna cyfogodd.

Bu'n eistedd ar stepen y drws cefn am sbel wedyn cyn codi'n araf a mynd i'w chegin. Daliodd ei phen o dan y tap dŵr oer am gyhyd ag y medrai ddioddef, ysgwyd y diferion o'i gwallt gwlyb wedyn, cyn yfed yn hir. Roedd yr oerni'n ei lleddfu.

Taniodd y peiriant coffi a thra bod hwnnw'n troi'r powdr Java yn baned achubol, syllodd allan drwy'r ffenest. Roedd y cwdyn glas yn gorwedd ar y lawnt a'i chwd ar hyd y llwybr. Byddai'n rhaid iddi fynd â phadell o ddŵr i olchi'r dystiolaeth honno i ffwrdd. Roedd y coffi'n mudferwi, ei arogl pleserus yn dechrau disodli'r surni.

'Cer mas i daclo'r budreddi nawr, Ceri fach,' meddai'n uchel wrthi ei hun.

Ac roedd yn falch iddi wneud. Wrth yfed ei choffi wedyn yn sefyll wrth ffenest gaeedig y gegin, yn hytrach nag eistedd ar stepen y drws cefn fel yr hoffai wneud, roedd tri pheth yn ei harteithio. Pwy? Eto, wrth gwrs. Beth fyddai'r 'anrheg' nesaf? Sut oedd cael gwared â'r dom da dieflig?

Roedd yr ateb i bwy yn syml ar un wedd. Roedd hi'n amlwg taw'r un feiro goch a fu wrthi eto. Ond y tu hwnt i hynny ni fedrai ddyfalu pwy. Roedd yna gliwiau wrth gwrs. Rhywun gyda digonedd o ddom da, rhywun â'r modd i gario cwdyn reit drwm ohono i'w drws ffrynt, rhywun a oedd yn ei chasáu, neu o leiaf yn casáu'r hyn a gynrychiolai.

Bu'n mwydro ei phen am oes, ond nid oedd ddim callach.

Doedd dim clem ganddi pwy oedd wrthi, ac ni wyddai chwaith beth i'w wneud nesaf. Doedd anwybyddu'r amlen gyntaf ddim wedi ei diogelu rhag ail ymosodiad, ac roedd hi'n debygol felly na fyddai anwybyddu'r weithred ddiweddaraf chwaith yn rhoi stop ar bethau. Ond mewn difri, beth fedrai hi ei wneud? Cwyno? Wrth bwy? Yr heddlu? Roedd rheitiach pethau gan y rheini i'w gwneud. Na, gwneud dim oedd ei hunig opsiwn.

Aeth allan i'r ardd drachefn a physgota'r amlen o'r drewdod cyn ei rhoi yn y bin du a brysio 'nôl i'r tŷ. Roedd yr arogl ffiaidd yn glynu. Tynnodd y ffyn arogldarth o'r cwpwrdd pob peth, crair arall o'i theithiau peintio yn Assam, eu cynnau a'u gosod mewn pot jam ar y cabinet gwydr wrth y drws ffrynt.

O ffenest y gegin gwelodd fod clêr yn dechrau casglu o gylch y bag glas yn barod. Sut yn y byd felly roedd dom a dŵr yn gweithio i ymlid pryfed yn India? Wrth iddi ystyried ei bod efallai wedi camddeall yr Indiaid, neu fod pryfed Indiaidd o anian hollol wahanol i bryfed Cymreig, gwelodd Siôn yn cerdded ar hyd llwybr ei ardd yn archwilio dail ei rosod.

'Wrth gwrs, Siôn – dyna'r ateb,' meddai'n uchel wrth neb. 'A bydd rhaid i ti stopio siarad â ti dy hun,' meddai wedyn wrth agor y drws cefn.

Ymhen pum munud roedd Siôn wedi llusgo'r sach las o ardd Rhif 1 i ardd Rhif 6, gan ddiolch yn wresog iddi am y gwrtaith fyddai'n fendith i'w rosynnod. Roedd hi wedi gorfod rhyw hanner awgrymu bod rhywun wedi gadael y dom iddi, gan feddwl yn siŵr ei bod am gael trefn ar yr ardd, ond na fyddai hi mewn gwirionedd yn cael cyfle i fwrw ati tan y gwanwyn, ac erbyn hynny byddai'r dom wedi colli tipyn o'i nodd.

Yn ôl eto fyth wrth y ffenest, gwyliodd Siôn yn gosod y bag i bwyso wrth ddrws ei sied. Gwenodd Ceri. Druan â Grace, byddai'n rhaid iddi hi ddioddef y drewdod am y tro.

Doedd ar Ceri ddim chwant bwyd ond gwnaeth baned o de

du a mynd â hwnnw i'r llofft gyda hi. Agorodd botel newydd o hylif cawod arogl mintys – nid oedd yr un oren a theim a oedd ar ei hanner yn ddigon cryf ei sawr y bore 'ma.

Wrth iddi fatryd crynodd ei ffôn. Gwasgodd y sgrin fach i ddarllen y neges cyn rhoi ei dillad i gyd yn y fasged olchi a cheisio ymgolli o dan y diferion pitw. Bron na ddeuai mwy o wlypter o'i dagrau nag o'r llif dŵr pitw. Sychodd ei hun gan ddifrïo'r gawod, ond er gwaethaf diffygion honno a'r diflastod a achosodd y dom a'r neges destun iddi, wrth iddi sychu'i chorff â'r tywel bras roedd yn rhaid iddi gyfaddef ei bod yn teimlo rywfaint yn well. Byddai ei chwnsler wedi honni bod y symbolaeth o olchi gofidiau ymaith yn llesol; roedd Ceri'n fwy tebygol o feddwl taw cael gwared ag oglau'r dom a'r cyfog oedd yn bennaf gyfrifol am godi'i hwyliau.

Gwisgodd jîns glân, crys-t coch a siwmper wlân ysgafn las tywyll drosto. Dewisodd grafát smotiog glas a gwyn a'i glymu, cyn gwisgo pâr o fŵts cwta o ledr brown gan dynnu ei sanau cerdded glas dros eu hymyl.

Roedd ar dân eisiau dianc ond cyn hynny roedd ganddi un alwad ffôn i'w gwneud. Am naw deialodd rif y Cyngor Sir i'w hysbysu bod y fainc, y cafodd ganiatâd ganddynt fisoedd ynghynt i'w gosod o gylch y goeden goncyrs ar y Sgwâr, i gyrraedd drannoeth. Roedd wedi cael y syniad wrth gerdded yn y parc yn Hackney a gweld meinciau yno i goffáu hwn a'r llall.

Pan gafodd y neges destun ryw hanner awr ynghynt yn cadarnhau y dyddiad y byddai'n cael ei gosod, roedd y dagrau wedi dod. Roedd y busnes tail wedi ei hypsetio eisoes, wrth gwrs, ac roedd hynny, hiraeth am ei mam-gu ac ymwybyddiaeth o ba mor annigonol oedd y deyrnged, yn gymysg oll i gyd yn y dagrau. Ond roedd hi'n falch iddi ddewis archebu'r fainc yr un fath, roedd rhywbeth yn well na dim.

Wrth i Ceri ffarwelio â'r ferch hynaws o'r Cyngor Sir ar y ffôn, meddai honno, a'i llais yn wên i gyd, 'Ry'ch chi'n cynhyrfu'r dyfroedd sha Llanfihangel 'na.'

Beth oedd hon yn ei wybod, meddyliodd Ceri am eiliad cyn penderfynu nad oedd dim i'w ennill o amau pawb. Doedd dim byd dengar am baranoia.

Diffoddodd y ffôn er mwyn sicrhau taw hi oedd piau gweddill y bore. Ers iddi gyrraedd y Llan, dros wythnos yn ôl erbyn hyn, prin iawn fu'r holl ryddid, yr amser i beintio y bu'n breuddwydio amdano wrth deithio ar y tiwb gorlawn, a chyrff pobl eraill yn pwyso'n annifyr arni a'u hanadl ar ei gwar. Ond wrth gwrs, hi oedd ar fai am greu'r strach yma yn y Llan, a hithau wedi tynnu sylw ati ei hun y funud y cyrhaeddodd y lle.

Roedd rhywbeth mawr o'i le arni, rhyw ddeuoliaeth groes. Rhywbeth ynddi oedd yn gwneud gwir fodlonrwydd, gwir hapusrwydd yn amhosib. Gwenodd. Roedd hi'n siŵr y byddai gan ei chwnsler ryw fantra i fogi'r fath feddyliau; gwyddai'n bendant beth ddywedai ei mam-gu am hynny. 'Clwy'r bogail' oedd ei henw am unrhyw fath o fewnsyllu felly, ac un ateb oedd – 'bach o waith'. A dyna'n union yr oedd am ei wneud.

Lluchiodd ei thaclau peintio i fag mawr a thynnodd y drws cefn wrth ei chwt. Fel ei mam-gu gynt ni thrafferthodd ei gloi. Ystyriodd wneud. Beth petai'r dom-gludwr yn dychwelyd a gwneud ei waethaf, neu ei gwaethaf, yn ei chartref? Ond penderfynodd taw ildio i fwlio oedd peth felly. Na, dylai gadw'r ffydd; dangos ei bod yn credu yn naioni pobl. A beth bynnag, dan orchudd nos neu yn oriau mân y bore y bu'r ddau ymweliad diwethaf.

Wrth gau cist y car ar yr offer a chydio yn y llyw cododd ei hysbryd; o leiaf roedd ganddi rai oriau iddi ei hunan cyn bwrw am Neuadd y Cyngor yng Nghaerlew. Gan ei bod yn fis Medi nid oedd angen iddi bendroni o gwbl i ble i droi trwyn y Clio coch – y Twmp amdani, mangre pererindod fwyara flynyddol ei llencyndod.

Ar ôl gyrru heibio Llety, lle ffermiai Iola a'i theulu bellach, trodd oddi ar y ffordd dyrpeg i'r lôn fach a arweiniai at Lyn Awen. Croesodd ambell ddafad yn ling-di-long o'i blaen.

'Digon teg,' meddai Ceri'n uchel, gan arafu'r Clio wrth i ddwy neu dair ohonynt ei harwain am ychydig fetrau ar hyd y lôn cyn neidio i'r clawdd.

Parciodd mewn bwlch llydan, codi ei hîsl a gosod ei phaent ar y bwrdd bach a gariai i bobman. Yna cododd gynfas newydd sbon a chamu'n ôl. Dyma oedd y drefn bob tro, cael popeth yn barod, ac wedyn edrych am sbel. Roedd wedi gweithio fel hyn erioed. Gyda'i phensiliau lliw pan oedd yn blentyn byddai'n cymryd achau i roi blaen arnynt, yna eu rhoi mewn trefn, o'r goleuaf i'r tywyllaf, ac yna byddai'n pwyllo ac edrych.

Heddiw roedd y llyn yn lasddu a bysedd arian yn ymestyn fan hyn a fan draw ar ei hyd. Chwipiai'r gwynt yn ysgafn a gyrru tonnau ar garlam i gyrchu diogelwch y traeth bach graean. Rhuthro i'w dinistr wrth gwrs a wnâi pob un. Roedd Ceri wedi peintio'r olygfa hon droeon. Glas llachar oedd llyn ei phlentyndod beth bynnag fyddai'r tywydd, a'r bryniau o'i amgylch yn wyrdd dwfn. Ond heddiw melynfrown fyddai lliw'r bryniau. Roedd siâp y llechweddau wedi newid iddi hi hefyd. Trionglau oedd bryniau ei mebyd.

Edrychodd Ceri tuag at ochr ddeheuol y llyn bach. Nid oedd unrhyw sôn am y tŷ gwyngalch isel y tybiai ei fod yn dal i lechu yno. Am y tro, debyg, cawsai ei lyncu gan goed pinwydd Cyfoeth Naturiol Cymru. Siawns, ymhen blwyddyn neu ddwy, y byddent yn torri'r coed yn llym fel y gwnâi'r Comisiwn Coedwigaeth yn rheolaidd gynt, a gadael ambell fonyn noeth yma ac acw fel esgyrn coesau. Roedd hi'n casáu'r rheibio hyll hwnnw bron cymaint ag yr oedd hi'n casáu'r syniad o goed pinwydd yn y lle cyntaf. Er hardded oeddent, ar lethrau uchel y Swistir roedd eu lle, nid yma ym mherfeddwlad Cymru.

Rhoddodd Ceri ei chyllell balet yn y paent ac am gyfnod wedyn fe ganolbwyntiodd yn llwyr ar y darlun a ffurfiai o'i blaen. Roedd yr hanfodion yn eu lle pan gododd baent gwyn ar ei chyllell. Gosododd ddarnau bach yma a thraw ar y bryniau. O'r lle safai edrychai'r defaid fel madarch. Cofiodd am y ffoto a welodd mewn arddangosfa dro'n ôl. O bell credai mai praidd o ddefaid oedd yn y llun, ond o graffu'n fanylach cannoedd o bobl borcyn ar eu cwrcwd oeddent. Twyllo'r llygad, dyna a wnâi natur a chelf fel ei gilydd yn aml.

Camodd yn ôl i edrych ar ei hymdrech ac yna bwrw golwg ar ei horiawr. Roedd teirawr wedi diflannu mewn chwinciad. A pha ryfedd hynny, meddyliodd Ceri â gwên, roedd y dirwedd hon yn oesol, ac amser yn ddim. Ac roedd wedi cael bore wrth ei bodd. Aeth misoedd heibio ers iddi afael mewn brws neu gyllell beintio, a phetai'n hollol onest roedd yna ymdeimlad o ryddhad hefyd. Rhyddhad ei bod yn dal i fwynhau'r broses, rhyddhad ei bod yn dal i fedru llunio rhywbeth a oedd yn ei phlesio, ond roedd yna foddhad yn ogystal o deimlo'i hymateb ei hun i'r tirlun. Roedd hedyn amheuaeth wedi dechrau cydio cyn iddi adael Llundain – ofn na fyddai'r ardal yma yn ei digoni wedi'r cwbl, nad oedd realaeth Llyn Awen gystal â'r ddelfryd ohono oedd ganddi yn ei phen wrth beintio'r esgus o lyn ym mharc synthetig Hackney. Roedd wedi sionci drwyddi, oglau a chasineb y dom wedi'u lleddfu gan yr awyr iach a'r paent.

Ailbaciodd yr offer a rhoi'r îsl a'r bag paent yng nghist y car a'r cynfas yn ofalus ar y sedd gefn. Tynnodd rai lluniau â'i ffôn a fyddai'n gymorth iddi gwblhau'r llun maes o law, ac yna eisteddodd am rai munudau i lowcio'r olygfa, teimlo'r awel ar ei boch, gwrando ar gri'r ehedydd ymhell uwch ei phen ac arogli mwsg y mawn, cyn cloi'r cyfan yn ddiogel yn ei chof.

O'r diwedd cododd. Roedd yn rhaid iddi ei throi hi er mwyn cyrraedd swyddfeydd y Cyngor Sir mewn da bryd i groesawu'r cynghorwyr wrth iddynt gyrraedd ar gyfer y cyfarfod.

Wrth deithio yn ôl dros y Twmp arafodd y Clio. Eisteddai'r pentref yn dwt mewn powlen oddi tani. Rhywle fan honno roedd rhywun a oedd yn ei chasáu. Ond dim ond am eiliad fer y caniataodd iddi'i hun hel meddyliau felly. Canolbwyntiodd yn hytrach ar fwynhau coedwig Glandraenog a oedd yn frith o liwiau'r hydref, melyn a brown, ac oren a gwyrdd, gydag ambell fflach o goch yn eu mysg. Byddai'n rhaid iddi ddod allan i beintio eto o fewn yr wythnos; roedd yr hydref wedi dod yn gynnar eleni a siawns y byddai'r gaeaf yn gafael yn reit handi. Roedd wrth ei bodd gyda choed yr hydref, y coed yn dangos eu hunain, yn herio'r gwynt i wneud ei waethaf. A dyma pryd yr oedd amrywiaeth y coed cynhenid ar ei amlycaf. Cofiai ofyn i'w mam-gu pam fod rhai coed yn ildio'u lliw a'u dail ynghynt nag eraill, a hithau'n dweud bod coed fel pobl, rhai'n heneiddio cyn pryd. Rhyw esboniadau felly a gawsai gan Mam-gu; doedd hi ddim yn un i lynu at ffeithiau moel.

Gyrrodd drwy'r pentref; nid oedd enaid byw ar gyfyl y lle. Aeth heibio Rhes Non i gyfeiriad Caerlew. Cafodd gip sydyn arni ei hun yn y drych. Roedd yn gwenu ar ddim byd. Gwenu am ei bod yn fodlon. Wel, petai'r Cyngor yn penderfynu bwrw ymlaen â'u cynlluniau i gau'r Llyfrgell a'r Neuadd byddai ganddi ddigon o amser i fwynhau peintio, darllen a cherdded, a phopeth arall y bu'n dyheu am eu gwneud am flynyddoedd pan oedd galwadau DIY diddiwedd ar y tai a brynai i'w gwerthu yn dwyn ei hamser i gyd. Petai'r Cyngor fodd bynnag yn ildio i'r ymgyrch, beth wedyn? Roedd y ddalen wen a osododd o'i blaen neithiwr yn dal yn ddilychwin. Teimlodd y chwys yn pigo dan ei cheseiliau, ac agorodd y ffenest led y pen. Erbyn iddi gyrraedd neuadd foethus y Cyngor Sir hanner awr yn ddiweddarach, medrai weld manteision cau Llyfrgell a Neuadd y Llan, o safbwynt personol, er na fyddai am y byd yn cyfaddef hynny i unrhyw un arall.

'Peidiwch lladd y Llan!'

'Lle i lyfrau yn y Llan!'

'Tegwch i'r bobl fach!'

Clywodd y siantio o'r maes parcio. Roedd Rhian a'r lleill yno'n barod felly. Cerddodd ar drot tua'r fynedfa i ganfod tua deugain o bobl yn sefyll yno'n dal placardiau. Roedd Iola'n sgwrsio â'r AS a'r AC. Gwenodd Ceri. Wrth gwrs, roedd dydd Llun yn ddiwrnod da i ddenu'r pwysigion hyn, ond chwarae teg hefyd, doedd hi ddim yn hawdd i'r ddau gael eu gweld yn y fath brotest o feddwl taw eu plaid nhw oedd yn rheoli'r Cyngor Sir. Mae'n siŵr eu bod mewn cyfyng-gyngor, ond 'na fe, cynrychioli'r bobl oedd eu gwaith. Cododd ei llaw ac roedd ar fin cerdded tuag atynt pan ddaeth Angharad Haf i'w chyfarch.

'Torf dda, Ceri,' meddai Angharad, yn amlwg wedi ei phlesio.

Nodiodd Ceri. 'Diolch i'r sylw ar y newyddion, mae'n siŵr.'

Gwenodd Angharad Haf lond ei hwyneb.

'Teledu'r bobl, dyna gryfder S4C heb os – teledu agos at ei chynulleidfa.'

Nodiodd Ceri'n foesgar.

'Ond dim *OB* heddiw, mae arna i ofn, dim ond fi a'r person camera. Cawn ni air bach nes mlân,' meddai wedyn wrth i Rhian ruthro at Ceri a'i thynnu i ganol y côr.

'Diolch byth bo ti 'ma. Sdim un o'r cynghorwyr wedi cyrraedd 'to, heblaw bod y diawled wedi slipo mewn drwy'r drws cefn.'

Gwenodd Ceri arni. Roedd y gardigan smotiog goch yn amlwg yn ffefryn.

'Hwn i ti,' meddai Rhian, gan roi cerdyn bychan yn ei llaw.

'Cerdyn aelodaeth Merched y Wawr. Ma rhaglen y flwyddyn arno – so cadwa fe'n saff,' ychwanegodd.

Doedd dim angen i Rhian ei siarsio i wneud hynny. Pesychodd Ceri'n ysgafn, ond ni fyddai'r carthiad gorau wedi llwyddo i glirio'r wasgfa yn ei gwddf.

'Cei di dalu'r tâl aelodaeth – un bunt ar bymtheg – yn y cyfarfod nesa. Iawn?'

Nodiodd Ceri. 'Diolch.'

'Hwn i ti hefyd,' meddai Llew gan estyn placard iddi ac arno'r slogan 'Achubwch Lyfrgell Llan'.

'Diolch, Llew.'

Darllenodd y llythrennau breision ar y placard a ddaliai Llew yn ei law yntau.

'Llyfr – ffrind yr unig.'

Pesychodd eto, roedd y lwmp yn ei gwddf maint pêl denis. Edrychodd i fyw'r llygaid pŵl am eiliad cyn gwenu arno.

'Digon gwir, Llew.'

Torrodd ton arall o siantio a throdd Ceri'n ddiolchgar i gyfeiriad Rhian a oedd wrthi'n arwain y côr.

'Hambôns angen addysg hefyd!'

'Chware teg i josgins!'

Chwerthiniad iach wedyn.

'Oes placard sbâr, Llew,' holodd Ann, a oedd newydd gyrraedd a'i gwynt yn ei dwrn.

Estynnodd Llew un iddi. 'Yr unig ffaith sy angen i chi wybod fyth: lleoliad y Llyfrgell,' darllenodd Ann yn uchel. 'Ww! Da, Llew.'

'Da, Albert Einstein,' chwarddodd Llew.

'Chi wedi bod yn fishi, Llew,' meddai Ceri wedyn wrth i Ann grwydro i ffwrdd i gyfarch hwn a'r llall.

Gwenodd yr hen ddyn.

'Fel lladd nadredd, ond sai wedi joio cymaint ers sbel. Ma'r we 'na'n llawn gwybodaeth, wir i ti – dyfyniadau gwych am lyfre. Ma hwn yn un da,' meddai, gan godi placard arall. 'Mae darllenydd yn byw mil o fywydau, y sawl nad yw'n darllen dim ond un.'

Nodiodd Ceri'n frwd.

'Pentre heb ganolfan, corff heb galon.' Adnabu Ceri lais cryf Ann.

'Llyfrgell – campfa'r ymennydd,' atebodd rhywun arall.

Roedd pobl yn amlwg wedi gwneud eu gwaith cartref.

'Ma'n rhaid i ni ennill, neu bydd hi'n ddominô arnon ni i gyd,' meddai Llew wedyn yn dawel.

Gwenodd Ceri ond roedd y pwysau'n gwasgu. Ond cyn iddi orfod ateb teimlodd ryw newid sydyn yn yr awyrgylch, fel y newid a ddaw cyn storm o fellt a tharanau. Cododd bonllef wrth i'r cynghorydd cyntaf gerdded tua drws y siambr. Dilynodd un ar ôl y llall wedyn, ambell un yn dod atynt fel hwrdd a'i ben i lawr, un arall yn pigo'i ffordd yn garcus drwy'r dyrfa yn ceisio dal pen rheswm, eraill yn cymryd arnynt fod cerdded drwy'r fath warchae yn rhywbeth hynod gyffredin, ac yn smalio nad oeddent yn gweld y placardiau nac yn clywed y randibŵ. Yng nghanol y berw mwyaf roedd Angharad yn siarad â'r camera.

'Byddan nhw'n dadlau am dipyn, mae'n siŵr,' meddai Iola ar ôl i'r olaf o'r cynghorwyr gyrraedd ac i'r gofalwr gau'r drws yn glep yn nannedd y protestwyr. 'Dw i, Ann a Rhian a'r criw am fynd am baned. Ti'n dod, Ceri?'

Siglodd Ceri ei phen. 'Na, wna i aros fan hyn rhag ofn daw pethe i ben yn bwt. Fe ffonia i di os ddigwyddith hynny.'

Setlodd Ceri ar fainc i gadw cwmni i Llew tra ciliodd Angharad a'r ferch gamera i'w fan. Ni ddywedodd Ceri na Llew na bw na be am funud wrth wylio cefnau'r protestwyr eraill yn ymbellhau. Estynnodd Llew i blygiadau ei gôt fawr a thynnu fflasg fach arian ohoni.

'I gadw'r oerfel draw,' esboniodd â gwên cyn cynnig y fflasg i Ceri.

Chwarddodd Ceri'n iach.

'Un da y'ch chi, Llew – meddwl am bopeth.' Dadsgriwiodd y caead ac yfed llwnc o'r chwisgi. Brathodd gefn ei gwddf a chwarddodd eto.

'Penderyn – y gore,' meddai Llew, cyn cymryd llwnc hir ei hun.

'Sai'n gwbod faint o'r rheina o'dd yn bobl Llan,' meddai Llew o'r diwedd. Pwysodd ymlaen ar ei ffon fedw ac anwesu'r carn llyfn yn ei ddwylo geirwon. 'Ond 'na fe, ma lot o ddynion dierth i fi 'co nawr, a dwi wedi colli nabod…' Aeth yr esboniad yn ddim.

'Sdim llawer dwi'n eu cofio chwaith,' cytunodd Ceri. 'Pawb o'dd yn yr ysgol 'da fi wedi symud o 'ma, heblaw Grace wrth gwrs, a ma ffrindie Mam-gu wedi… Cymaint wedi newid mewn chwarter canrif, lot o fynd a dod.'

Tapiodd Llew ei ffon yn rhythmig yn erbyn y cerrig Swydd Efrog melyn a ffurfiai'r cwrt o flaen Neuadd y Sir.

'Mwy o fynd na dod sha'r Twmp 'na, sawl tyddyn wedi mynd â'i ben iddo gwaetha'r modd.'

Nodiodd Ceri ac ymbalfalu am rywbeth y gallai ei ddweud i ysgafnhau'r sgwrs.

'Ond ma Cae Coch yn dal i ga'l ei ffermio.' Teimlai rywfaint o ryddhad. Siawns bod Llew yn falch o hynny.

'Odi,' cytunodd yn bwyllog. 'Pobl ddŵad… tasen i a Mari wedi cael ein bendithio â phlant bydde pethe'n wahanol.'

Nodiodd Ceri eto. Nid oedd am fentro sylw arall. Bu tawelwch wedyn a Llew yn troi carn y ffon yn araf, araf yn ei ddwylo.

'Fi yw'r cynta i adael y Twmp, cofia.' Roedd ei lais yn graciau i gyd. 'Yr hen deulu i gyd wedi gadael mewn bocsys. Trefn naturiol yw hynny – geni, prifio, gweithio, marw, a'r cyfan oll yng nghôl y teulu.'

Edrychodd Ceri ar Angharad a'i chyd-weithwraig. Roeddent ill dwy yn hollol ddywedwst, eu sylw i gyd ar y ffonau yn eu dwylo.

'Ma rhywun yn gallu bod o werth wedyn,' meddai Llew.

Cododd awel o rywle a dawnsiodd ychydig o ddail crin ar hyd y cerrig melyn. Dawns gylch lawen oedd hon. Mwmialodd Ceri ryw dôn gyfarwydd a glywodd ar y radio ben bore i lenwi'r tawelwch rhyngddynt.

'Ti 'run sbit â dy fam,' meddai Llew mewn sbel.

Gwenodd Ceri arno.

'Diolch,' dywedodd yn ddiffuant. Gallai fod wedi ychwanegu, 'Dwi wedi aros deugain mlynedd i glywed hynny'. Ond ni wnaeth, rhag codi embaras ar Llew, neu arni hi ei hun.

'On'd yw Ceri fel ei dad?' Clywodd hynny droeon. Prin oedd y tebygrwydd rhyngddynt mewn gwirionedd, ond bob tro y deuai'r Capten Victor Roberts adref ar wyliau o'r fyddin byddai'n mynd â Ceri at y barbwr ym Mhenbanc lle byddai'r ddau yn cael *crew cut*. Cofiai Ceri'r gofid wrth weld y cwrls brown yn syrthio i gawdel o flewiach coch a du a melyn y cwsmeriaid eraill.

'Roedd ysbryd y sipsi yn dy fam,' meddai Llew wedyn, '*free spirit* os buodd un erio'd. Ond beth yn y byd welodd hi yn dy dad, sai'n gwbod. Ond 'na fe, peth od yw cariad.'

Roedd Ceri yn ymwybodol ei bod yn dal ei hanadl. Nid oedd am fentro dweud na gwneud dim a fyddai'n rhoi taw ar yr hel atgofion.

'Gest ti golled fawr yn y ddamwain 'na. O'dd e'n golled i ni i gyd. Ddeallais i byth beth o'dd hi'n neud allan ar ben ei hunan fach, ar hewl y mynydd ar noson mor ddieflig. Eiliad ynghynt neu eiliad yn hwyrach a bydde hi wedi osgoi'r goeden 'na – wedi byw i weud stori'r storm fawr. A'i gor-weud hi hefyd!'

Bu tawelwch am funud neu ddwy a Llew fel petai ar goll ym mhlygiadau ei atgofion.

'Ond gest ti ddim cam gan Ceridwen, o'dd hi'n fam-gu dda i ti,' meddai o'r diwedd.

Edrychodd Llew i fyw ei llygaid. 'Bydde Ceridwen wedi bod yn browd ohonot ti, Ceri. Bydde, yn browd iawn 'fyd.'

Bu tawelwch eto wedyn. Roedd golwg bell ar Llew.

'O'dd 'da ni gi defed unweth – Bob – wedi'i eni 'co. Ac o'dd e a'r ieir yn ffrindie agosa. Yn clwydo gyda'i gilydd bob cyfle. O'dd Mari'n pregethu na ddele fe byth yn gi gwitho – bod rhywbeth annaturiol yn Bob. Ond fe dda'th e'n iawn. Cystal ci ag y ces i erio'd.'

Roedd Ceri'n amau taw rhyw fath o ddameg oedd hon a gwenodd yn ddiolchgar.

'Sdim pawb 'run peth – a diolch am hynny.' Nodiodd Llew yn ddwys.

'O'ch chi'n nabod Mam yn dda?' gofynnodd Ceri er mwyn ceisio sicrhau trywydd y sgwrs. Nid oedd Ceri'n ei chofio o gwbl; o'r lluniau a'r hyn a glywodd gan ei mam-gu y dôi ei hadnabyddiaeth ohoni. Gwrthodai ei thad sôn amdani o gwbl.

Chwarddodd Llew yn iach.

'Caton pawb, o'n i'n nabod dy fam yn dda iawn. Pawb yn nabod pawb yn Llan bryd hynny. Ac o'dd dy fam ar lwyfan Festri Bethel ers o'dd hi'n ddim o beth, yn actio, a chanu. Pawb yn dwlu arni. Pan oedd hi yn ei hwylie ta beth.' Chwarddodd Llew am ennyd, ac yna meddai'n dawel ddwys, 'Ond o'dd y diafol ynddi weithe 'fyd. Rhyw giamocs.' Chwarddodd eto. 'Ond 'na fe, ma lot o artistiaid fel'na, on'd o's?'

Clywodd Ceri sŵn clebran a throdd i weld Rhian a'r lleill yn dynesu.

'Ma gyda fi rai llunie o dy fam, o'r carnifals a'r cyngherdde a'r sioeau. Mari ni o'dd meistres y gwisgo'dd i bob un sioe am flynydde. Croeso i ti daro draw i'w gweld nhw, unrhyw bryd.'

Diolchodd Ceri iddo. Byddai wrth ei bod yn gweld y ffotograffau. Roedd yr ychydig a oedd ganddi wedi eu serio ar ei chof a byddai'n falch o ychwanegu at yr albwm hwnnw. Roedd Ceri wedi adeiladu ffantasïau lu o gylch y lluniau. Efallai y byddai'r ffotograffau newydd yma yn dod â'i mam yn agosach rywsut, y byddai ei hwyneb yn cyfleu rhywbeth, rhyw osgo y medrai Ceri ei adnabod ynddi hi ei hunan, rhywbeth a fyddai'n cynyddu ei hadnabyddiaeth brin. O golli ei mam-gu roedd Ceri wedi colli'r ddolen gyswllt olaf gyda'i mam hefyd, ond dyma Llew nawr yn cynnig gobaith newydd iddi.

Roedd ei mam-gu wedi dweud droeon bod rhyw ddüwch yn perthyn i fam Ceri, a dyma Llew nawr yn ategu hynny. Tybed a fyddai enw i'r düwch hwnnw petai ei mam yn fyw heddi – a thybed a oedd yr un düwch yn llechu yn ei genynnau hi ei hun?

Roedd Llew yn iawn wrth gwrs; doedd hi ddim wedi cael cam gan Ceridwen, ond roedd yna bethau na allai Ceridwen fyth wneud iawn amdanynt. Mewn nofelau ac ar y teledu, tad a mam, dau neu dri o blant, a chi neu gath oedd yr uned deuluol. Ac roedd gan Ceridwen alergedd i flew anifeiliaid.

Erbyn i Ceri gyrraedd yr ysgol uwchradd roedd ei dyheadau'n wahanol. Rhieni ifanc, hip, rhieni fel rhai Toby Smith neu Poppy Grey, dyna oedd y ddelfryd. Rhieni a wisgai jîns a chrys-t ac a chwarddai ar ddrygioni eu hepil, ac a ddefnyddiai eiriau fel *nice one* a *cool*. Roedd Ceridwen ar noson rieni yn gwisgo'r het fach biws dros ei chwrls perm tyn, ac yn mynnu holi a stilio yn ei Saesneg Cymreig uchel am waith ac ymddygiad Ceri. Gwnaeth yr atgof i Ceri gochi. Druan, byddai Ceridwen wedi synhwyro ei hembaras.

'Dim sôn amdanynt?' gofynnodd Rhian wrth iddi hi a'r gweddill ailafael yn eu placardiau.

Siglodd Ceri ei phen. 'Dim siw na miw.'

'Gawn ni bawb wrth ochr y drws yn gwneud cymaint o sŵn â phosib pan ddaw'r cynghorwyr i'r golwg,' meddai Angharad, gan eu corlannu wrth y fynedfa. 'Closiwch yn dynn,' meddai wedyn.

Dim ond am ryw bum munud y gorfu iddynt loetran wrth y drws cyn ufuddhau i Angharad a chodi llais i groesawu llefarydd y Cyngor. Wrth i'r corws dewi cododd y llefarydd y papur a darllen y datganiad yn glir ac yn uchel.

'Foneddigion a boneddigesau. Mae'r Cyngor wedi dwysystyried, wedi pwyso a mesur a thafoli'n ofalus. Ac yn sgil y farn gref a leisiwyd yn hynod o effeithiol gan bobl Llanfihangel o blaid cadw'r Llyfrgell a'r Neuadd yno ar agor, ac o ystyried bod gan y gymuned gynlluniau i ddatblygu defnydd yr adeilad yn sylweddol, penderfynwyd cadw'r adnodd ar agor am gyfnod prawf o chwe mis. Dyma enghraifft arall o'r Cyngor Sir yn gwrando ar y trethdalwyr, yn plygu i farn...'

Collwyd gweddill y datganiad yng nghanol bonllef o gymeradwyaeth. Cododd rhywun freichiau Ceri'n fuddugoliaethus cyn i Angharad wthio'r meic o dan ei thrwyn.

'Felly'r frwydr, os nad y rhyfel, wedi ei hennill, Ceri Roberts. Mae'r Cyngor Sir wedi penderfynu cadw'r adnodd ar agor am gyfnod ar sail eich cynlluniau chi. Beth yn union felly yw'r cynlluniau beiddgar yma?'

Dros ysgwydd Angharad gwelodd Ceri wynebau Llew, Ann, Rhian ac Iola yn syllu arni, pob un yn gwenu eu cefnogaeth.

'Parti peintio, dyna sut ry'n ni am ddechre.'

Doedd Ceri ddim yn siŵr o ble daeth y syniad, ond llifodd rhyddhad drwyddi. Wrth gwrs, byddai'n rhaid meddwl o ddifri nawr, cael rhyw fath o weledigaeth go iawn, cynllun. Ond o leiaf byddai hyn yn ddigon i gadw pobl yn hapus am y tro.

'Mae'n siŵr taw cyfrifoldeb y Cyngor Sir yw cynnal a chadw'r adeiladau,' awgrymodd Angharad.

'Wrth gwrs,' meddai Ceri, 'ond fel ma pethe, ma angen i bob sector gydweithio – a dwi ddim yn meddwl rywsut y bydd y Cyngor yn gwrthwynebu'n hymgais ni i lonni rhywfaint ar y stafelloedd. Bydd y gwelliannau yma wedyn yn arwain at gynyddu defnydd yr adeilad.'

Gwenodd Angharad. 'Rwy'n cymryd na fydd parti llosgi llyfrau yn cael ei gynnal bellach?'

'Na fydd wir, ond mae angen peintio'r Llyfrgell a'r Neuadd, felly mae croeso i bawb ddod â brwsh a phaent, a thorchi llewys yn y parti peintio nos yfory. Ac wedyn fe awn ni o fanna. Mewn undeb y mae nerth,' ychwanegodd yng nghanol stŵr y dathlu.

8

AR Y PRYNHAWN Sadwrn yn dilyn y parti peintio roedd Grace yn dwstio'r parlwr a Siôn yn eistedd ar y soffa yn hanner gwylio'r pêl-droed a darllen y papur.

'Glywest ti am ei syniad gwallgo diweddara?'

'Mm,' meddai Siôn a chynyddu sain y teledu'r mymryn lleiaf.

'Banc.'

'Www! Back of the net! Honna'n haeddu gôl y mis.' Chwarddodd Siôn yn uchel. 'Ma'r Harry Kane 'ma'n gallu sgorio gyda'i droed dde, ei droed chwith a'i ben. Bydd Spurs yn lwcus i gadw'r crwt 'na – bydd Real Madrid a'r bois mowr ar ei ôl e wap, gei di weld.'

Anwybyddodd Grace y sylw. Doedd ganddi ddim diddordeb o gwbl mewn pêl-droed.

'Banc. Beth yn y byd sy isie banc yn y Llan? Dwi'n dweud wrthot ti, mae wedi colli arni'i hunan. Ddaw dim byd o'r peth wrth gwrs.'

'Yn yr un ffordd ddaeth dim byd o'r ymgyrch i gadw'r Neuadd a'r Llyfrgell?' gofynnodd ei gŵr, gan ychwanegu'r chwerthiniad arbennig yna a oedd yn dynodi ei fod yn ei phryfocio. Roedd e'n gorfod defnyddio'r chwerthiniad fwyfwy yn ddiweddar. Ac roedd e'n iawn wrth gwrs, roedd Ceri wedi trechu'r Cyngor Sir, o leiaf am y tro. Roedd Grace yn edifar nawr iddi beidio â mynd i'r cyfarfod protest yn swyddfeydd y Cyngor. Chwara teg i Siôn, roedd wedi ceisio'i pherswadio i fynd, wedi rhesymu bod y Neuadd yn bwysig iddi, yn rhan ganolog o'i bywyd ac o fywyd y gymdeithas yr oedd hi mor awyddus i sicrhau ei ffyniant. Roedd hefyd wedi dweud y byddai pobl yn disgwyl i Grace Gruffudd fod yno, yn flaenllaw yn yr ymgyrch i warchod y Neuadd a'r Llyfrgell. Grace oedd 'person y Pethe yn Llan', meddai fe.

Fore'r brotest roedd wedi codi ar ôl i'w gŵr adael am ei waith i ganfod placard enfawr gyda llun doniol arno o bry bach tew streipiog melyn a du yn gwisgo sbectol gron, a'r geiriau 'Achubwch fangre'r llyfrbry prin' mewn swigen uwch ei ben. Gwaith llaw Siôn wrth gwrs, a grëwyd yn y dirgel. Ond nid aeth i'r brotest. Roedd y siom o golli'r frwydr i gadw'r ysgol ar agor yn glwyf agored o hyd. Cafodd loes go iawn bryd hynny; siglwyd ei ffydd mewn rhai cynghorwyr a oedd wedi addo cymaint, wedi addo cefnogi, ond yna, pan ddaeth y bleidlais dyngedfennol roeddent wedi ildio, yn sgil pwysau gan y swyddogion, ac wedi bradychu pobl Llan.

'Mae isie i ti glirio'r cafnau a'r gwteri, Siôn. Mae'r dail 'ma'n bla.'

Anwybyddwyd yr awgrym. Roedd Siôn erbyn hyn yn glustiau i gyd a Gary Lineker a'r siwtiau yn trafod effaith ymadawiad Sigurdsson a dychweliad Bony at y Swans.

Gwthiodd Grace y dwster ar hyd y dannedd ifori nes iddynt dincial. Rhoddodd glusten egr wedyn i'r nodau du, a phrotestiodd y rheini'n aflafar.

'Hen bryd i ti gael tonc fach ar y piano,' meddai Siôn, a'i sylw wedi'i hoelio ar y teledu.

Symudodd Grace ornaments Sankey a Moody a rhoi dwstad i gotiau cwt fain y ddau gyfansoddwr.

'Dim lot o whant wedi bod arna i'n ddiweddar,' meddai gan fyseddu copi o *The Songs of Wales* a fu'n eistedd yn ddisylw ar y piano ers misoedd.

Diffoddodd Siôn y teledu, codi, a rhoi ei fraich yn dyner ar ei hysgwydd.

'Amser i ti ailgydio yn dy bethe, Grace,' cynigiodd yn dawel.

Trodd Grace o 'Ar Hyd y Nos' i'r 'Bore Glas'.

'Falle bod hi'n bryd mynd 'nôl i'r gwaith hefyd. Mae'n dri mis nawr…' meddai Siôn cyn i Grace dorri ar ei draws.

'Ydy pethe mor fain â hynna arnon ni?' gofynnodd gan ryddhau ei hun o'i afael a mynd i sefyll wrth y ffenest. Roedd Ceri'n eistedd ar y fainc o dan y goeden yn magu paned.

'Sgwîc, sgwîc,' meddai Siôn mewn llais bach main.

'Beth?' atebodd Grace yn ddiamynedd.

'Dywediad – pa ddywediad ydw i?'

Syllodd Grace arno.

'Dere mlân, dyfala,' mynnodd Siôn.

Roedd hon yn hen gêm y byddent yn ei chwarae ar wyliau gwersylla gwlyb yn Sir Benfro ers talwm. Bryd hynny byddai Grace yn mwynhau'r sialens wirion ac roedd yn ffordd hwyliog o geisio dysgu idiomau a dywediadau i Alaw, ond heddiw …

'Dwla dwl, dwl hen,' cynigiodd Grace.

Gwthiodd Siôn ei dafod allan arni.

'Mor dlawd â llygoden eglwys,' meddai'n fuddugoliaethus.

Gwenodd Grace yn wan arno.

'Ydyn ni? Ydy hi mor wael â hynna arnon ni?'

Chwarddodd Siôn gan roi ei freichiau amdani eto.

'Na, na, ddim o gwbl. Dim ond meddwl o'n i falle bydde bach o strwythur yn dy helpu di. Cwmnïaeth y nyrsys ar y ward… a'r nosweithie mas 'na – Coctels a'r Mabinogi – hwnna o'dd yr un diwetha, yndife? Nawr bydde Bloody Bendigeidfran neu ddau yn siŵr o helpu, a…'

Stryffaglodd Grace o'i afael unwaith eto a thaflu'r dwster i'r naill ochr.

'Weda i wrthot ti beth fydde *yn* helpu, Siôn – pe bait ti'n perswadio'r ferch 'na sy 'da ni i fynd 'nôl i'r ysgol. Mae'i ffrindie hi i gyd yn y chweched – Lisa, Ffion, Elin. Pawb. Neu'i

pherswadio hi i fynd i ddosbarth nos, i wneud rhywbeth –
unrhyw beth.'

Erbyn hyn roedd ei llais yn crynu, a'r dagrau mor agos. Jôc
giaidd oedd gorfodi menywod i ddelio â phlant yn eu harddegau
tra bod eu hormonau nhw hefyd yn rhemp.

'Ishte, Grace fach.' Ceisiodd Siôn ei harwain at un o'r
cadeiriau. Gwthiodd ef i ffwrdd, a mynnu sefyll.

'Sut alla i fynd mas i weithio? Mae angen i fi fod gartre i
garco Alaw, neu dyn a ŵyr beth wneith hi…'

Cymerodd Siôn anadl hir, swnllyd.

'Grace, ma hi'n ddwy ar bymtheg, ac o'r hyn wela i yn
treulio'r rhan fwya o'i dydd yn ei stafell. Falle bydde fe'n well i
bawb taset ti'n ailgydio yn dy fywyd.'

Clywodd Grace eu merch yn rhedeg i lawr y grisiau.

'Fi'n mynd mas,' meddai Alaw, gan bipio i mewn i'r parlwr.

'Ble ti'n mynd? Mae golwg arnat ti.' Syllodd Grace ar y
trywsus jogio di-raen a'r hwdi di-siâp.

Ni arhosodd Alaw i gynnig ateb. Gwyliodd Grace hi'n croesi'r
Sgwâr i gyfeiriad y goeden lle'r oedd Ceri'n eistedd.

'Hy, tebyg at ei debyg,' poerodd, cyn i'r dagrau ei threchu ac
i freichiau Siôn ei chofleidio.

*

Bu Ceri ar bigau'r drain am y pum diwrnod diwethaf er
gwaethaf ei phenderfyniad i beidio â gadael i'r erlynydd dienw
effeithio arni. Nid oedd holl fantras positif y byd yn ddigon i
fogi ei hofnau'n llwyr. Ond ni ddaeth yr un amlen feiro goch
arall i law, ac erbyn hyn roedd yn mentro credu bod y dom-
wr, neu'r ddom-wraig yn fodlon i'w gwrthwynebiad i fodolaeth
Ceri gael ei nodi, a dyna fe.

Roedd rhywbeth arall hefyd yn poeni Ceri. Treuliodd dipyn

o'i hamser dros y dyddiau diwethaf yn syllu allan ar y Sgwâr, ac yn enwedig ar y goeden gastan, ei dail mawr fel dwylo bellach, a'u hewinedd wedi eu peintio'n oren-frown. A doedd yr un enaid byw wedi eistedd ar y fainc.

Roedd nifer o'r rhai a âi â'u cŵn am dro wedi pwyllo i edrych, a, siawns, i ddarllen yr arysgrif ar y plât dur – '*I gofio Ceridwen Ifans, Rhif 1, Y Sgwâr, 1930–1989*'. Tybed sawl un oedd wedi gwneud y sym a cheisio dyfalu sut y bu i'w mam-gu golli ei bywyd mor gymharol ifanc? Prin oedd y pentrefwyr a fyddai'n cofio'r ffeithiau bellach. Ond doedd neb wedi eistedd ar y fainc, neb wedi gwerthfawrogi'r cyfle i hamddena yno.

Roedd hi'n brynhawn braf, ac efallai petai hi'n gwneud, y dôi eraill, maes o law, i fwynhau seibiant yno. Cododd ei phaned a'r pecyn lluniau a fenthycodd gan Llew.

Am rai munudau bu'n eistedd a syllu ar y to deiliog uwch ei phen. Drwy nenfwd amryliw'r hydref gallai weld darnau o awyr las. Roedd yr hin hefyd yn dal atgof o'r haf cynnes a fu. Ond hydref cynnar oedd hi, a'r peli gwyrdd pigog fel draenogod bach yn dal yn dynn wrth y goeden. Roedd yn syndod na fu rhai o blant y pentref wrthi'n eu bwrw i'r llawr; byddai'r fainc o help iddyn nhw yn hynny o beth, meddyliodd â gwen.

Yfodd lwnc hir o'i the ac yna gosod y mŵg ar y fainc ac agor yr amlen frown yn ofalus. Roedd brychni'r blynyddoedd arni, ac ofnai y byddai'r ffotograffau wedi dioddef yn yr un modd. Ond fe'i siomwyd ar yr ochr orau; roedd y dwsin neu fwy o luniau wedi eu lapio'n ofalus mewn papur sidan o'r pinc goleua. Roedd y pinc wedi troi'n frown yn y plygiadau ond roedd y papur wedi gwneud ei waith a charco'r lluniau'n ofalus.

Bodiodd Ceri drwyddynt yn gyflym er mwyn cael eu hyd a'u lled, ac yna fe ddechreuodd eto o'r cychwyn, yn araf bach y tro hwn, i roi amser iddi ei hun eu mwynhau ac i'w hymennydd brosesu a chofio pob un. Roedd rhyw archwaeth ryfeddol arni i gasglu a chadw pob manylyn posib am ei mam, archwaeth na fyddai modd ei diwallu byth.

Roedd rhywun – Mari, gwraig Llew, mae'n siŵr – wedi cofnodi'r enwau, y dyddiad a'r achlysur mewn pensel ysgafn ar gefn pob un. Roedd y mwyafrif o'i mam, ond roedd ambell un o Ceri hefyd.

Edrychodd yn hir ar un ffoto hyfryd o'i mam yn ferch ifanc. Syllai'n herfeiddiol ar y camera, a gwên fechan chwareus ar ei gwefusau llawn, ei gwallt du yn doreth o gyrliau mân. Roedd y gadwyn siâp calon yn gorwedd yn dwt yn y pant yn ei gwddw gwyn. Ar gefn y llun roedd y geiriau, *Ella Ifans, Carafán mewn Cwr o Fynydd, 1966*. Byddai ei mam wedi bod yn un ar bymtheg felly. Prin y byddai'r sipsi fach wedi rhagweld y byddai'n briod a babi ganddi mewn cwta bedair blynedd, ac y byddai'n gorff mewn saith. Roedd basged wellt a rhubanau o bob lliw yn gorlifo ohoni ar ei braich chwith, a daliai sbrigyn o rywbeth yn ei llaw dde gan ei estyn i bwy bynnag oedd y tu ôl i'r camera. Grug gwyn, mae'n siŵr. Grug gwyn lwcus.

'Cyfforddus?' Tarfodd y llais ar ei myfyrdod ac edrychodd Ceri i fyw'r llygaid glasaf.

'Cei di farnu hynny,' meddai Ceri, gan godi ei phaned a gwahodd Alaw i eistedd.

'Ydy, mae hi'n ddigon cyfforddus. Bydd hi'n well fyth mewn blynydde, gydag olion penole.'

Chwarddodd Ceri. 'Ti'n fardd, Alaw!'

Wfftiodd y ferch ifanc y sylw. 'Paid â dweud wrth Mam, neu bydd hi wedi cofrestru fi ar ryw ddosbarth cynganeddu cyn i ti weud "Tudur Dylan".'

Gwenodd Ceri ac yfed llwnc o'i the a oedd wedi hen oeri erbyn hyn. Arllwysodd y gweddillion ar y borfa.

'Dim bydde ots 'da fi ga'l gwersi 'da "Diddy Dylan" – 'na beth ma Caryl Parry Jones yn 'i alw fe! Fi'n dwlu ar y gerdd "Y

Môr" – Miss Prys, Cymraeg, wedi mynd mlân a mlân amdani. Ond mae yn gwd, whare teg.'

Roedd Ceri wrth gwrs yn gwybod am Tudur Dylan, wedi ei wylio droeon ar y rhaglenni S4C a godai gymaint o hiraeth arni gynt. Ond roedd hi'n ymwybodol iawn taw prin oedd ei chrap ar farddoniaeth Gymraeg. Byddai'n rhaid iddi wneud iawn am hynny. Byddai'n taro i'r Llyfrgell fory nesaf a byddai gwaith Tudur Dylan, mae'n siŵr, yn lle da i gychwyn arni. Efallai y byddai gan Alaw ddiddordeb yn ei rhoi ar ben ffordd.

'Fi wedi ca'l gwersi ar bopeth arall bron,' meddai Alaw wedyn gan chwerthin. 'Bale, feiolin, piano, clarinét – credu iddi enwi fi'n Alaw gan gredu bydde hynny'n gwarantu *child prodigy...*'

'Ac wyt ti? Yn gerddorol?' gofynnodd Ceri.

Cododd Alaw ei hysgwyddau main.

'Sai'n 'bo. Na... Wel ddim fel bydde Mam isie i fi fod. Ond fi'n lico cerddoriaeth... whare'r sacs, gitâr...'

Nodiodd Ceri. 'Dilyn dy fam, 'te. Llais soprano hyfryd 'da Grace; o'n ni'n dwy yn arfer canu deuawde pan o'n ni'n blant.'

Tynnodd Alaw ei chrys chwys a'i roi o dan ei phen-ôl.

'Mam yn dipyn o ddifa bryd hynny hefyd, ma'n siŵr.' Edrychodd Alaw i fyw llygaid Ceri.

Ni atebodd Ceri ond chwiliodd drwy'r lluniau cyn estyn un i Alaw.

''Co ni'n dwy, dy fam a fi.'

'Stori'r geni, 1981,' meddai Alaw gan ddarllen yr ysgrifen fân.

'Dy fam oedd y llefarydd, a fi oedd Gabriel.'

Roedd Ceri'n cofio'r cynhyrchiad yn dda. Roedd hi a Grace newydd ddechrau yn yr ysgol fawr a hwn fyddai eu perfformiad olaf fel actorion yn nrama Nadolig y capel. Y flwyddyn ganlynol, yn ôl y drefn gydnabyddedig, dyrchafwyd Grace a Ceri i'r gerddorfa o dan faton medrus Eos Penbanc. Fel Ifan Jones yr adnabyddid codwr canu Bethel weddill y flwyddyn, ond adeg y ddrama flynyddol byddai'r hen ŵr yn cael ei adnabod fel yr Eos. Ac ym mis yr Adfent, byddai'r Eos yn atgoffa pwy bynnag a fynnai wrando iddo ef arwain band buddugol y Park & Dare yn Eisteddfod y Glowyr droeon yn y pumdegau, tra oedd yn alltud yn Nhreorci.

'Mam wrth ei bodd yn gwisgo lan.' Bwriodd Alaw olwg drwy weddill y lluniau.

'Wastad yn smart,' meddai Ceri'n siriol.

'Smo ni'n debyg yn hynna o beth.' Rhoddodd Alaw'r lluniau yn ôl yn eu gorchudd a gosod y cyfan ar y fainc.

Nid oedd Ceri'n awyddus i ymateb a throdd ei sylw at y goden werdd bigog a gwympodd wrth ei thraed. Fe'i cododd yn ofalus. Roedd y gnoc wedi ei hollti, a rhyddhaodd y gneuen.

'Burton's best,' meddai Alaw, gan dynnu ar waelod ei chrys-t llac.

'Y wisg lom yn cwato perl.' Estynnodd Ceri y gneuen frowngoch sgleiniog i Alaw.

Bu tawelwch wedyn wrth i Alaw fwytho'r gneuen rhwng ei bysedd.

'Dyma fydd y penole yn neud i'r fainc, ei sgleinio a'i hesmwytho,' meddai o'r diwedd.

'Gobeithio'n wir,' gwenodd Ceri. 'A ti a fi sy'n dechre'r broses,' meddai wedyn.

Rywle yng nghefn un o'r tai o gylch y Sgwâr roedd peiriant torri gwair yn canu grwndi. Edrychodd Ceri i gyfeiriad y sŵn, ond ni allai leoli ei darddiad. Dyna'r trueni; roedd trigolion y Sgwâr yn tueddu i fyw yng nghefn eu tai, yn byw eu bywydau a'u cefnau at y Sgwâr. Ond roedd hynny'n naturiol, roedd eu cefnau'n wynebu'r de ac yn cael y budd mwyaf o wres a golau'r haul.

'Ti'n mynd i ddod draw i'r cyfarfod Banc nos fory?'

Chwarddodd Alaw yn uchel. 'Sdim clincen 'da fi, sai angen banc!'

Ciledrychodd Ceri arni i weld ai tynnu coes roedd y ferch ifanc, ond doedd hynny ddim yn amlwg.

'Banc Amser yw'r syniad,' esboniodd Ceri.

Ni ddywedodd Alaw ddim am eiliad.

'Banc Amser?' gofynnodd wedyn gan ddal deilen a hedai'n araf tua'r llawr.

'Dere draw i'r Neuadd nos fory i ti ga'l clywed mwy,' meddai Ceri gan godi ar ei thraed. Roedd gwres y pnawn yn dechrau pallu, a ffresni'r hydref yn yr awel.

'Mm, falle. Ga i fenthyg y ffotos 'ma i ddangos i Mam?' gofynnodd Alaw gan ailwisgo'r hwdi. 'Sai'n meddwl bod rhai o'r rhain gyda hi.'

Am foment petrusodd Ceri. Nid ei ffotograffau hi oedden nhw. Ond yn sicr, nid oedd am i'r ferch ifanc yma deimlo nad oedd hi'n ymddiried ynddi.

'Wrth gwrs, ond ffotos Llew y'n nhw, a dwi wedi addo'u dychwelyd nhw iddo fe yn y cyfarfod.'

Chwarddodd Alaw. 'Dyna un ffordd i sicrhau cynulleidfa. Ocê, dim problem.'

'Iawn, wela i di nos fory, 'te, Alaw.'

'Cŵl,' atebodd y ferch wrth i'r ddwy wahanu a mynd tuag adref.

9

'CHI MOR BERT â phictiwr, fel bydde Nain yn weud,' meddai Alaw gan bwyntio at un o'r ffotograffau ar y bwrdd.

Trodd Grace o'r pentwr gwaith papur o'i blaen a thaflu cip ar y llun. Gwenodd. 'Am eiliad o'n i'n meddwl mai ti oedd honna.'

Nodiodd Alaw.

'Wastad wedi lico dillad a cholur,' meddai Grace a throi 'nôl at ei gwaith. 'Isie i ti wneud y gorau o be mae natur wedi ei roi i ti 'fyd. Falle wedyn…'

Cododd Alaw ac arllwys gweddill ei the i'r sinc.

Ar adegau fel hyn roedd Grace yn methu credu ei thwpdra ei hun. Weithiau roedd ei thafod yn rhy chwim, yn ymateb cyn i'w hymennydd gael cyfle i bwyso a mesur. Roedd yn gwybod o brofiad y byddai sylw o'r fath yn arwain at oriau o bwdu ar ran Alaw, a chocsio di-ben-draw wedyn ar ei rhan hi. Anadlodd eto wrth weld bod Alaw yn ail-lenwi'r tebot. Roedd hi'n amlwg yn un o'r diwrnodau prin hynny pan nad oedd croen ei thin ar ei thalcen.

'Ceri'n gweud bo chi'n arfer canu deuawdau,' meddai Alaw gan roi'r tebot ar y bwrdd o flaen Grace ac eistedd. Oedd, roedd hi'n amlwg mewn hwyliau da.

'A beth arall ddwedodd Ceri?' Gwthiodd Grace y gwaith i'r neilltu a chodi ffoto arall o'r pentwr. Teimlai'r hen ddicter yn mudferwi eto fyth.

Arllwysodd Alaw baned i Grace cyn rhoi tro i'r te gyda llwy ac ail-lenwi ei mŵg ei hun.

'Bod llais arbennig 'da chi,' gwenodd arni.

Roedd Grace yn amau bod mwy i'r wên. Mae'n siŵr i Ceri fod yn clapian, rhoi ei hochr hi o'r stori.

'Fi oedd fod i ga'l rhan Gabriel. Oedd Mrs Lloyd, yr athrawes ysgol Sul wedi addo mai fi fydde'n cael y rhan. Merch o ddosbarth un yn yr ysgol uwchradd oedd Gabriel bob blwyddyn, ond…'

Arllwysodd Alaw ychydig o laeth ar ben ei the.

'Fe ddadleuodd Ceri taw dyn oedd Gabriel yn y Beibl. Ond nid dyna'r pwynt. Merched yw'r angylion, mae'n draddodiadol, fel'na mae, ers cyn cof.'

Cododd Alaw i nôl y faril fisgedi a chynnig un i Grace. Cymerodd Grace ddwy. Roedd rhyw flas sur yn ei cheg.

'Isie gwisgo'r ffrog *lamé* arian oedd Ceri, dwi'n gweld hynna nawr. Esgus oedd y ddadl dilysrwydd yna – taflu llwch i lygaid pawb.'

Sipiodd Grace ei the yn rhy gyflym a theimlodd y llosg ar ei thafod.

'Falle bo Ceri ei hun ddim yn gwbod beth o'dd ei chymhelliad hi bryd hynny,' meddai Alaw gan ganolbwyntio ar y fisged siocled. 'Falle nad oedd hi'n gwybod pwy oedd hi, beth oedd hi. A hyd yn oed os oedd hi'n gwybod, mae'n anodd dweud wrth bobl eraill.'

Edrychodd Grace ar ei merch ond roedd wyneb honno'n ddifynegiant. Roedd yn canolbwyntio ar lyfu'r siocled oddi ar y fisged. Cododd Grace y llun o Gabriel, mor loyw, mor hapus. Yn sicr, doedd ganddi mo'r llun hwn yn ei chasgliad, roedd wedi ei hen waredu.

Roedd y ffrae wedi costio'n ddrud i Grace; wedi ei phardduo yng ngolwg ei chyd-ddisgyblion, a hynny ar yr union bryd pan oedd arweinwyr y dosbarth yn cael eu pennu a'r grwpiau yn ffurfio – trefn a fyddai'n parhau tan y chwalfa fawr yn un ar bymtheg oed. Yn ystod y tymor cyntaf hwnnw yn Ysgol

Uwchradd Penbanc roedd tipyn o gystadleuaeth i fod yn geffyl blaen. Roedd gan ferched Ysgol Gynradd Penbanc fantais wrth gwrs, roeddent yn grŵp mwy o ran maint, a'r arweinydd naturiol wedi hen ennill ei phlwyf. Ond roedd Grace hithau yn arweinydd ar y pedair merch a ddaeth o Ysgol Llanfihangel. Roedd yn alluog, yn dal, yn dda ar y meysydd chwarae, ac roedd yn un o'r rhai prin a lwyddodd i fynd â'i hyder, ynghyd â'i chas pensiliau, gyda hi o'r 'ysgol fach' i'r 'ysgol fawr'.

Alison Jones oedd arweinydd merched Penbanc. Ac roedd y gystadleuaeth rhyngddi hi a Grace yn gymharol agos, gyda merched 'y wlad' yn ochri gyda Grace. Roedd yr ymgiprys felly yn gyfartal – tan ffrwgwd drama'r geni. Rhyw hanner awgrymu wnaeth Grace wrth Delyth a Marged, dwy o'i ffrindiau newydd, bod Ceri yn hoyw. Roedd yn seilio'r gred ar y ffaith fod Ceri am chwarae rhan Gabriel a hawlio pulpud Bethel yn y ffrog loyw, a'i fod, ers blynyddoedd, yn gwisgo calon fach aur o amgylch ei wddf.

Roedd y stori'n drwch drwy'r ysgol erbyn amser tocyn y bore canlynol. Cofiai weld Alison yn herio Ceri, a Ceri'n tynnu'r galon fach a'i dangos iddi. Calon fach a fu'n eiddo i'w fam, ac a gariai lun aneglur du a gwyn ohoni fel na fyddai Ceri byth yn ei hanghofio.

I blant yn troi'n ddeuddeg oed roedd rhamant a phathos yr hanes wedi cydio fel gefel yn eu calonnau. Ar ei phen ei hunan y cafodd Grace ei chinio'r diwrnod hwnnw. Ac Alison a ddewiswyd yn gapten y tîm hoci. Ymhen deuddydd roedd Ceri bellach yn gwisgo'r galon fach y tu allan i'w grys. Ni chanodd Grace a Ceri ddeuawdau wedyn; roedd Ceridwen wedi mwmian rhywbeth am lais 'wedi torri'. Ar ôl hynny ni fyddai Grace a Ceri yn torri mwy na dau air â'i gilydd os byddai modd osgoi gwneud.

'Odych chi'n mynd i'r cyfarfod ma Ceri wedi'i drefnu heno?'

gofynnodd Alaw gan lusgo ei mam yn ôl i'r presennol. 'Ma Ceri'n gweud...'

'Ceri, Ceri, Ceri. Ti'n union fel Llew, 'na gyd dwi'n clywed ganddo fe hefyd. Fel tiwn gron. Syndrom y Mab Colledig, 'na beth yw hyn – lladd y llo pasgedig ar gyfer un sy wedi rhedeg bant, tra bo'r rheini sy wedi bod 'ma'n llafurio ar hyd y blynyddoedd yn cael dim diolch o gwbl...'

'Mam! Mae Ceri yn neud 'i gore, neud gwahaniaeth.' Casglodd Alaw y ffotograffau yn ddiamynedd a'u rhoi yn yr amlen. 'Ac mae'n cŵl,' ychwanegodd, gan godi a gadael Grace wrth y bwrdd.

*

Dewisodd Ceri'r gwydr mwyaf ac agorodd y botel. Roedd y sŵn hapus a wnâi'r gwin wrth ddianc o wddw'r botel yn foddhad iddi bob tro, roedd fel cecian chwerthin ffrind. Tywalltodd ychydig fodfeddi yn unig, byddai hynny'n ddigon. Edrychodd ar ei horiawr. Pump o'r gloch. Awr fach eto. Ar ôl i'r gynulleidfa gael eu chorlannu'n ddiogel ym Methel ar gyfer y gwasanaeth nos, âi draw i'r Neuadd i osod y seddi fel y dymunai hi iddynt fod – byddai'r gofalwr wedi eu rhoi mewn rhesi syber, ac ni fyddai hynny'n helpu dim i greu'r math o awyrgylch anffurfiol roedd hi'n ei chwennych.

Bu'n ddiwrnod hir. Er i gleber lenwi'r tŷ ers ben bore nid oedd wedi torri gair â neb. Wrth gymoni'r cwtsh dan stâr roedd wedi troi deial y radio o Radio Cymru i Radio 2 er mwyn cydganu â rhai o'r caneuon, a chael rheswm i agor ei cheg. Fwyfwy yn ddiweddar roedd wedi dechrau siarad â hi ei hun; roedd canu i chi'ch hun yn fwy derbyniol.

Roedd y fath unigrwydd yn ddieithr iddi, er iddi fyw ar ei phen ei hun bron gydol yr ugain mlynedd ddiwethaf. Ond mewn dinas byddai rhywun yn taro i'r siop bapur, neu i ôl llaeth o'r siop gornel, ac er mai arwynebol iawn oedd y sgwrs roedd yn ateb yr angen am ryw fath o gysylltiad â phobl eraill. Yma, yn y Llan, roedd y siop agosaf dair milltir i ffwrdd a phrin roedd hi'n werth tanio'r Clio i gasglu neges yn ddyddiol.

Dydd Sul oedd ei diwrnod cymdeithasol yn Llundain, pan oedd gan y rhelyw amser i deithio ar hyd y ddinas i gwrdd am goffi neu wydraid neu bryd bach sydyn. Ac ar y Suliau hynny pan nad oedd yr un o'i hen ffrindiau coleg, neu'r ffrindiau a wnaeth yn sgil y gweithdai peintio a fynychai yn gymharol reolaidd, ar gael, byddai Ceri wrth ei bodd yn treulio'r prynhawn yn yr Oriel Genedlaethol yn Sgwâr Trafalgar neu'n crwydro rhai o orielau eraill y ddinas. Ond er gwaethaf yr ymdeimlad o wacter heddiw roedd wedi mwynhau'r diwrnod, wedi elwa o'r llonydd, ond gwyddai'n iawn fod y mwynhad yn deillio'n bennaf o'r ffaith bod dyddiau felly'n brin. Nid fel hyn y byddai'n dymuno byw chwaith.

Yn y cwtsh dan stâr roedd fel petai'r byd wedi stopio chwarter canrif a mwy yn ôl. Tra oedd y tŷ yn cael ei osod yn fwthyn gwyliau bu clo ar y cwtsh, ond bellach roedd yn bryd ei gymoni. Roedd yno gawdel o bethau gan gynnwys bocs gwnïo Mam-gu, gyda'r nodwyddau a'r edau ynddynt yn barod i bwytho, pentwr o *Woman's Own* a phâr o welingtons mewn bag plastig coch a gwyn Woolworths – a'r mwd o'r ardd wedi sychu'n gorcyn ar eu gwadnau. Cludodd y bŵts yn ofalus i'r drws cefn a'u taro'n ysgafn yn erbyn y wal, yn ymwybodol ei bod yn gwaredu rhywbeth oedd â chysylltiad uniongyrchol â'i mam-gu. Brwydrodd yn galed i gadw'r felan draw – mwd oedd mwd, roedd ganddi bethau llawer mwy addas i'w hatgoffa o'i mam-gu.

Gwaredodd bentwr o sanau gweddw, hen record Tony ac Aloma a'r tri mochyn bach digywilydd yn piso ar y siaced, a dwy dortsh a'u perfedd wedi rhydu, cyn canfod y 'bocs pethe pert'. Yn y cwtsh y cedwid y bocs hwn pan fyddai Victor, tad Ceri, yn ymweld â nhw. Byddai Ceri a Ceridwen yn chwarae gwisgo lan yn aml iawn, ond pan ddôi Victor draw am wythnos, ddwywaith neu deirgwaith y flwyddyn, byddai'r bocs yn saff yn y cwtsh. A gwyddai Ceri'n iawn y dylai adael llonydd iddo yno. Doedd hi ddim yn cofio Victor yn lladd ar y gêm, ond gwyddai'n reddfol na fyddai wedi cymeradwyo'r fath chwarae. Y prynhawn hwnnw roedd hi wedi tynnu ambell sgarff o'r bocs. Sgarffiau ei mam oedd y rhain. Gwisgodd Ceri ddwy neu dair ohonynt am ei gwddf, a'r bwa plu a welsai yn un o luniau Llew, a syllu'n hir arni ei hun yn y drych, yn edrych am debygrwydd. Ac yna rhoddodd y bocs a'i gynnwys i gyd yn ôl yn ei le.

Llyncodd y gwin coch ac arllwys dwy fodfedd arall iddi ei hun i'w fwynhau wrth fwrw golwg dros ei nodiadau. Crynodd y ffôn bach wrth ei hochr a phwysodd Ceri'r botymau'n ufudd i ddarllen neges Iola.

'Soz – Rhys – brech yr ieir! Pob lwc heno x'

Yfodd lwnc arall. Daro, byddai Iola wedi bod yn gefn iddi. Trueni nad ffonio a wnaeth hefyd, byddai wedi hoffi sgwrs. Ond gwell peidio â'i ffonio hi nawr, roedd yn amlwg yn ei chanol hi gyda Rhys. Doedd Rhian ddim yn medru dod i'r cyfarfod chwaith. Gwthiodd y corcyn yn ôl i ben y botel rhag cael ei themtio ymhellach, ond ddim yn rhy dynn chwaith; byddai angen gwydraid neu ddau cyn clwydo.

Tynnodd gardigan na welsai ei chefn ers y gwanwyn o'r cwpwrdd dillad. Roedd arogl ei hoff bersawr, NYC 5th Avenue, yn glynu yn y gwlân. Gwenodd. Efallai y byddai angen iddi ganfod ffefryn newydd bellach, persawr mwy gwladaidd. Chwarddodd yn uchel. Wel, câi fynd am drip i Gaerlew yn fuan, gobeithio, i weld beth oedd ar gael yno. Byddai'n mwynhau trip siopa felly.

Am bum munud wedi chwech rhoddodd y nodiadau yn y ffeil, casglodd lond dwrn o feiros a phapur A4, a'i throi hi am y Neuadd. Roedd golau cynnes yn disgleirio drwy ffenest ddiaddurn Bethel – roedd ar y gynulleidfa angen ei lewyrch gyda'r dyddiau'n byrhau bellach. Arhosodd am funud i wrando am nodau cyfarwydd 'Pantyfedwen' neu 'Aberystwyth' ond yr unig sŵn a darfai ar lonyddwch y pentref oedd grwndi'r beiciau sgramblo ar y Twmp. Tynnodd y gardigan *cashmere* biws yn dynnach amdani; roedd y naws yn newid.

Roedd Huws Tŷ Capel, ceidwad yr allwedd, eisoes wedi agor y drws allanol a chynnau'r golau yn y Neuadd. Roedd arogl y paent yn drwm, ond torrodd gwên ar draws ei hwyneb. Roedd yr ystafell mor lliwgar. Syniad da oedd gwahodd pobl i ddod â'u tuniau hanner llawn i'r parti peintio, er bod Huws wedi pledio arni i brynu paent magnolia. Na, roedd hi wrth ei bodd; roedd y canlyniad yn hollol unigryw, yn ddigon i 'godi calon twrci ar ddydd Nadolig', chwedl ei mam-gu. Yn y pen pellaf, ar y wal werdd, bob ochr i'r llwyfan, roedd Alaw wedi peintio cae o flodau haul, ac wrth y sgertin, fan hyn a fan 'co roedd plant y Cylch Ti a Fi wedi cael rhwydd hynt i fynegi eu creadigrwydd, rhai wedi gwneud hynny'n fwy llwyddiannus nag eraill.

Ar y llwyfan roedd desg a chadair, a rhyw ugain cadair wedyn mewn dwy res ar y llawr. Llusgodd Ceri'r cadeiriau i ffurfio cylch gan dynnu pum cadair ychwanegol atynt o gyrion yr ystafell. Yna eisteddodd a bwrw golwg dros ei nodiadau unwaith yn rhagor. Am chwarter i saith clywodd gerbyd disel swnllyd yn glanio yn y maes parcio – Land Rover mae'n debyg yn ôl y sŵn. Gallai fod yn perthyn i un o lawer gan taw hwn oedd dewis gerbyd cymaint o bobl yn yr ardal. Ond nid Land Rovers fel y rhai yr arferai eu gweld yn Llundain; cerbydau cario cŵn a defaid, a bêls bach, ac ambell deithiwr dynol, gyda chordyn beindar fel petai yn rhan annatod o'u gwneuthuriad, oedd Land Rovers y Llan.

'Noswaith dda,' meddai Ann a dod â chwa o awel hydrefol i'r neuadd wrth ei chwt. Cydiodd yn y gadair nesaf at Ceri ac eistedd fel sach o datws.

'Grace wedi gofyn i fi gynrychioli Merched y Wawr am nad yw hi na Rhian yn medru dod heno.'

Nodiodd Ceri. Roedd hi'n amau ai methu dod roedd Grace.

'Dwi'n gynnar,' ychwanegodd Ann gan wenu.

'Deg munud,' cytunodd Ceri, ei stumog yn dechrau troi. Dylai fod wedi bwyta rhywbeth cyn dod o'r tŷ ond doedd dim chwant bwyd arni bryd hynny.

'Cyrraedd yn gynnar, cyfle i ymarfer Cymraeg,' meddai Ann wedyn.

Nodiodd Ceri. Wrth gwrs, mewn ffermdy ar ben mynydd prin fyddai'r cyfle.

'Roedd yr wyau'n fendigedig, Ann, diolch yn fawr. I ti a Henrietta!'

'Croeso, Ceri. Dwi 'di bwyta cymaint o omlets yn ddiweddar – dwi'n teimlo'n reit glwc.' Chwarddodd ar ei jôc ei hun. Chwarddodd Ceri hefyd, yn falch o gael gwneud.

'Ti'n dechrau setlo?' gofynnodd Ann wedyn, yn amlwg yn benderfynol o dynnu sgwrs.

Nid oedd Ceri'n siŵr o'r ateb. Ond doedd dim ots, dweud rhywbeth oedd yn bwysig.

'Ydw, fi'n credu…'

'Hawdd cynnau tân ar hen aelwyd,' ychwanegodd Ann wrth i ddwy fenyw benwyn gyrraedd yr ystafell. Estynnodd Ceri ddalen o bapur glân i Ann tra bod y ddwy yn tynnu eu cotiau ac yn penderfynu ble i eistedd.

'Fyddech chi'ch tair cystal ag arwyddo'ch enw a nodi manylion cyswllt – ffôn neu e-bost?'

'I'm afraid we don't speak the lingo,' meddai'r sioncaf o'r ddwy gan wenu'n braf.

'I'm Mavis, and this is Marj. Skin and blisters.'

'Sisters,' porthodd Ceri â gwên.

Nodiodd Marj. Roedd ei bochau'n annaturiol o goch ac roedd yna linell bendant lle'r oedd y colur a'r gwddw gwyn yn cyfarfod.

'Lou, Number 3, Non's Terrace, told us about this meeting and we thought we'd come along and see what it's all about.'

Mavis, yn amlwg oedd y llefarydd.

Taflwyd Ceri oddi ar ei hechel. Nid oedd wedi ystyried iaith y cyfarfod o gwbl. Roedd wedi cymryd yn ganiataol y byddai pawb yn siarad Cymraeg. Fu hi erioed mewn cyfarfod Saesneg yn y Llan. Ac wrth gwrs, roedd ei phosteri yn hysbysebu'r cyfarfod yn uniaith Gymraeg. Chware teg i Llew am weld y bwlch a chenhadu drosti.

'How you doing, Ann luv?' meddai Mavis mewn acen *Cockney* a oedd mor gyfarwydd i Ceri. Ond ddim yma.

'Iawn diolch, *I'm very well thank you*,' atebodd Ann yn gwrtais.

Gwenodd Ceri arni'n ddiolchgar. Dyna'r ffordd felly, dwyieithrwydd.

Tinciodd y rhes o freichledau arian a addurnai arddwrn Mavis wrth iddi dorri ei henw.

Agorodd y drws eto a daeth Llew i eistedd ar ei phwys. Edrychodd Ceri ar ei horiawr. Pum munud wedi saith.

'Arhoswn ni ychydig funudau eto, aros i bobl ddod o'r cwrdd,' meddai. 'We'll wait a few more minutes, wait for people to come from chapel.'

Clywodd ei hun a sylweddoli y byddai'n rhaid iddi wella ar ei thechneg; roedd yn bwysig peidio â chyfieithu popeth yn slafaidd neu byddai'r rhai dwyieithog yma wedi diflasu'n llwyr.

'Dwi newydd ddod o Bethel,' meddai Llew yn bwyllog. 'Pump o'dd yno heno, ac mae'r pedwar arall… ma arna i ofn…' Ildiodd i embaras.

Pesychodd Ceri a chodi. 'A' i i weld a oes rhywun arall ar y ffordd ac wedyn fe wnawn ni ddechre.'

Roedd y Sgwâr yn boenus o dawel. Ble roedd pawb? Roedd cymaint wedi arwyddo'r ddeiseb i gadw'r Neuadd ar agor, pam yn y byd nad oeddent yma heno? Edrychodd i gyfeiriad Rhif 6 – o leiaf roedd un arall i ddod. Roedd hi'n dechrau pigo bwrw a'r gwynt yn canu drwy'r goeden gastan. Yn anfoddog trodd yn ei hôl i'r neuadd. Byddai'n well petai neb wedi dod na phedwar. Beth oedd orau? Gohirio? Canslo?

'Ma'r pentre 'ma'n gwegian – syniad fel hyn all achub y Llan,' clywodd Llew yn dweud wrth Ann.

'Dwi'n gyffrous,' cytunodd honno, 'ac mae Ceri mor ysbryd… ysbryd…'

'Ysbrydoledig,' meddai Llew, gyda boddhad.

'Chi yn llygad eich lle, Llew,' meddai Ann yn frwd.

Doedd gan Ceri ddim dewis felly.

'Iawn, fe ddechreuwn ni. Cwtsh *up*,' meddai Ceri gan wenu'n llydan. 'Sdim lot o ni yma heno, *I've had a few apologies for absence*.'

'The weather,' cynigiodd Marj.

'And illness,' ategodd Mavis.

'Pobl ddim cweit yn siŵr beth i ddisgwyl…' cyfrannodd Llew. 'Aros i ddynon eraill adrodd 'nôl ac wedyn penderfynu, pobl Llan i'r dim,' ychwanegodd gan dwt-twtio.

'Neu ofni cyfarfod cynta – ofni cael jobyn,' meddai Ann cyn cyfieithu er budd Mavis a Marj. 'Perhaps people were worried they'd have to be secretary or treasurer if they showed up tonight.'

'And people are busy,' ychwanegodd Ceri. Clywodd ei hun

yn ymddiheuro, yn gwneud esgusodion, a chofiodd am ei ffrind yn dweud taw'r gwahaniaeth rhwng dynion a merched oedd bod merched yn teimlo bod yn rhaid iddyn nhw esbonio pob methiant. 'Man up, Ceri,' meddai o dan ei hanadl. Gwenodd ar eironi'r peth.

'Well, what's important is that *we're* here,' meddai Ceri wedyn cyn bwrw ati i esbonio'r cynllun. 'Mae modd dechrau ar raddfa fach – *slowly, slowly catchamonkey*.'

Roedd y gynulleidfa ddethol eisoes yn nodio'n frwd.

'Felly, y peth cynta oll yw creu rhestr o'r gwasanaethau a'r adnoddau y gall pawb eu cynnig, ac wedyn canfod pwy fyddai'n elwa o'r rheini. Once we have a list of the services we can offer and the facilities we have, then we can match them up with people who would benefit from those services. Ac mae pob awr yn gyfartal. Whether you can offer an hour's legal work or walk someone's dog for an hour, you clock up one hour's credit in the Bank. All hours are equal as far as the Bank is concerned. Mae sgiliau pawb yn gyfartal.'

Ar ganol ei hesboniad daeth dyn ifanc tal, tenau, pryd tywyll i'r neuadd.

'Shwmae, Steve,' cyfarchodd Llew ef.

'Noswaith dda, bawb. Sori bo fi'n hwyr. Mam-gu wedi cwympo wrth fynd am ei gwely. Wedi cymryd sbel i fi 'i cha'l hi'n gysurus.'

Cochodd a thewi gan eistedd wrth ymyl Llew, ei lygaid wedi'u sodro ar y llawr.

'Dylet ti gael help, bachan, gofalwyr, yntife, Ceri?' meddai Llew gan droi ati.

'Mam-gu a fi'n deall ein gilydd yn iawn,' mwmialodd Steve, cyn i Ceri orfod dweud dim.

'Your gran, she OK?' gofynnodd Mavis.

'Not bad, thank you,' cilwenodd Steve arni.

'Lucky she is – to have you,' ychwanegodd Mavis wedyn.

Roedd Ceri'n amau a oedd y dyn yma'n ddiog wedi'r cyfan.

'Iawn, 'te, wel croeso, Steve,' meddai cyn crynhoi'r hyn a ddywedodd eisoes. 'Felly plis rhowch eich enw ar y daflen a nodi unrhyw wasanaeth yr y'ch chi'n medru ei gynnig. Please list any service you can offer.'

Roedd wynebau ei chynulleidfa bellach yn ddifynegiant, yr egni cynt wedi diflannu'n llwyr.

'Sdim talent 'da fi, dim byd i'w gynnig,' meddai Llew o'r diwedd. 'Cymryd, nid rhoi, ma'r henoed fel fi. Gwerth dim i neb.'

Roedd Marj yn chwarae â'r perlau o gylch ei gwddf rhychiog a Mavis hefyd yn ddywedwst. Syllai Ann ar y daflen wen o'i blaen gan ei dal led braich fel petai'n awyddus i'w gwaredu.

'Ma cynnig cadw cwmni i rywun sy'n gaeth i'r tŷ, neu siopa dros rywun, neu fynd â nhw i'r ysbyty i gyd yn cyfri,' prepiodd Ceri. 'Reading to someone, offering a guitar lesson, clearing a garage, it all counts,' meddai Ceri, yn boenus o ymwybodol ei bod yn clebran er mwyn llenwi'r gwacter.

O'r diwedd estynnodd Steve am y ddalen wag, ysgrifennu rhywbeth arni a'i phasio i Llew. Darllenodd hwnnw yn ofalus, cyn i wên ledu dros ei wyneb main.

'Wel, myn yffach i,' meddai, cyn iddo yntau hefyd ysgrifennu ar y daflen a'i hestyn i Ceri.

Darllenodd yn uchel.

'Steve – cynnig gwasanaeth garddio. Offers gardening services.'

'Llew – eisiau help yn yr ardd. Needs help in the garden.'

Clapiodd Ann, ac meddai Mavis yn uchel, 'A match made in heaven.'

'Brân i frân,' cytunodd Ann. Doedd Ceri ddim yn credu taw

dyna'n union oedd ystyr y ddihareb, ond ar y funud honno gallai fod wedi maddau unrhyw beth i unrhyw un.

'Dyna'n union sut mae'r Banc Amser fod i weithio,' meddai'n falch. 'Exactly.'

Bellach roedd breichledau Mavis yn janglo'n uchel wrth iddi ysgrifennu'n chwim, ac erbyn dod â'r cyfarfod i fwcl roedd cynigion ar y rhestr i smwddio, 'dog grooming', 'cleaning' a chais am rywun i gludo Mavis a Marj i'r dre i siopa. Cytunodd pawb i ledaenu'r gair am y banc newydd, a bodlonodd Ceri i anfon adroddiad at y papur lleol a'r papur bro, tra byddai Steve yn rhannu gwybodaeth ar y Gweplyfr.

'O bethe bach, Ceri...' meddai Llew wrth gydgerdded â hi o'r Neuadd.

'Ie, wir, gobeithio, Llew. Gwrandwch, ma'n flin gen i am y ffotos, roedd Alaw fod i ddod â nhw gyda hi i'r cyfarfod heno ond...'

Peidiodd camau Llew. Roedd hi wedi ei siomi drwy fenthyg ei luniau i Alaw heb ganiatâd. Roedd hi'n mynd i gael pryd o dafod, a welai hi ddim bai arno o gwbl; roedd ei wyneb yn dywyll.

'Yn anffodus sdim dal ar y groten 'na, nag o's wir. Sai'n gwbod beth sy wedi digwydd iddi, o'dd hi'n arfer bod mor sownd. Methu dibynnu arni nawr, gwaetha'r modd.'

Wrth i'w llwybrau wahanu roedd yn dal i fwmian am anwadalrwydd Alaw.

10

ROEDD SYLWADAU LLEW wedi achosi i Ceri droi a throsi gydol y nos, ei eiriau'n atseinio'n uchel yn nhawelwch ei hystafell wely. 'Sdim dal ar y groten 'na.' Roedd hynny'n eithaf condemniad, a'r ffordd y dywedodd y geiriau'n awgrymu bod ganddo aml brofiad o'i natur benchwiban.

Roedd Ceri yn siŵr iddi ddweud yn ddigon clir wrth Alaw ei bod wedi addo rhoi'r ffotograffau yn ôl i Llew yn y cyfarfod, ond doedd y ferch ddim wedi dod ar gyfyl y Neuadd. Wrth gyrraedd adref roedd Ceri'n meddwl y byddai nodyn i esbonio'r sefyllfa yn ei disgwyl, ond doedd dim byd.

Roedd Llew hefyd wedi awgrymu nad un felly oedd Alaw yn y bôn, bod rhywbeth wedi newid. Tybed a oedd gan y ferch ifanc broblemau na wyddai Ceri amdanynt? Pytiog oedd y wybodaeth a ddatgelodd yn eu sgyrsiau prin, a doedd Ceri ddim wedi dysgu nemor ddim ychwanegol gan Rhian chwaith heblaw'r ffaith bod Alaw, er iddi ennill deg TGAU ardderchog, wedi gwrthod yn lân â dychwelyd i'r ysgol ar gyfer lefel A.

Roedd y ffaith taw pump yn unig a ddaeth i'r cyfarfod Banc hefyd wedi cyfrannu at ei noson aflonydd. Ffordd pentrefwyr y Llan o leisio'u hanghymeradwyaeth ohoni, mae'n siŵr, oedd hynny. Roedd wedi twyllo ei hun, wedi camgymryd eu bonllefau o gefnogaeth wrth roi'r cyfweliad i Angharad Haf, a'u canmoliaeth yn sgil trechu'r Cyngor Sir, fel cadarnhad bod y rhelyw yn ei derbyn fel yr oedd, yn ddigwestiwn a diragfarn. Ond cymeradwyo'r hyn a gyflawnodd ar ran y pentref yn hytrach na Ceri'r person roedden nhw. Dylai fod wedi sylweddoli hynny.

Cyn ymadael â Llundain roedd wedi disgwyl y fath ymateb, wedi'i siarsio ei hun i beidio â bod yn groendenau, i ddeall y byddai'n cymryd amser i bobl ei derbyn, a siawns y byddai rhai na fyddent yn ei derbyn nes bod y lleuad yn gaws.

Gyda brig y wawr roedd Ceri wedi codi. Gwnaeth fŵg o goffi cryf a mynd â hwnnw'n gwmni i'r ystafell gefn, a photsian ryw ychydig ar y llun o Lyn Awen. Roedd wedi cymryd oes i roi mwy o baent ar ei phalet. Darn o wydr trwchus a ddefnyddiai i'r perwyl hwnnw ac ymddangosai'r paent olew yn fyw, yn fyrlymog ac yn llawn addewid ar ei lyfnder gloyw. Sut bynnag y teimlai Ceri cyn dechrau peintio – yn hapus, yn drist, yn ddiofal neu'n bryderus – fel arfer, o'r funud y byddai'r paent yn priodi â'r cynfas byddai'n anghofio popeth, yn bwrw i'r dasg gyda'i holl enaid. Dros y blynyddoedd roedd peintio wedi bod yn gystal therapi â'r un. Ond y bore 'ma ni fedrai fynd i'r hwyl, ac roedd y golau trydan yn rhy lym ei feirniadaeth o'i hymdrechion. Roedd y cyfuniad o flinder ac arogl y paent wedi rhoi pen tost iddi mewn dim, ac ildiodd a mynd i eistedd wedyn ar riniog y drws cefn gan obeithio y byddai'r awyr iach yn falm. Roedd awel ysgafn yn coreograffu dawns y dail ar hyd y lawnt, a chath drws nesaf yn cerdded y wal rhwng y ddau dŷ gyda hyfdra'r sicr, cyn neidio'n ysgafndroed a glanio wrth goesau Ceri. Am naw, rhoddodd y gorau i fwytho ei ffrind newydd a bwriodd am Rif 6.

Cnociodd ac aros am funud neu ddwy cyn clywed rhywun yn dadfolltio'r drws o'r tu mewn. Alaw a'i hagorodd. Edrychai'n hynod o eiddil a'r crys-t enfawr llewys hir a'r trywsus llac llwyd a wisgai yn ei boddi.

'Dere fewn,' meddai'n groesawgar, fel petai dim o'i le.

Camodd Ceri i'r cyntedd cyn gofyn am luniau Llew. Aeth llaw'r ferch yn syth i'w hwyneb.

'O, sori, Ceri, o'n i wedi meddwl dod i'r cyfarfod, ond…'

Ni orffennodd y frawddeg. Sylwodd Ceri fod cleisiau tywyll diffyg cwsg o dan ei llygaid.

'Ma'r ffotos yn y gegin.' Trodd Alaw tuag at gefn y tŷ ac amneidio ar Ceri i'w dilyn.

'O diolch byth, o'n i'n…'

'Beth?' torrodd Alaw ar ei thraws. 'Beth yn y byd alle hyd yn oed rhywun mor dda-i-ddim â fi ei neud i luniau Llew?'

Roedd Alaw yn llygad ei lle wrth gwrs, roedd ei hofnau yn hollol anghymesur. Ond nid yr ensyniad yna a'i trawodd yn bennaf, ond y 'da-i-ddim' damniol yn ymateb Alaw.

'Paned? Ma Mam wedi taro draw at Llew, ma'n siŵr – mynd â chinio iddo fe cyn 'i fod e wedi ca'l 'i frecwast,' meddai a llenwi'r tegell.

'Diolch. Te plis,' atebodd Ceri gan dynnu cadair dderw ac eistedd wrth y bwrdd. Hyd yn oed ben bore fel hyn roedd cegin Grace yn daclus, y cownter gwaith marmor gwyn yn hollol glir o betheuach.

Estynnodd Alaw'r paneidiau, potyn siwgr a jwg laeth ac arni'r geiriau 'Gwell Llaeth Cymru na Chwrw Lloegr'. Chwarddodd Ceri a phwyntio at y jwg.

'Mam yn prynu pob math o bethe fel'na i sbarduno sgwrs â'r dysgwyr –ma'n nhw i gyd yn siarad mewn idiome a dywediade,' meddai gan wenu. Nid oedd y wên yn cyrraedd ei llygaid. Bu tawelwch lletchwith am eiliad. Roedd Ceri mewn cyfyng-gyngor llwyr; roedd eisiau helpu, ond eto yn gyndyn i fusnesu.

'Llond dwrn ddaeth i'r cyfarfod neithiwr, ond ma rhai syniade da wedi dod i'r fei,' meddai o'r diwedd. Petai Alaw eisiau ymddiried ynddi, yna fe wnâi, heb i Ceri ei gwthio. Roedd Alaw erbyn hyn yn edrych drwy'r ffenest ac yn canolbwyntio ar yr aderyn du a oedd yn pigo bwyta afal o goeden yn y border chwith.

'Bywyd yn syml iddyn nhw, bwyta, canu, paru.' Yfodd Alaw lwnc o'i the.

'Ond bod yna beryg o gathod, ac adar mawr, a gwifrau trydan, a gwydr,' atebodd Ceri mewn ymgais drwsgl i ysgafnhau'r sgwrs.

'*Survival of the fittest* yw hi i i bawb a phopeth,' meddai Alaw wedyn.

'Neu'r mwya,' ychwanegodd Ceri, wrth i haid o adar bach godi fel un o'r teclyn bwydo adar i wneud lle i gnocell y coed a fwriodd ati'n ddiddiolch i wledda'n awchus ar y cnau.

'Ma Steve isie garddio, a Llew angen help yn yr ardd,' meddai Ceri ar ôl cyfnod o wylio'r gnocell ben-streipiog.

Nodiodd Alaw a gosod lluniau Llew ar y bwrdd o'u blaenau.

'Pryd o't ti'n gwbod mai merch o't ti i fod?' gofynnodd yn ddisymwth, gan godi'r llun o Ceri yng ngwisg Gabriel.

Am eiliad bwriwyd Ceri oddi ar ei hechel. Doedd hi ddim wedi disgwyl hyn. Cymerodd ddracht hir o'i the.

'Www. Ym… Pan o'n i dipyn yn ifancach na hynna.' Rhoddodd ei phaned ar y bwrdd. Cododd y llun a thynnu ei bysedd main drosto'n araf. Bron na fedrai deimlo'r *lamé* gloyw.

Roedd Alaw yn edrych arni'n daer, yn amlwg yn disgwyl iddi ymhelaethu. Nid oedd Ceri'n awyddus i fanylu gyda'r ferch fregus hon, ond eto doedd ganddi ddim i'w gwato bellach, ac efallai y byddai ei stori'n rhyw fath o help i Alaw.

'Chwech neu saith oed,' atebodd, gan deimlo lwmpyn yn codi yn ei gwddf. Cymerodd lwnc arall o'r te, ond doedd dim symud ar y lwmp.

Ystyriodd am ennyd gan ffidlan â'i chrafát sidan coch. Ni allai fod yn hollol siŵr wrth gwrs. Nid oedd wedi deffro un bore yn gwybod taw merch oedd hi yng nghorff bachgen; rhyw ymwybyddiaeth a ddaeth yn araf ydoedd, neu efallai ei bod yno erioed.

'A phryd ddechreuest ti wisgo fel merch – heblaw mewn dramâu a phethe felly?' gofynnodd Alaw gan grafu'r cochni crachog ar ei garddyrnau.

'Deunaw,' atebodd Ceri. Nid oedd unrhyw amheuaeth am hynny.

Roedd Alaw yn edrych arni nawr, ei phen yn gwyro'r mymryn lleiaf i'r naill ochr fel aderyn bach yn gwrando'n eiddgar am fwydod.

Roedd y darn yma o'r stori, beth bynnag, yn haws i Ceri ei hadrodd.

'Fe gyrhaeddais i'r coleg, y Slade, coleg celf yn Llundain, a chwrdd â phob math o bobl – hetro, hoyw, *trans*, myfyrwyr nad oeddent yn diffinio eu hunain fel dynion na menywod, ddim yn diffinio eu hunain fel unrhyw beth. O'dd e'n agoriad llygad, ac yn gymaint o ryddhad, sdim syniad 'da ti.'

Rhoddodd Alaw y gorau i'r cosi a chododd ei phaned. Roedd ei llygaid yn sgleinio.

'Fe alla i ddychmygu,' meddai, ei llais yn torri.

Cododd i agor y ffenest gefn a daeth chwa o awyr iach i'r gegin gynnes. Gyda'r awel daeth synau o'r byd y tu allan – rhywun yn torri glaswellt, ci yn cyfarth yn un o'r gerddi cefn cyfagos, car yn cyrraedd, neu adael, y Sgwâr. Teimlai'n swreal, eistedd fan hyn yng nghegin Grace yn trafod pethau mor ddwys gyda'r ferch ifanc, ddierth yma i bob pwrpas, tra bo bywyd bob dydd yn mynd yn ei flaen fetrau i ffwrdd.

'Taset ti'n ddwy ar bymtheg eto, ac yn gwbod be ti'n gwbod nawr, fyddet ti'n neud unrhyw beth yn wahanol?'

Anesmwythodd Ceri. Unwaith eto, nid oedd yn siŵr sut i ateb. Er iddi weld y fath gwestiwn droeon mewn cylchgronau, a'i bod wedi darllen nifer o ymatebion difyr, nid oedd erioed wedi meddwl am y peth o ddifri. Doedd fawr o bwrpas i'r cwestiwn damcaniaethol. Ond roedd rhyw awch rhyfeddol ar wyneb Alaw nawr, ac roedd yn haeddu ateb mor onest ag y medrai Ceri ei gynnig. Cymerodd anadl ddofn, bwyllog.

'Wel… Byddwn i'n ymddiried mwy mewn pobl.' Gwyddai na fyddai'r fath ateb diddim yn ddigon, ond roedd angen eiliad arni i roi trefn ar ei meddyliau.

'Sut?' prociodd Alaw.

Sipiodd Ceri'r llwnc lleiaf o'i the. Roedd bron â gorffen y baned erbyn hyn ond yn gyndyn i ddrachtio'r diferion olaf. Rhag ofn.

Chwarddodd Ceri'n ysgafn. 'Pwy wyt ti? Bethan Rhys Roberts?'

Ond nid oedd Alaw yn chwerthin. Roedd ei hwyneb yn llonydd ddisgwylgar.

'Byddwn i'n ymddiried yn y bobl agosa ata i, y bobl o'n i'n eu caru…'

Teimlodd Ceri y lwmp yn gwasgu. Edrychodd ar Alaw, ond roedd awch honno'n amlwg heb ei ddiwallu. Bu tawelwch am eiliadau.

'Dylen i fod wedi magu digon o hyder ynddyn nhw i wbod y bydden nhw'n fy ngharu i, doed a ddelo,' ychwanegodd Ceri wedyn.

Gwenodd Alaw'n garedig.

'Pwy? Pwy wyt ti'n difaru na wnest ti ymddiried ynddyn nhw?' gofynnodd, ei llais yn dyner, yn llawn perswâd.

Sŵn car eto; gwyddai Ceri taw gadael y Sgwâr roedd y car hwn. Gwrandawodd. Oedd, roedd yn troi i'r dde am y Twmp.

'Pwy? Pwy ddylet ti fod wedi cyfadde'r gwir wrthyn nhw?'

Trawodd y gair 'cyfadde' Ceri. Roedd yn air a oedd yn dod â phob math o ragdybiaethau yn ei sgil – euogrwydd, drygioni, pechu. Ai dyma sut roedd Alaw yn ystyried rhywioldeb Ceri?

'Gweud, nid cyfadde,' cywirodd Ceri, gan wneud pwynt o gadw'r min o'i llais.

Estynnodd Alaw ei llaw a'i rhoi dros law Ceri am yr eiliad leiaf.

'Ie, ie wrth gwrs, o'n i ddim yn awgrymu... y peth diwetha fydden i'n neud...'

Tynnodd Alaw ei llaw i ffwrdd gan ddechrau'r crafu chwyrn unwaith yn rhagor.

Edrychodd Ceri arni'n gwneud, a thynnodd Alaw lewys hir y crys-t mawr dros y cochni cyn plethu ei dwylo yn ei chôl.

'Pwy, Ceri?' gofynnodd yn dawel.

Doedd dim cuddio nawr. Tynnodd Ceri anadl ddofn.

'Mam-gu.'

Edrychodd Ceri ar Alaw. Nodiodd honno'n fud.

'Ie, Mam-gu. Ceridwen Ifans. Buodd hi farw pan o'n i yn fy mlwyddyn gynta yn y coleg; dylwn i fod wedi gweud wrthi taw merch o'n i fod...'

Roedd y dagrau'n bygwth erbyn hyn. Llyncodd weddill y te. Roedd Alaw yn dal i eistedd yn hollol lonydd ar ei phwys, yn syllu arni.

'Bydde hi wedi gweld y peth yn od iawn, ond fi'n siŵr y bydde hi wedi derbyn – sylweddoli taw'r un person o'n i yn y bôn.'

Roedd tawelwch Alaw yn ei chymell ymlaen.

'Yn y coleg 'nes i ddarganfod bod modd i fi jyst dewis byw fel merch, gwisgo fel merch. O'dd hwnna'n foment *light bulb* i fi. O'dd e mor amlwg wrth gwrs, ond rywsut do'n i erio'd wedi ystyried bod modd i fi neud rhwbeth i helpu fy hunan.'

Bu tawelwch hir wedyn. Nid oedd Ceri wedi dweud hyn i gyd mewn un llif wrth neb o'r blaen. Wrth gwrs, roedd wedi trafod y peth â nifer o'i ffrindiau dros y blynyddoedd, ond sgyrsiau pytiog oedd y rhelyw, cyfle i gyfnewid profiadau, i rannu ambell deimlad, ambell ddyhead. A hyd yn oed wrth siarad â'i chwnsler, canolbwyntio ar damed bach o'i phrofiad a wnaethent ymhob sesiwn.

Roedd Ceri'n dechrau ymlacio nawr, yn mwynhau'r traethu bron. Ac wrth gwrs, roedd diddordeb amlwg Alaw yn anogaeth.

'O'n i'n meddwl fel merch wrth gwrs, ers tro byd.'

Roedd gwên fach ar wyneb Alaw erbyn hyn, ond ni ddywedodd air.

'Yn y coleg 'nes i gwrdd â rhywun oedd wedi'i geni'n fachgen, ond o'dd wedi byw fel merch ers blynydde, wedyn ca'l triniaeth hormonau, ac yn y pen draw llawdriniaeth. O'r foment honno o'n i'n gwbod bod yna obaith, bod modd i fi fod yn hapusach. I fi deimlo'n gyfan, teimlo'n iawn. Ond erbyn hynny o'dd Mam-gu wedi mynd...'

Nodiodd Alaw, ei llygaid glas yn llenwi.

'O'n i'n lletchwith, yn anodd, croen fy nhin ar fy nhalcen yn llawer rhy aml gyda Mam-gu yn ystod y ddwy flynedd ola 'na. Licen i tasen i wedi ca'l y cyfle i esbonio, i ymddiheuro, ond...'

'Ac fe gest ti'r driniaeth hormonau a'r *op* wedyn,' promptiodd Alaw.

'Do, do'dd dim dewis,' meddai Ceri'n dawel.

'Ddim dewis?'

Nodiodd Ceri a chymryd anadl ddofn. Cofiai'n union fel y teimlai er bod chwarter canrif bellach ers hynny. Edrychodd ar Alaw i geisio penderfynu a ddylai fynd ymlaen. Roedd honno'n nodio'n eiddgar. Anadlodd yn hir eto.

'Dechreues i fyw fel menyw pan o'n i'n ddeunaw,' dechreuodd yn araf, bwyllog. 'Ond fe gymerodd e bedair blynedd i fi fagu digon o hyder i fynd am help go iawn. Erbyn hynny o'n i... wedi cyrraedd y pwynt lle allen i ddim cario mlân fel o'n i, o'dd angen mwy na jyst gwisgo fel merch... o'dd angen i fi fod yn ferch...'

Roedd Alaw yn llonydd heblaw am y ffaith bod ei llaw yn symud. Symudiad cynnil, rhythmig. Gwyddai Ceri ei bod yn crafu'r pothelli coch.

'O'n i'n casáu fy nghorff, casáu fy hunan.' Erbyn hyn doedd Ceri prin ym gallu clywed ei geiriau ei hun. Roedd ei gên a'i llais yn gryndod i gyd. Pwysodd Alaw yn agosach ati.

'O'dd hi wedi mynd yn nos arna i,' meddai Ceri wedyn.

Roedd y dagrau'n beryglus o agos, hunllef y blynyddoedd hynny'n gwasgu yn erbyn yr argae a fu ar gau am gyhyd.

'Sai'n deall,' meddai Alaw, ei llais yn addfwyn. 'Os o't ti'n gwbod yn ddeunaw bod modd newid rhyw, pam aros pedair blynedd cyn dechre ar y driniaeth?'

Gwenodd Ceri yn wan. 'Ie wir, pam? O'n i'n dair ar hugain yn dechrau ar y tabledi, saith ar hugain erbyn i fi gael y llawdriniaeth. Dyna dwi'n ei ddifaru'n benna.'

'Wel? Pam yr oedi?' gofynnodd Alaw yn daer.

Doedd dim dianc rhag croesholi'r ferch yma. Ond roedd Ceri yn teimlo ei bod yn ei helpu rywsut; fel arall byddai wedi rhoi taw ar y sgwrs ymhell cyn hyn.

'Pam aros?' meddai Alaw eto.

Roedd Ceri'n gwybod yr ateb i'r cwestiwn hwn.

'Ofn siomi 'nhad,' atebodd, ei llais yn ddi-liw. 'O'dd e'n barod wedi cael siom enfawr yndda i – "y milwr â'r mab ponsi", fel bydde fe'n hanner cellwair... O'n i ddim am roi mwy o loes iddo fe. O'dd e fel petai'n cymryd sut o'n i fel beirniadaeth ohono fe fel tad. Yn beio ei hunan am beidio â rhoi'r gore i'w yrfa yn y fyddin er mwyn bod adre, fel bod 'na ddyn ar yr aelwyd i'm rhoi i ar ben ffordd.'

'Fydde hynny wedi gwneud gwahaniaeth, Ceri?'

Gwenodd. 'Na, dim iot.'

Synnwyd Ceri gan y pendantrwydd yn ei llais ei hun.

'Ces i 'ngeni fel hyn, Alaw, dwi jyst mor ddiolchgar 'mod i'n byw mewn oes, a gwlad, lle ma'r rhan fwya o bobl, beth bynnag, yn deall hynny, a lle ma triniaeth ar ga'l.'

Teimlai Ceri'n gryfach; y siarad yn gathartig eto fyth.

'Beth newidiodd dy feddwl a neud i ti fwrw mlân, mentro ypsetio dy dad?'

Chwarddodd Ceri.

'Canfod ei fod e'n cyd-fyw gyda dyn yn Awstralia.'

Chwarddodd Alaw hefyd a gwasgu braich Ceri yn ysgafn cyn codi a llenwi dau wydr â dŵr.

'O't ti'n lwcus bod 'da ti enw *bi*,' meddai Alaw, gan roi'r gwydrau ar y bwrdd.

'Diolch.' Yfodd Ceri lwnc da. 'Ond wnes i feddwl am newid yr enw hefyd, ca'l dechre o'r dechre… gorfodi pobl i feddwl amdana i mewn ffordd wahanol, meddwl amdana i fel merch…'

'Be fyddet ti wedi dewis, 'te?' gofynnodd Alaw.

Cymerodd Ceri ei phwyll, yn falch bod y sgwrs wedi sionci.

'O'n i wedi rhyw hanner meddwl amdanaf fy hunan fel Branwen ers blynyddo'dd.'

Chwarddodd Alaw. 'Gweld dy hunan fel bach o *tragic heroine* o't ti?'

Gwenodd Ceri. 'Ti'n iawn, ddim cweit yn fi rywsut. Falle rhywbeth *arty*…'

'Fel?'

'River, neu Storm.'

'Neu Hurricane,' chwarddodd Alaw'n uchel eto ac ymunodd Ceri yn y piffian.

'Ti'n iawn, lot rhy *pretentious*.'

Difrifolodd Alaw'n sydyn.

'Fi yn credu bod popeth *gender neutral* yn syniad da – teganau, dillad, tai bach, enwau – peidio gorfodi plant i deimlo bo nhw'n wrywaidd neu'n fenywaidd…'

Nodiodd Ceri.

'Ceri'n iawn felly, on'd yw e? O'dd e ddim yn iawn, cofia, pan o'n i'n iau – Ceri Grafu yn llysenw lot rhy amlwg!'

'Plant yn galler bod mor greulon,' cytunodd Alaw. Sychodd y gwaed o'i garddyrnau.

Ni ddywedodd y naill na'r llall ddim am eiliad. Methai Ceri'n lân a meddwl sut y medrai gyfeirio at y crafu heb swnio'n feirniadol. Ond roedd rhaid iddi ddweud rhywbeth.

'Alaw, falle dylet ti…'

'Ceri'n dy siwto di ta beth,' torrodd Alaw ar ei thraws.

Roedd yn amlwg wedi synhwyro beth oedd i ddod ac roedd hyn yn arwydd digon clir nad oedd am drafod y broblem honno.

'Wastad wedi meddwl bod Grace yn siwto dy fam hefyd,' meddai Ceri, gan gydnabod y neges, 'ac Alaw'n siwto gitarydd fel ti.'

Cododd Alaw ei haeliau i awgrymu nad oedd yn cytuno.

'Beth am ailenwi rhai o bobl Llan?' meddai Alaw wedyn, yn frwdfrydig nawr. 'Gwed yr enw cynta ddaw i dy feddwl. Iawn, Ceri?'

Nodiodd Ceri.

'Rhian?'

'Enfys.'

'Achos?'

'Dillad lliwgar.'

'Obvs,' chwarddodd Alaw.

'Iola?'

'Mmm… Gwenith.'

'Wrth gwrs – lliw ei gwallt.' Clapiodd Alaw'n uchel. 'Ww, ti'n dda am hyn…'

Crynodd y ffôn bach ar y bwrdd a manteisiodd Ceri ar y cyfle i ymlacio tra bod Alaw yn darllen y neges. Anadlodd yn ddwfn a chau ei llygaid am eiliad. Roedd wedi blino'n lân. Pan agorodd ei llygaid drachefn sylwodd fod dwylo'r ferch ifanc yn crynu a'i gwedd wedi newid.

Ei greddf oedd dweud dim, anwybyddu'r pryder amlwg yn wyneb llwyd y ferch. Ond roedd Alaw wedi bod mor ystyriol ohoni hi'r bore 'ma, allai hi ddim, mewn difri calon, anwybyddu'r ffaith ei bod wedi'i hypsetio'n sydyn.

'Newyddion drwg?' mentrodd.

Heb ateb, estynnodd Alaw y ffôn iddi. Ar y dudalen Facebook roedd ffoto, yn amlwg wedi'i ddoctora. Yn y canol roedd fersiwn gwrywaidd o Alaw yn gyhyrau i gyd, ei gwallt yn fyr a phigog a thatŵ bwyell dau ben ar ei braich. Ar y naill ochr a'r llall iddi roedd dwy ferch gartwnaidd o ferchetaidd yn golur a bowiau pinc i gyd.

'Hiwmor rhyfedd gan rai,' meddai Ceri a rhoi'r ffôn yn ôl i Alaw.

Roedd Alaw'n crafu eto fyth.

'Dyw hynna'n ddim byd; neithiwr…'

Tawodd a sganio drwy'r negeseuon ar ei ffôn.

Felly, dyna pam nad oedd Alaw wedi dod i'r cyfarfod. Syllodd Ceri allan drwy'r ffenest; roedd y boen ar wyneb Alaw wrth iddi bori yn ei ffôn yn rhy amrwd. Erbyn hyn roedd gwiwer lwyd wedi disodli'r gnocell ac yn hongian wyneb i waered ar y teclyn bwydo, yn cnoi'n farus.

Estynnodd Alaw'r ffôn iddi eilwaith. Edrychodd Ceri i'w hwyneb i sicrhau ei bod am iddi ddarllen y negeseuon. Nodiodd Alaw ei chadarnhad. Llun o ddosbarth ysgol oedd ar y sgrin ac wyneb bach Alaw wedi ei gylchu â phaent amryliw. Oddi tano roedd un frawddeg.

'Chwarae teg i hon – Alaw "Chapstick" Gruffudd. Mae wedi gwneud lot fawr iawn o bobl yn hapus iawn – drwy adael Ysgol Uwchradd Penbanc!' 😒

Roedd gwaed coch yn brigo ar arddwrn Alaw eto.

'O Alaw,' meddai Ceri.

Ni allai feddwl am ddim byd arall i'w ddweud. Tynnodd Alaw ati a chylchu ei breichiau o'i hamgylch. Roedd y ferch yn siglo crio erbyn hyn. Gadawodd Ceri iddi am gyfnod nes teimlo'r igian yn troi'n riddfan sych, ac yna fe ryddhaodd ei hun yn araf bach.

'Ac ma'r llun wedi cael 27 *like*,' meddai Alaw, cyn ildio i bwl arall o grio. Roedd hi'n edrych mor druenus, y ferch ifanc denau yma yn ei chrys-t enfawr, a'i holl gorff yn ysgwyd gan ofid. Cwtsiodd Ceri hi yn dynn drachefn a chwilio'n wyllt am rywbeth i'w ddweud a fyddai'n cynnig iot o gysur i Alaw. Ond doedd dim yn dod, a bodlonodd Ceri ar ei dal yn agos nes i'r pwl diweddaraf fwrw'i blwc.

'Beth yn y byd sy'n mynd mlân 'ma?'

Rhyddhaodd ei gafael ar Alaw mor dyner â phosib. Roedd Grace yn sefyll wrth y drws cefn, basged wag wrth ei hochr.

'Alaw sydd ychydig bach yn ypsét,' esboniodd Ceri a sythu yn ei chadair.

'Dwi ddim yn ddall, dwi'n medru gweld hynny,' atebodd Grace yn siort, gan roi'r fasged ar y cownter gwaith a chasglu'r ddau fŵg oddi ar y bwrdd a'u taro yn y sinc.

Edrychodd Ceri ar Alaw a oedd erbyn hyn yn chwarae gyda'i ffôn. Doedd Ceri ddim yn siŵr faint roedd Grace yn ei wybod eisoes am drafferthion ei merch, na chwaith faint roedd Alaw am iddi ei wybod. Beth bynnag, nid ei stori hi, Ceri, oedd hon i'w rhannu.

'Yr hen ffôn 'na sydd wedi'i hypsetio hi, fentra i. Dwi wedi dweud a dweud wrthi am beidio â mynd ar y Facebook 'na.' Trodd Grace yn ôl atynt.

Roedd yn siarad yn union fel petai Alaw ddim yn yr ystafell ac roedd hynny ar ben popeth arall yn gwneud Ceri'n anesmwyth. Cododd a gwthio'r gadair yn ôl yn dwt o dan y bwrdd.

'Heb y ffôn, a heb Facebook, bydden i'n hollol *cut-off* yn y twll lle 'ma,' atebodd Alaw, ei llais yn gryg.

'Sdim angen i ti fod. Allet ti fynd 'nôl i'r ysgol fory nesa. Bydden nhw'n falch i dy gael di.' Tynnodd Grace ei chôt a mynd i'w hongian hi. 'A bydde cwmnïaeth merched neis fel Lisa a Ffion yn gwneud byd o les i ti,' gwaeddodd o'r cyntedd.

Rowliodd Alaw ei llygaid.

'Paned arall?' cynigiodd, ei llais yn isel ei oslef, yn ddifywyd.

Ysgydwodd Ceri ei phen.

'Rhaid gofyn – cwrteisi ymhob storm, dyna un o bethe Mam,' ychwanegodd gan droi ei llygaid eilwaith nes eu bod yn hollol groes.

Mewn sefyllfa arall byddai'i chymyche wedi peri chwerthin.

'A tasen i ddim yn cynnig fydde Mam byth yn maddau,' meddai Alaw.

'Mam byth yn maddau beth?' gofynnodd Grace gan ddod yn ei hôl.

'Dim. Dim byd i'w faddau, Mam.' Rhoddodd Alaw ei ffôn yn ei phoced a mynd am y drws. 'Diolch, Ceri – diolch am wrando, a diolch am y cyngor,' ychwanegodd cyn mynd i'w llofft.

Rowliodd Grace ei llygaid yn yr union ffordd a wnaeth Alaw. Byddai hyn hefyd, fel arfer, wedi peri i Ceri chwerthin.

'Dwi ddim am i neb arwain Alaw ar gyfeiliorn,' meddai Grace, â min yn ei llais. 'Mae'n ifanc, dyw hi ddim yn gwybod be mae hi isie, mae'n mynd trwy… *phase*. Petai hi'n ymwneud â'r bobl anghywir nawr, wel…'

Nodiodd Ceri a chamu tua'r drws cefn.

'Un peth cyn i fi fynd, Grace. Tybed a fydde modd ca'l munud i esbonio'r Banc yng nghyfarfod nesa Merched y Wawr?'

Gwenodd Grace wên gynnil.

'Mae'n dynn iawn arnon ni o ran amser, mae 'na lot i'w drafod – yr ymweliad â Distyllfa Penderyn, y cinio Nadolig, y noson ddartiau a'r gystadleuaeth golff, ac mae'r siaradwr gwadd yn cyrraedd am hanner awr wedi saith – sesiwn hunanamddiffyn – felly bydd rhaid clirio'r cadeiriau, gosod matiau…'

'Beth am ar ôl y sesiwn hyfforddi?' cynigiodd Ceri, yn benderfynol o beidio â gwylltio.

'Bydd lot o glirio, pobl isie mynd sha thre…'

'Alla i esbonio'r cynllun tra bo pawb yn cael paned,' mynnodd Ceri.

Cymerodd Grace anadl ddofn, ac o'r diwedd amneidiodd, er ei bod yn amlwg yn dal yn anfoddog.

'Diolch, Grace. Dwi'n gwerthfawrogi hyn,' meddai Ceri, a'i llaw ar fwlyn y drws.

'Clywed taw dau neu dri ddaeth i'r cyfarfod neithiwr.' Roedd gwên yn llais Grace.

Erbyn hyn roedd Ceri'n awyddus i ddianc ond ni fedrai fod yn anghwrtais chwaith. Arhosodd wrth y drws a'i llaw yn dal ar y bwlyn.

Aeth Grace at y ffenest gefn a phwyso allan. 'Whishgit.' Clapiodd ei dwylo. 'Whishgit, whishgit. Mae'r gwiwerod 'ma'n bla. Mae'r teclyn bwyd yna fod i'w hatal nhw rhag gloddesta ar y cnau, ond dyw e'n dda i ddim.'

'Ma 'na ddiddordeb yn y Banc, ond ma angen mwy…' meddai Ceri i'w chefn.

Am eiliad ni ddaeth ymateb, ac ofnai Ceri fod Grace yn mynd i anwybyddu'r sylw'n llwyr. Ond yna trodd ac roedd y wên yn ôl ar ei hwyneb.

'Llew yn llawn o'r peth y bore 'ma. Roedd e wrthi'n tynnu map o'r ardd a sgrifennu rhyw nodiade manwl am docio lafant. Druan o Steve, ddweda i.'

Roedd ei dicter yn amlwg wedi bwrw'i blwc ac adnabu Ceri yr ymgais gynnil i gymodi.

'Sai'n credu bod pobl wedi deall y busnes Banc 'ma. Dyw

pobl ddim yn darllen manylion ar bosteri – dwi'n gwybod hynny o ysgol brofiad,' meddai Grace. 'Ond unwaith bydd Llew wedi rhoi pobl ar ben ffordd fe fydd yna ddiddordeb, yn bendifadde i ti. Mae digon o angen 'ma, a gyda'r toriadau di-ben-draw mae gan y trydydd sector ran bwysig i'w chwarae.'

Roedd Grace yn swnio'n frwdfrydig, bron i'r graddau y teimlai Ceri ei bod ar fin cynnig ei help. Ceffyl parod fu Grace erioed, chwarae teg iddi. Ystyriodd Ceri estyn gwahoddiad personol iddi i'r Banc. Ond efallai ei bod yn camddehongli'r sefyllfa. Efallai mai cwrteisi ac nid diddordeb oedd wrth wraidd y sylw. A beth bynnag, roedd Grace yn gwybod bod croeso i bawb ymuno â'r cynllun.

'Wel, os lwyddith y Banc Amser i wella bywyd un neu ddau yn y Llan 'ma bydd yn werth yr ymdrech,' meddai Ceri, gan benderfynu mai taw piau hi.

Trodd y bwlyn.

'Allwn ni gytuno ar hynna,' ategodd Grace wrth i Ceri agor y drws.

11

WRTH YRRU DROS y Twmp hoffai Ceri fod wedi parcio'r Clio am sbel ac eistedd i edmygu'r olygfa. Roedd gwynt traed y meirw, fel y galwai ei mam-gu awel fain y dwyrain, yn chwipio drwy'r coed a Ceri'n ofni taw dyma fyddai'r cyfle olaf i fwynhau lliwiau'r hydref. Ond doedd ganddi ddim amser i'w fradu. Roedd yn rhaid iddi siopa, bwyta a chyrraedd y Llyfrgell erbyn dau o'r gloch. Dylai fod wedi gadael yn gynt, wrth gwrs, ond bu Llew ar y ffôn am hydoedd yn rhestru'r bobl y bu'n efengylu â nhw o blaid y Banc, ac yn holi a oedd rhywun ar gael i helpu cymydog iddo a oedd yn rhy fusgrell bellach i ddringo ysgol er mwyn clirio'r dail o'r cafnau. Gwenodd Ceri wrthi ei hun. Roedd yr hen Lew yn ddigon cyfrwys i beidio â chynnig Steve ar gyfer y tasgau; roedd 'llond côl' o waith gyda hwnnw'n barod, meddai'n bendant, ac roedd yn dal i aros iddo fwydo a thorri ei lawnt ef unwaith eto cyn y gaeaf.

Tynnodd Ceri ddau fag siopa mawr o gefn y Clio. Dim ond hanner potel o *pesto* a chosyn bach o gaws chwyslyd oedd ar ôl yn ei ffrij, ac wrth fwyta ffa pob ar gacen reis i swper y noson cynt roedd yn gwybod na allai ohirio'r trip siopa bwyd ymhellach. Bu yn y siop yma ym Mhenbanc ddwywaith yn ddiweddar ac roedd yn gwerthu popeth yr oedd ei angen arni, heblaw'r coffi Java. Roedd wedi gofyn am hwnnw hefyd ar ei hymweliad cyntaf a'r siopwraig wedi pwyntio i gyfeiriad yr orenau. Ni fyddai'n gofyn eto, byddai'r unig goffi mâl a werthent yn gwneud y tro yn iawn.

Canodd y gloch uwchben y drws yn uchel i gyhoeddi bod

137

cwsmer yn y siop. Gwthiodd Ceri'r drws ar gau a chodi ei phen i weld tri phâr o lygaid yn syllu arni.

'Prynhawn da,' meddai, i gydnabod eu diddordeb.

Am eiliad doedd dim siw na miw, fel petai'r tair yn hollol fud.

'Shwmae,' mwmiodd y siopwraig o'r diwedd. Diflannodd y ddwy arall i lawr yr eil bwydydd oer.

Casglodd Ceri un o'r trolïau bach a lluchio bara, tuniau o gawl, a ffa, te, coffi, creision a grawnfwyd iddo, cyn dilyn y menywod at yr oergell. Roedd y ddwy wrth y caws, yn siarad â'u pennau ymhlyg. Wrth i Ceri nesáu gwelodd un yn codi'i phen a phwnio ei ffrind yn ysgafn. Gwenodd Ceri arni ac estyn am gosyn o gaws Caerffili. Wrth i Ceri symud ymlaen at y tomatos mewn olew, yr hwmws a'r sudd oren, roedd y menywod yn dal eu tir wrth y caws. Rhoddodd Ceri laeth, iogwrt, cyw iâr a physgod yn y troli. Teimlai lygaid y menywod arni ac roeddent yn amlwg wedi ailgychwyn eu sibrwd. Ni arhosodd i bwyso a mesur wrth y silffoedd gwin, yn ôl ei harfer, ond dewisodd chwe photel goch yn gyflym o'r silff uchaf. Gwyddai ddigon am dechnegau marchnata i wybod taw yno fyddai'r gwin gorau.

Anadlodd yn rhwyddach wrth droi'r gornel a symud ar hyd yr eil bwydydd ffres. Roedd angen popeth arni ac fe gasglodd lysiau a ffrwythau cyn gwthio'r troli, a oedd yn anystywallt erbyn hyn, i'r cownter talu.

'Hoffech chi fagied o losin Calan Gaea?' gofynnodd y siopwraig yn y brat gwyrdd. 'Bydd e ar ein pennau ni wap, a ma'r plant yn dwlu ar rhain.'

Nodiodd Ceri. Nid oedd wedi meddwl am y peth, doedd hi heb ystyried y byddai'r dathliad dierth wedi cyrraedd y Llan. Yn Llundain ni fyddai byth yn agor ei drws i waedd groch 'trick or treat'. Ond, wrth gwrs, roedd pethau'n wahanol mewn pentref. Byddai pobl y Llan, mae'n siŵr, yn ei barnu am fod yn anghymdeithasol, neu'n fên hyd yn oed, petai'n anwybyddu ymweliad y plant. Cofiai'r beirniadu mawr gynt ar Mrs Smith, gwraig y cyfreithiwr, a wrthodai ateb y drws i gasglwyr calennig. Ond byddai hi a Grace yn galw yn Madryn Villa 'run fath, bob dydd Calan, rhag ofn bod Mrs Smith yn dewis 'rhoi' y flwyddyn honno.

'Mae heddiw'n ddiwrnod Calan,
Rwy'n dyfod ar eich traws
I ofyn toc o fara
Neu gosyn bach o gaws…'

Wrth gwrs, nid bara na chaws a chwenychent ond arian parod, a chwarae teg, roedd pawb arall yn y pentref yn hynod o hael, a Mr Williams, Banc House, yn gwneud yn siŵr bod ganddo arian gleision newydd sbon danlli i'w rhannu. Roedd y plant yn rhoi mwy o werth ar y darnau hynny. Ond ni welsant geiniog gan Mrs Smith erioed.

Erbyn i Ceri dalu a llwytho'r nwyddau i'w bagiau, roedd y ddwy arall hefyd wedi cyrraedd y cownter. Wrth i Ceri godi'r chwe photel win i'r cludydd cardfwrdd a ddarparwyd gan y siopwraig, daliodd lygad yr ieuengaf ohonynt. Am eiliad ystyriodd Ceri ddweud ei bod yn cael parti, ond cyn iddi gael cyfle i hel esgusodion roedd y fenyw ifanc yn siarad.

'Chi yw'r fenyw 'na, yntife?'

Rhoddodd Ceri ei bagiau i bwyso'n lletchwith yn erbyn ei choesau.

'Ceri Roberts,' meddai gan estyn ei llaw.

Edrychodd y fenyw ifanc ar ei ffrind. Roedd golwg syn ar wyneb honno. Roedd Ceri ar fin tynnu ei llaw yn ôl pan chwarddodd y ferch ifanc ac estyn ei llaw hithau.

'Meryl ydw i, a dyma Edwina.' Roedd Meryl yn edrych fel hysbyseb byw'n iach – ei gwallt brown sgleiniog mewn cwt ceffyl twt, ei chroen yn glir a'i gwisg yn awgrymu ei bod ar ei ffordd i ryw ddosbarth cadw'n heini.

'Dynion sy'n arfer ysgwyd llaw yn y parthe 'ma,' meddai Edwina wallt pinc pigog, gan edrych arni'n gam.

Pesychodd y siopwraig.

'Ond chi yw'r fenyw 'na, oddi ar y teli bocs, yntife?' pwysodd Meryl, ei llygaid brown yn fawr. 'Gydag ymgyrch Llyfrgell Llan?'

Gwenodd Ceri. 'Ie, wel un ohonyn nhw, ta beth.'

Roedd Edwina'n dal i graffu arni.

'Ond 'na fe, y busnes shiglo llaw 'ma, chi wedi bod bant ers sbel, a dod ag arferion y ddinas 'nôl gyda chi, sbo.'

Ac yna fe estynnodd hithau ei llaw i Ceri.

*

Wrth yrru tuag adref penderfynodd Ceri stopio wedi'r cyfan yn y bwlch lle'r oedd golygfa dda dros y pentref. Twt, byddai pecyn o greision, darn o'r Caerffili ac afal yn gwneud yn iawn i lenwi twll, ac yn rhoi amser felly iddi eistedd yno am hanner awr cyn mynd i Glwb Llyfrau Merched y Wawr. Wrth lwc, roedd ei chopi o *Rhannu Ambarél* eisoes yn ei bag llaw a medrai felly fynd yn syth i'r Llyfrgell. Roedd hi'n syndod o oer am ddechrau mis Hydref ac fe fyddai'r bwyd yn ei bagiau siopa yn iawn.

Roedd Ceri ar ei chythlwng am iddi adael y tŷ heb frecwast, a'r caws yn arbennig o dda – yn hallt a briwsionllyd. Bu'n ffefryn ganddi erioed. Rhan o'i apêl pan oedd yn grwt bach oedd rhamant ei stori. Roedd ei mam-gu wedi dweud droeon taw hwn oedd caws y glowyr ac fe'u dychmygai yn bwyta'u tocyn yng nghrombil y ddaear. Roedd rhyw ramant mewn rhannu arfer â'r arwyr hyn. Roedd y rhamant wedi hen fynd, a'r pyllau hefyd o ran hynny, ond roedd hi'n dal i fwynhau caws Caerffili.

Aeth tair wythnos heibio ers iddi loetran fan hyn ddiwethaf. Bryd hynny roedd coedwig Glandraenog yn un sioe o liw, ac er gwaethaf y gwynt main heddiw roeddent yn dal felly. Gobeithiai'n wir y caent gadw'u dillad amryliw am ychydig eto. On'd oedd coed yn rhyfedd, yn gollwng eu gwisgoedd fel yr oedd pawb arall yn rhoi mwy amdanynt? Echdoe roedd wedi clywed rhywun o Gyfoeth Naturiol Cymru yn esbonio taw'r storfa o siwgr yn y dail a gynhyrchai'r coch a'r aur a'r oren nwyfus, a'r siwgr hwnnw wedyn yn cael ei amsugno'n ôl gan y coed i'w helpu i oroesi gaeaf arall. Siawns bod y siwgr mewn gwin coch yn llawn mor llesol i bobl.

Brwsiodd y briwsion oddi ar ei siwmper a gwthio'r pecyn creision gwag a chalon yr afal i'r bag siopa gyda gweddill y caws. Taniodd y Clio a chydag un olwg hiraethus arall dros y cwm, trodd drwyn y car tua'r pentref.

Roedd un car a Land Rover ym maes parcio'r Llyfrgell pan gyrhaeddodd Ceri am ddwy funud i ddau. Da iawn. Mae'n amlwg nad oedd criw enfawr yn dod i'r Clwb Llyfrau felly, ac roedd hynny'n rhyddhad iddi. Nid oedd wedi trafod unrhyw lyfr Cymraeg ar goedd ers gadael yr ysgol, ond roedd yn awyddus i wella ei gwybodaeth o lên Gymraeg, ac roedd y Clwb, dybiai hi, yn lle da i wneud hynny. Roedd Grace, yng nghyfarfod mis Medi Merched y Wawr, wedi sôn am y Clwb, wedi dweud bod croeso i aelodau newydd ac wedi datgan taw *Rhannu Ambarél*, enillydd y Fedal Ryddiaith yn Eisteddfod Môn, fyddai'r llyfr dan sylw. Roedd Ceri wedi mynd ati rhag blaen i gael copi drwy wefan Gwales, wedi darllen y gwaith, ac er mwyn ceisio sicrhau nad oedd ei barn ymhell ohoni roedd hi wedi mynd i'r Llyfrgell i weld y cloriannu a fu arni yn *Golwg*. Er hynny, roedd ei dwylo'n chwysu wrth iddi oedi am funud yn gwrando ar y cloncian a'r chwerthin oddi fewn cyn iddi wthio drws y Llyfrgell ar agor.

Am yr eildro'r diwrnod hwnnw fe'i croesawyd gan dawelwch.

Roedd y criw yn eistedd yn 'Y Cwtsh', neu Adran Ymchwil y Llyfrgell fel yr arferai prifathrawes yr ysgol gynradd gyfeirio ato. Ond 'Y Cwtsh' a fu i genedlaethau o blant Llan. O gylch yr un bwrdd mawr a fu yno erioed eisteddai Grace, Celia a dwy fenyw arall – un ohonynt yn fenyw ifanc a welsai yn y cyfarfod cyntaf hwnnw o Ferched y Wawr, a'r llall yn fenyw tua'r hanner cant a golwg lewyrchus, ffasiynol arni. Roedd dwy gadair wag wrth y bwrdd.

'Prynhawn da,' meddai Ceri, gan luchio ei bag ar gefn un o'r cadeiriau ac eistedd.

'Sedd Bronwen yw honna,' gwenodd Grace.

Edrychodd Ceri arni ond heb ddweud dim, symudodd i'r sedd wag arall.

'Mae Ann yn ishte fanna,' meddai Celia wedyn.

Ai jôc oedd hyn? Ond doedd neb yn gwenu nawr. Na, roedd hi'n amlwg felly bod arferion yr ysgol gynradd yn dal i oroesi fan hyn.

'Dwi'm yn ei gweld hi.' Ceisiodd Ceri ysgafnhau'r sefyllfa. Doedd hi ddim am ildio i'r fath nonsens. Petai Ann yn cyrraedd, yna fe godai i dynnu cadair arall at y bwrdd. A siawns nad oedd yn dod heddiw beth bynnag.

Roedd Celia a Grace yn gwgu arni; gwenodd yn ôl arnynt. Roedd y ddwy arall yn astudio'u copïau o *Rhannu Ambarél*.

'Fe arhoswn ni am funud neu ddwy i weld a ddaw rhywun arall,' meddai Grace.

Tawelwch wedyn, fel tawelwch cyn dechrau cwrdd. O rywle daeth yr atgof am ymwelwyr yn dod i wasanaeth yn Bethel pan oedd Ceri tua deg oed, a phechu'n ddifrifol drwy eistedd yng nghôr teulu Penwern. Roedd digon o le yn y sedd i bum pen-ôl nobl. Dau ymwelydd oedd. Ond fe safodd Mr a Mrs Price, Penwern, ger y drws bach a oedd yn corlannu pobl yn y corau nes i'r ymwelwyr druan gilio i sedd yng nghefn eithaf y capel.

Daeth sŵn straffaglu o'r cyntedd a hwyliodd Bronwen i'r ystafell yn fwstwr i gyd gan geisio tynnu ei *gilet* a cherdded tuag atynt yr un pryd. Roedd ei symudiadau'n sionc a'i chamau'n hir er gwaethaf y ffaith ei bod yn fenyw yn ei hoed a'i hamser.

'Mae wedi oeri trwch cot fyny ar y Twmp 'co, mwy fel Tachwedd na mis Hydref. Sori bo fi'n hwyr, defed Cae Coch wedi dod drwy'r sietin a Smith yn ca'l ffit biws. Tase fe'n pleto'r sietin yn iawn, bydde dim problem. O'dd defed Llew byth yn crwydro, ond 'na fe, pobl ddŵad y'n nhw, yn deall dim o'n ffordd ni.'

Tawodd Bronwen yn ffwr-bwt.

'Ble ma Ann?' gofynnodd i gyfeiriad Ceri, ei thôn yn awgrymu bod Ceri wedi gwneud rhywbeth milain iddi.

Cododd Ceri a gwneud sioe o archwilio'r sedd. Chwarddodd y fenyw gyda'r sbectol goch drendi.

'Ceri wastad wedi bod yn dipyn o gob, Meian,' meddai Grace â gwên fenthyg ar ei hwyneb nad oedd yn agos at gyrraedd ei llygaid. 'Iawn, wel croeso, bawb. Croeso arbennig i Ceri,' dechreuodd, y wên yn dal yn ei lle. 'Ceri, ti'n nabod Celia wrth gwrs, a Bronwen, Meian a Rwth? Croeso adre i tithe hefyd, Rwth, clywed bod y trip i werthu dy emwaith wedi bod yn un llwyddiannus. Americanwyr yn sgut am bopeth Celtaidd.'

Nodiodd y ferch ifanc. Felly Rwth oedd enw'r ferch â'r tatŵ a siaradodd â'r fath angerdd y noson y datgelwyd cynlluniau'r Cyngor Sir i gau'r Neuadd.

'Iawn, fe ddechreuwn ni felly. *Rhannu Ambarél*, Sonia Edwards.'

Eisteddodd Grace yn sythach fyth yn ei chadair.

'Bronwen, falle byddech chi gystal â chychwyn y drafodaeth. A ga i ddechrau fel hyn trwy ddweud ein bod ni mor falch eich bod chi wedi penderfynu parhau'n aelod o'r Clwb Llyfrau er gwaetha'r ffaith i chi roi'r gorau i'ch aelodaeth o Ferched y Wawr.'

Edrychodd Grace yn syth at Ceri.

'Golloch chi noson dda nos Lun, Bronwen, y fenyw *self-defence* yn grêt,' meddai Ceri.

Chwarddodd Celia. 'Y gic yn y man gwan – 'na'r un fydda i'n ddefnyddio os fydda i byth...'

Anghrediniaeth, dyna oedd yr olwg ar wyneb Grace.

'Iawn,' meddai gan dorri ar draws Celia. 'Well i ni ddechrau. Bronwen?'

Tynnodd Bronwen swmp o bapurau o boced ei *gilet* ac am y chwarter awr nesaf fe draethodd ar bob math o themâu, nes bod Ceri'n dechrau amau ai'r un llyfr a ddarllenodd hi. Wedyn, gofynnodd Grace i Celia a Meian a Rwth ychwanegu eu sylwadau hwythau. Roedd Ceri'n canolbwyntio ar y galon a naddwyd ar y ddesg o'i blaen a'r llythrennau C ac S arni pan sylweddolodd bod Grace yn gofyn cwestiwn iddi hi.

'Ceri, mae un o feirniaid yr Eisteddfod Genedlaethol, Gerwyn Wiliams, yn dweud bod yna gryn dipyn o *chiaroscuro* yn y gwaith. Beth yw dy farn di?'

Ffliciodd Ceri drwy'r llyfr fel petai'n disgwyl i'r nodwedd yma o'r gwaith weiddi 'Iw-hw, 'co fi' arni. Chwilmantodd yn wyllt yn ei chof hefyd am unrhyw gyfeiriad at hyn yn yr adolygiadau a ddarllenodd, ond ni allai gofio dim. Roedd hi'n gyfarwydd â'r cysyniad o 'dywyll a golau' mewn darluniau, wrth gwrs, ond doedd hi ddim yn siŵr sut roedd hynny'n ei amlygu ei hun mewn storïau. Cododd ei golygon yn araf.

'Wel, os yw'r beirniad swyddogol yn dweud hynny mae'n siŵr ei fod e'n llygad ei le,' meddai o'r diwedd.

Roedd Meian a Rwth yn gwenu'n garedig arni, a rhyw fath o wên ar wyneb Grace hefyd.

'Mae'r beirniaid 'ma'n gorddadansoddi weithie,' meddai Celia.

Bu curiad o dawelwch. 'A tithe yn llygad dy le yn fanna hefyd,' chwarddodd Grace. Teimlodd Ceri'r trymdra'n codi.

'Roedd y stori am golli cymar, ym, wnes i…' Gwridodd a dod i stop. Beth? A fydden nhw'n meddwl ei bod hi'n od petai'n cyffesu iddi fwynhau stori mor ddirdynnol o drist?

Tawelwch. Roedd yn amlwg bod yn rhaid iddi ddweud rhywbeth. Cymerodd anadl ddofn cyn rhuthro yn ei blaen.

'Wnaeth y stori am yr ambarél neud i fi feddwl am bethe'n wahanol – gweld gwerth tawelwch a llonyddwch i rywun sy'n galaru. O'n i wastad yn meddwl taw cwmni sydd ei angen, cadw'n fishi…'

Nodiodd Grace a phenderfynodd Ceri iddi ddweud digon. Rhoi taw ar bethau cyn iddi ddweud rhywbeth twp, dyna oedd orau. Teimlodd guriad ei chalon yn arafu'r mymryn lleiaf.

'Ond beth am sylw un o'r beirniaid eraill bod yma ddyfnder artistig sy'n awgrymu ffilm neu gerdd?'

Ffliciodd Ceri drwy dudalennau'r gyfrol unwaith eto. Wel, doedd Grace heb ei henwi hi, mae'n siŵr taw cwestiwn i unrhyw un fynnai ateb oedd e. Ond doedd hi, Ceri, ddim am godi ei phen, rhag ofn.

Clapiodd Rwth, a chododd Ceri ei golygon yn ddiolchgar. ''Na fe, o'n i'n gwbod bydde'r beirdd yn cael mensh – hyd yn oed mewn beirniadaeth ar ryddiaith. Os nad y'ch chi'n fardd yng Nghymru, artist ail ddosbarth y'ch chi. Ar y *B-list*,' meddai Rwth â gwên.

'Ond mae pawb yn medru sgrifennu stori – i ryw safon beth bynnag,' ategodd Celia wedyn. 'Nid pawb sy'n medru cynganeddu.'

Esgorodd y sylw ar drafodaeth frwd cyn i'r sgwrs lithro at bynciau mwy cyffredinol fel iechyd hwn a'r llall, y tywydd, a thwpdra defaid.

'Iawn, mae'n well i ni benderfynu ar y llyfr nesa,' meddai

Grace, wrth ddod â'r cyfarfod i ben. 'Oes gan unrhyw un rywbeth i'w gynnig?'

Tawelwch. Teimlai Ceri drosti. Doedd dim byd gwaeth i gadeirydd na thawelwch llethol.

'Beth am *Pry ar y Wal*, nofel Eigra Lewis Roberts?' awgrymodd Ceri. 'Dwi ddim wedi'i darllen ond mae wedi ca'l adolygiadau da iawn. Mae hi mas ers sbel fach, dyle hi fod yn y Llyfrgell erbyn hyn.'

Gwelodd y lleill yn edrych ar Grace am arweiniad.

'Sgwennu mewn Gog,' ysgydwodd Grace ei phen.

Chwarddodd Ceri'n ysgafn. 'Ti'n neud iddo fe swnio fel iaith dramor, Grace! Siawns bod Cymry ym mhobman yn deall ei gilydd erbyn hyn, diolch i S4C a Radio Cymru.'

'Mae chwant arna i ailddarllen un o'r clasuron,' meddai Grace wedyn, gan anwybyddu sylw Ceri'n llwyr. 'Beth am *Te yn y Grug* – Kate Roberts, "Brenhines ein llên"?'

Murmurodd y lleill sêl eu bendith.

Dim ond wrth gerdded o'r Llyfrgell ar draws y Sgwâr y cofiodd Ceri iddynt fynd ar drip ysgol i gartref Kate Roberts. Ger Caernarfon roedd hwnnw. Roedd 'Gog' y Frenhines yn amlwg yn dderbyniol i Grace.

12

CAMODD CERI YN ôl i edrych yn iawn ar ei pheintiad o Lyn Awen. Ystyriodd yr olygfa am yn hir. Oedd, roedd y manylion i gyd yn eu lle, ond eto nid oedd y llun yn ei phlesio. Roedd rhywbeth mawr yn bod arno, ond ni allai roi ei bys ar yr union beth. Penderfynodd ei bod yn hoffi'r llun yn ei hanfod, ac roedd yn gyndyn i beintio drosto fel y gwnaeth droeon gyda pheintiadau eraill. Ond sut oedd ei wella?

Bellach, a hithau'n ddechrau Tachwedd byddai'r olygfa ar lan y llyn wedi ei thrawsnewid, ac er cymaint yr hoffai fynd yno am wâc, i'r perwyl o berffeithio'r llun, doedd dim pwynt o gwbl. Cofiodd iddi dynnu ffotograffau ar y diwrnod hwnnw o Fedi, bore o hamdden a deimlai fel petai oes yn ôl erbyn hyn. Twriodd am ei ffôn bach er mwyn edrych arnynt. Ac yna syllodd yn hir ar y llun ar yr îsl unwaith yn rhagor. Wrth gwrs. Dyna fe. Y teimlad, dyna oedd ar goll.

O wel, byddai'n rhaid iddi ei ailweithio. Nawr bod ganddi stafell yn y Neuadd ac yng ngolau oer a gwastad y gogledd, byddai'n haws perffeithio dyfnder y lliwiau. Roedd y gwaith a wnaeth ar y llun yn ystafell gefn ei chartref yn rhy liwgar, yn rhy lawen i gyfleu oerni a dyfnder iasol y llyn. Oedd, roedd ei stiwdio newydd fan hyn, mewn ystafell yn yr un adeilad â'r Llyfrgell a'r Neuadd, yn ddelfrydol o ran hynny; sicrhau llonydd i beintio oedd y sialens fawr bellach.

Roedd popeth wedi digwydd fel corwynt dros yr wythnosau diwethaf, a hithau wedi cytuno i gydlynu'r Banc Amser o'r stiwdio yma. Roedd yn hysbyseb wych i werthoedd y cynllun wrth gwrs – cael defnydd o'r stafell yn gyfnewid am ymgymryd â'r gwaith trefnu. A'i babi hi oedd y Banc, hyd yma beth bynnag, ac roedd yn awyddus i sicrhau ei brifiant. Roedd yr arwyddion yn dda. Roedd nifer o'i chyd-aelodau ym Merched y Wawr wedi gwirfoddoli yn sgil ei chais, a thros ugain o bobl bellach yn bancio, a'r ffigwr yn dal i gynyddu. Yn ddi-os, Steve oedd y pen-gynilwr hyd yn hyn, gan fancio awr neu ddwy yn ddyddiol bron. Ymysg y cleientiaid eraill roedd Ann wedi bancio dwy awr yn sgil twtio côt labradwdl Marj, a Marj hithau wedi bancio teirawr ar ôl cymoni cegin Llew. Roedd Iola hefyd mewn credyd gan iddi osod yr offer cyfrifiadurol yn y stiwdio, a hynny wedi galluogi Ceri i gael trefn ar bethau o'r cychwyn cyntaf.

Tynnodd Ceri y gorchudd dros Lyn Awen a brysio i'r Neuadd i osod y byrddau a'r cadeiriau ar gyfer y grŵp ffotograffiaeth newydd. Dim ond gosod oedd angen iddi ei wneud; Alaw fyddai'n ei arwain, a châi Ceri ddychwelyd i'r stiwdio i weithio ar y llun.

Fe'i plesiwyd gymaint pan ddaeth Alaw ati bythefnos ynghynt a chynnig sefydlu'r grŵp. Cytunodd y ddwy taw'r peth cyntaf i'w wneud oedd gwahodd pobl i ddod â hen luniau o'r pentref er mwyn dewis a dethol, a llunio arddangosfa ohonynt yn y Neuadd. Chwarae teg i Alaw, roedd wedi mynd ati o ddifri, wedi hysbysebu'r grŵp ar y Gweplyfr, codi posteri o gylch yr ardal, a ffonio ambell un a oedd yn ymddiddori mewn hanes neu ffotograffiaeth.

'Helô, dim ond fi sy 'ma,' gwaeddodd Llew o'r cyntedd.

'Yn y Neuadd,' atebodd Ceri'n uchel.

Roedd Llew eisoes wedi cario dau fag yn llawn lluniau i'r neuadd ben bore, a nawr roedd yn straffaglu tuag ati â dau gwdyn arall.

'O, ma'r hen wynt 'ma'n oer heddi, ma'n cydio, odi wir.'

'Ewch draw at y *rad*, Llew, i chi ga'l cynhesu.'

'Diolch, bach. Ma'r rhain o'r holl garnifals fuodd 'ma – o oes pys tan yr wythdegau,' meddai, gan roi'r bagiau ar y bwrdd cyn cerdded at y gwresogydd. Pwysodd ei gefn i'r gwres, tynnu ei fenig a rhwbio'i ddwylo i fyny ac i lawr y rheiddiadur.

'Ma digon fan hyn am sawl arddangosfa – tasen ni ddim ond yn defnyddio'ch lluniau chi, Llew,' meddai Ceri gan ymuno ag e.

Tynnodd Llew ei gôt fawr ac estyn llun o boced ei siaced frethyn.

'O't ti tua deg oed yn fanna, Ceri.'

Craffodd Ceri ar y llun.

'Hei-ho, hei-di-ho, fi yw sipsi fach y fro.' Gwenodd ar y ddelwedd ohoni ei hun mewn sgert laes liwgar a siôl flodeuog; sgarff goch a smotiau du am ei phen a chlustlysau hŵp enfawr yn hongian o'i chlustiau. Roedd ei breichiau yn yr awyr fel petai'n dawnsio, ac roedd y breichledau wedi dal y golau. Roedd ei hwyneb yn disgleirio, ei hapusrwydd yn gyffyrddadwy. Cofiai'n iawn ei boddhad wrth deimlo'r sgert yn siffrwd wrth iddi droi a throelli. Dillad ei mam o'r 'bocs pethau pert' oedd y cwbl, dillad lliwgar, dillad hapus.

Rhoddodd Ceri'r llun yn ei phoced a mynd ati i dacluso'r bwrdd hysbysebion. Erbyn hyn roedd Ann wedi cyrraedd, a Llew wrthi'n brolio ei ardd wrthi, nawr bod Steve wedi bod yno'n twtio.

Crwydrodd ei meddwl i'r llun a roddodd Llew iddi. Deg oed. Roedd pethau mor syml bryd hynny. Yn ysgol fach y pentref roedd y plant i gyd yn cydchwarae – rownderi, marchogaeth ceffylau dychmygol o amgylch yr iard a chwarae ffermio. Ond yn yr ysgol fawr roedd y gwahanu yn hollol haearnaidd, o leiaf am y pum mlynedd gyntaf. Roedd hyd yn oed dwy fynedfa, un i'r bechgyn ac un i'r merched. Ac yn sicr, doedd dim cydchwarae; roedd y bechgyn yn chwarae pêl-droed rownd y ril a'r merched yn eistedd fan hyn a fan 'co yn siarad a chwerthin mewn grwpiau bach tyn. Cilio i'r ystafell gelf a wnâi Ceri bob cyfle, a chael llonydd i beintio yng nghwmni rhwydd Fanny Art.

Nid fod pob athro mor gefnogol. Byddai'n cofio am byth y diwrnod y mynnodd Williams Maths ei bod yn codi ac yn sefyll o flaen y dosbarth. Cofiai bob gair o'i gellwair:

'Ceri Roberts. Ry'ch chi'n amlwg yn gwybod popeth sydd i'w wybod am Pythagoras,' dechreuodd.

Roedd Ceri eisoes yn gochddu.

'A sut ydw i'n gwybod hyn, ddisgyblion annwyl, rhyw fishtir bach di-nod fel fi? Wel, achos bod Ceri Roberts wedi treulio'r wers gyfan yn syllu ar Hannah Jones ac Emma Smith; achos chi'n gweld, does dim angen iddo fe ganolbwyntio ar y gwaith, mae e'n hen law ar Pythagoras, fel mae e ar fin dangos i ni i gyd.'

Ac roedd Williams wedi rhoi darn o sialc i Ceri, gan bwyntio at y bwrdd du gwag. Teimlai fel petai wedi sefyll yno am oes yn syllu i'r düwch. Ni wnaeth unrhyw ymgais i ysgrifennu dim. Clywai Ceri'r disgyblion eraill yn chwerthin i'w dyrnau. Aroglai'r garlleg a fwytaodd yr athro i swper y noson cynt. Safai ef yno'n ddisgwylgar, ei ddwylo'n dal lapéls ei siaced frown.

O'r diwedd cafodd Ceri orchymyn i eistedd, ac i aros ar ôl ar ddiwedd y wers. Bryd hynny, gyda'r plant eraill yn hofran wrth y drws i fwynhau'r ceryddu, roedd yr athro wedi rhoi pryd o dafod go iawn i Ceri, ei watwar yn ddidostur. Roedd yn amlwg yn meddwl taw Hannah ac Emma oedd eilunod ei ffansi fachgennaidd. Hoffai Ceri fod wedi esbonio taw edmygu sut roedd y ddwy yn gwisgo'u gwallt ac yn steilio'u gwisgoedd ysgol a wnâi; byddai hynny wedi cau ceg Williams yn glep. Ond doedd gan y Ceri deuddeg oed yna mo'r hyder na'r haerllugrwydd i feddwl ymateb felly.

Ie, yr ymdeimlad o gael ei hynysu, a'i gadael yn nhir neb, dyna oedd ei hatgof pennaf o ddyddiau'r ysgol uwchradd. Gallai pethau fod wedi bod yn llawer gwaeth wrth gwrs; roedd Ceri'n amau taw dylanwad Alison Jones a'i hachubodd rhag hynny.

'Mae chwe chadair yn hen ddigon,' meddai Celia a thynnu un arall at y bwrdd.

'Ydy,' cytunodd Ceri gan wenu arni. Wel, roedd pethau'n dadmer os oedd ffrind gorau Grace wedi penderfynu mynychu un o weithgareddau'r Banc. Ond wrth gwrs, cefnogi Alaw roedd Celia, nid ei chefnogi hi.

Edrychodd ar ei horiawr. Dwy funud i ddau, a dim golwg o Alaw. Ond yna clywodd Ceri'r drws allanol yn agor eto ac anadlodd yn esmwythach.

'Sori bo fi ar ei hôl hi,' meddai Rhian. 'A dwi wedi gorfod dod â Gwenno gyda fi. Steve yn awyddus i fwydo'ch lawnt chi, Llew – gweud bydd glaw mawr heno i olchi'r nodd mewn i'r tir.'

'Ma'r crwt yn llygad ei le. Whare teg iddo fe,' meddai Llew, yn wên i gyd.

Gwenodd Rhian hefyd. 'Mae e wrth 'i fodd yn neud, Llew. A ma Steve yn un da am fwrw ati pan geith e'r cyfle.'

Sylwodd Ceri ar y dinc hapus yn ei llais.

'Dere 'ma, Gwenno fach, gei di helpu Llew i ddewis y llunie perta,' meddai'r hen ddyn. Cododd yr un fach i sedd a gwthio honno'n ddiogel at y bwrdd tra bod Rhian yn tynnu mwy o luniau o'r bagiau. Ymunodd Celia ac Ann â'r tri, ac am funud gwyliodd Ceri'r sgwrsio a'r pwyntio a'r chwerthin cyn esgusodi ei hun a bwrw allan i'r Sgwâr i weld a oedd unrhyw sôn am Alaw. Tybed a oedd hi wedi anghofio er gwaetha'r holl baratoi? Rhedodd ar draws y tir glas a chnocio'n uchel ar ddrws Rhif 6. Clustfeiniodd, ond doedd dim sŵn cerddoriaeth yn dod o'r llofft, dim sŵn o gwbl. Cnociodd eto, ac yna gweiddi. Ond doedd dim yn tycio. Brysiodd i gefn y tŷ, ond roedd y drws ar glo a dim sôn am neb yn y gegin na'r ardd. Cerddodd yn bwyllog yn ôl i'r Neuadd.

'Sai'n siŵr be sy wedi digwydd i Alaw, ond wnawn ni fwrw mlân 'run peth,' meddai Ceri, gan ateb cwestiwn di-lais y lleill. 'Dwi'n gwbod taw bwriad Alaw oedd gofyn i chi ddidoli'r lluniau fesul pwnc. Tynnu llunie ar adege arbennig fydde pobl yn arfer neud wrth gwrs – nid tynnu llunie o bawb a phopeth! Beth am chwilota am lunie o ddathliade'r Nadolig? Bydd swp o'r rheini fentra i.'

Cytunodd y criw yn rhwydd a threuliwyd dwy awr yn bwrw drwy'r casgliad, ac er i Ceri ddiawlio absenoldeb Alaw o weld prynhawn arall yn cael ei ddwyn, roedd wedi gwir fwynhau'r sesiwn. Roedd Llew a Celia'n byw yn yr ardal erioed ac yn llawn atgofion, ac Ann a Rhian, y newydd-ddyfodiaid cymharol, wrth eu bodd yn clywed yr hanesion am y tro cyntaf. Roedd Ceri hefyd wedi ailgofio rhai pethau a aeth yn angof ganddi am gyhyd – manylion am ei mam-gu, amdani hi ei hun a Llanfihangel ei mebyd. Tase rhywun wedi dweud iddi chwarae'r trombôn yng nghyngerdd Nadolig 1986, byddai wedi gwadu hynny. Ond roedd y dystiolaeth o'i blaen. Roedd y cof hefyd yn dewis a dethol.

Nid oedd yn syndod, wrth gwrs, i'w chof ddewis claddu darnau mawr o'i glaslencyndod. Bryd hynny roedd y cyfnodau tywyll fel tywyllwch mis Tachwedd, yn ddwys ac yn oer a diddiwedd. Roedd y newidiadau corfforol, y tyfiant disymwth a'r llais anwadal wedi peri'r fath artaith iddi fel mai prin y medrai gofio unrhyw beth da am y cyfnod i gyd.

Erbyn diwedd y prynhawn roeddent wedi dewis dros gant o luniau a'u gosod ar y byrddau ym mhen pella'r ystafell. Cytunwyd y byddent yn eu hongian ar waliau'r Neuadd yr wythnos ganlynol. Unwaith roedd coelcerth Guto Ffowc wedi bod ynghyn roedd fel petai'n adeg derbyniol bellach i siopau a chanolfannau cyhoeddus ddechrau addurno ar gyfer y Nadolig. Wrth i Ceri dacluso'r pentyrrau lluniau ar ôl i'r lleill fynd tua thre, daeth Alaw i mewn a'i gwynt yn ei dwrn.

'Dwi mor, mor sori, Ceri,' gwaeddodd, o ben pella'r neuadd. 'Mor sori,' meddai eto wrth ddod draw at Ceri.

Ni atebodd Ceri, ei siom yn ailgydio eto ac yn llwydo mwyniant y prynhawn.

'Fe ddaeth digon o ffotos i law, 'te?' gofynnodd Alaw, gan bwyntio at y pentyrrau.

Nodiodd Ceri. 'Do. Llew a Celia, a daeth Ann â phentwr ar ran Iola, chware teg iddyn nhw,' meddai, ei llais yn fflat.

'Cŵl.' Cododd Alaw lun, ac yna un arall ac un arall. 'Bril, jyst y peth, real *atmos* i'r rhai du a gwyn 'ma, on'd o's e?' Roedd ei brwdfrydedd fel dŵr berwedig ar iâ.

'Falle bydde fe'n syniad da rhoi'r rhai du a gwyn i gyd gyda'i gilydd yn y cyntedd?' cynigiodd Ceri.

'Ie, syniad gwych, bydde hynna'n neud rial *impact.*'

Twriodd Alaw yn ei bag a thynnu potel fach o win coch ohono a'i rhoi i Ceri.

'Fi yn sori, wir nawr.'

Edrychodd Ceri arni'n iawn am y tro cyntaf ers iddi gyrraedd. Doedd hi ddim yn edrych fel petai'n flin ganddi. Roedd angen i hon ddysgu na fedrai brynu maddeuant mor rhwydd â hynny. Y peth lleiaf y gallai ei wneud oedd cynnig esboniad am ei hamryfusedd. Ond 'na fe, pa hawl oedd ganddi hi i fynnu hynny? Pob hawl, ymresymodd. Syniad Alaw oedd cynnal y grŵp, ac oherwydd ei hanwadalwch hi roedd Ceri wedi gorfod cymryd ei lle. Wel na, nid gorfod chwaith, a bod yn fanwl gywir, dewis gwneud a wnaeth. Gallai un o'r lleill fod wedi gwneud yn burion petai Ceri wedi pwyso arnynt. Roedd angen iddi ddysgu gofyn am help neu byddai rhedeg y Banc yn mynd yn drech na hi.

'Bydde'n well gen i esboniad na childwrn,' meddai Ceri'n ddi-wên.

Nodiodd Alaw. 'Oes pum munud 'da ti?'

Diffoddodd Ceri olau'r Neuadd a dilynodd Alaw hi i'r stiwdio. Agorodd Ceri'r botel win a thywallt ei hanner i fŵg glân.

'Hoffet ti ddracht?' gofynnodd, gan roi'r mŵg i Alaw. Tywalltodd yr hanner arall i'w mŵg ei hun ac eistedd wrth ei desg gyferbyn ag Alaw.

'Dwi'n cymryd y bydde dy rieni di'n hapus i ti ga'l ychydig bach o win?' gofynnodd Ceri, yn rhy hwyr beth bynnag.

Gwenodd Alaw. 'Ymhen blwyddyn fydd dim dewis 'da nhw,' atebodd, heb ateb y cwestiwn o gwbl.

'Felly – beth ddigwyddodd prynhawn 'ma?' pwysodd Ceri.

Rhoddodd Alaw ei mŵg ar y bwrdd a chodi clustog i'w chôl gan glymu ei dwy fraich o'i hamgylch.

'Dwi wedi cwrdd â rhywun,' meddai, ei llygaid yn pefrio.

'A?'

'A, gwrddon ni yn y dre ganol bore, a ryw ffor' anghofies i faint o'r gloch o'dd hi, colli'r bws, a…'

Cymerodd y ddwy lwnc o'r mygiau.

'A?' meddai Ceri eto.

'A, ma 'da fi ail ddêt – er gwaetha'r masgara.'

'Masgara?'

Chwarddodd Alaw yn uchel.

'Hen jôc. Mam yn gweud bydden i byth yn ffindo rhywun oni bai bo fi'n neud y gore o be sy gyda fi. Cod yw hynny am jimo, a gwisgo dillad tyn. Mae'n rhoi masgara yn fy hosan Dolig i bob blwyddyn yn y gobaith…'

Chwarddodd eto ac ni allai Ceri lai na chwerthin hefyd. Roedd mor braf clywed y ferch ifanc ansicr yma yn tincian chwerthin, chwerthin iach, nid y chwerthin sych, eironig a glywai ganddi fel arfer.

'Jôc dda?' meddai llais o'r drws.

'O sori, Grace, wnes i ddim dy glywed di'n cyrradd…'

'Na ma hynny'n amlwg. Chi'ch dwy'n cael gormod o sbri i fod yn ymwybodol o unrhyw un arall,' meddai'n sarrug. 'Ble ti wedi bod, Alaw? O't ti fod i roi'r *casserole* yn y ffwrn, a nawr fydd swper ddim yn barod am oriau.'

Chwarddodd Alaw eto, ond yr hen chwerthiniad y tro hwn.

'O Mam, *take a chill pill*, wir.'

Sylwodd Ceri fod gwefusau Alaw yn biws. Edrychai fel petai clais ar ei hwyneb gwelw.

'Beth sy 'da ti yn hwn?' holodd Grace, gan godi'r mŵg o'r bwrdd. 'Gwin,' meddai wedyn ac ateb ei chwestiwn ei hun. Roedd goslef ei llais yn mynegi anghrediniaeth lwyr, fel petai wedi darganfod ei merch yn yfed gwaed.

'Rhag dy gywilydd di, Ceri, yn arwain merch dan oed ar gyfeiliorn. Ac ar ben hynny rwyt ti'n yfed yn y gweithle. Bydd Pwyllgor y Neuadd yn siŵr o ddweud eu dweud am hyn. A bydd gan dy dad rywbeth i'w ddweud wrthot ti, Alaw,' meddai, cyn troi a cherdded yn dalog o'r ystafell.

'Ffit biws *alert*, ffit biws *alert*,' gwaeddodd Alaw ar ei hôl.

Am funud wedyn bu tawelwch. Cymerodd Ceri lwnc hir, ond gadael ei mŵg ar y bwrdd a wnaeth Alaw. Crwydrodd ei llaw i'w garddwrn chwith a dechrau'r crafu rhythmig.

'Dwi mor sori, Ceri, dwi wedi creu trwbl i ti.'

Rhoddodd Ceri ei llaw yn ysgafn ar fraich y ferch. Stopiodd y crafu am y tro ond roedd fel petai wedi crebachu'n sydyn.

'Pwy sy ar y Politbiwro neuaddol 'ma, 'te?' gofynnodd Ceri gan geisio gwneud yn fach o fygythiad Grace.

'Mam, Celia a Mr Huws, Tŷ Capel. Nhw yw'r Drindod.'

Cododd Alaw wedyn. 'Well i fi fynd, i lygad y storm. Bydd Dad adre erbyn hyn.'

'Gobeithio na fydd e'n rhy grac,' meddai Ceri.

Rhoddodd Alaw glec i weddill y gwin. Gwenodd wên wanllyd.

'Ma Mam wastad yn defnyddio'r lein yna – *classic* – "aros di nes daw dy dad gartre". Ond *pussycat* yw Dad – ma pethe'n haws o lawer rhwng Mam a finne os yw e gartre.'

Penderfynodd Ceri ei throi hi am adref hefyd. Nid oedd unrhyw chwant peintio arni bellach. Ond byddai'n bwrw ati yfory, rhag ofn i Grace wneud ei gwaethaf a sicrhau na fyddai'r oriel fach hon ar gael iddi am lawer yn hwy.

13

ERS HANNER AWR wedi pedwar roedd Grace wedi bod 'nôl a
mlaen rhwng y gegin a'r parlwr ddegau o weithiau. Roedd
wedi ymlâdd – roedd hi'n teimlo felly ers diwrnodau a dweud
y gwir, a doedd y diwrnod mwll, oedd mor nodweddiadol o
fis Tachwedd, wedi gwneud dim i godi'i chalon. Ond wrth i'r
golau egwan ballu'n llwyr roedd yr ofn a dreiddiai i bob gewyn
wedi cynyddu. Caeodd ei llygaid am eiliad, ond teimlai'n chwil
ac fe'u hagorodd drachefn. Hoeliodd ei sylw ar y goeden a
oleuwyd gan olau lamp y Sgwâr, 'coeden Ceri', fel yr oedd pawb
yn ei galw hi bellach. Nonsens oedd hynny wrth gwrs, nid oedd
y goeden yn perthyn i neb; roedd wedi ei phlannu ers cyn cof,
ond rywsut roedd Ceri wedi ei meddiannu drwy osod y fainc
oddi tani. Siawns y byddai'r Neuadd Goffa yn 'Neuadd Ceri' cyn
bo hir hefyd.

'Ble wyt ti, Alaw?' gofynnodd Grace i'r tawelwch. Eisteddodd
wrth y ffenest gan rwbio'i bys ar hyd ei thalcen mewn cylchoedd
bach. Roedd ei phen yn hollti eto. Tan yn ddiweddar bu'n cwyno
wrth Alaw ei bod yn y tŷ byth a hefyd ac yn gwneud dim. Nawr
byddai Grace wedi rhoi'r byd am sicrwydd y cyfnod hwnnw. Ers
pythefnos, prin roedd Alaw wedi bod adref o gwbl; byddai'n
mynd i'r dre bob dydd i weld 'ffrindiau', meddai hi. Ond ni
fyddai'r 'ffrindiau' hynny byth yn dod ar gyfyl y Llan. Trawodd
y cloc mawr yn y Neuadd chwech o'r gloch. Roedd y bws olaf o'r
dref wedi hen fynd. Siawns bod Alaw wedi taro draw i swyddfa'i
thad ac y byddai'r ddau yn cyrraedd adref gyda'i gilydd.

Roedd arogl y cawl wedi ymledu drwy'r tŷ ond nid oedd

chwant unrhyw fwyd arni, er na fwytaodd fribsyn ers amser brecwast. Ceri oedd ar fai. Ben bore, cyn hyd yn oed glirio'r llestri uwd, roedd Grace wedi ffonio Celia ac esbonio ei bod am alw cyfarfod o Bwyllgor y Neuadd ar frys gan ddweud iddi ganfod Ceri yn yfed yno. Yn hytrach na derbyn ei gair roedd Celia wedi holi a stilio – a oedd Ceri'n feddw? A oedd wedi ymddwyn yn anaddas? Rhyw gybôl felly. Ac wedyn, roedd ganddi'r wyneb i ddweud nad oedd hi'n credu bod unrhyw ddrwg wedi'i wneud mewn gwirionedd a bod Ceri yn ormod o gaffaeliad i'r Neuadd i'w cholli, bla, bla, bla. Byddai ei hadwaith wedi bod yn wahanol, mae'n debyg, petai Grace wedi rhannu'r ffaith bod Ceri'n yfed gyda merch ddwy ar bymtheg oed. Ond wnaeth hi ddim.

Gwelodd Grace gar Audi ei gŵr yn cyrraedd, a suddodd ei chalon. Yng ngolau'r stryd medrai weld nad oedd neb arall yn y car. Erbyn i Siôn gyrraedd y drws cefn roedd Grace yn y gegin yn ei ddisgwyl.

'Mae Alaw ar goll,' meddai'n wyllt.

'Be ti'n feddwl, "ar goll"?' Rhoddodd Siôn ei fag gwaith ar y llawr a cheisio rhoi cusan ar ei boch.

Gwthiodd Grace ef i ffwrdd yn ddiamynedd.

'Aeth hi i'r dre ar fws deg a dwi ddim wedi'i gweld hi ers hynny.'

Tynnodd Siôn ei gôt a llacio'i dei.

'Wyt ti wedi ffonio?'

Tychodd Grace at ei dwpdra.

'Wrth gwrs 'mod i. Ond mae'r ffôn yn farw.'

Anadlodd Siôn yn ddwfn. 'O, fe ddaw hi i'r golwg o rywle wap nawr, gei di weld. Dim ond newydd droi chwech yw hi. Mae'n ddwy ar bymtheg, Grace. Ma dy gyrffyw di'n llymach na ma'r llysoedd yn ei roi i fwrdrwrs,' meddai gan roi ei gôt ar gefn y gadair.

'Wel os nad yw hi adre erbyn wyth, bydd rhaid i ni fynd mas i edrych amdani,' meddai Grace yn bendant.

Chwarddodd Siôn. 'Iawn, wna i'n siŵr 'mod i'n gwisgo'r gôt ffos.' Edrychodd Grace arno'n ddiddeall. Doedd hi ddim angen hwn yn mwydro'i phen heno.

'Côt ffos?'

'Trench coat.' Rhoddodd Siôn bwt i'w braich. 'Wedi dy faeddu di eto!'

'Gabardîn, Siôn.'

Tynnodd Siôn wyneb llygatgroes. 'Na, wir? Wel pwy fydde'n gwybod?'

'Pwy feddyliai?' cywirodd Grace yn awtomatig cyn sylweddoli ei fod yn tynnu'i choes.

'Yr un Burberry 'na brynest ti i fi Dolig cyn diwetha.' Chwarddodd Siôn eto.

'Ie, ma pob ditectif gwerth ei halen yn gwisgo côt gabardîn.' Cuchiodd Grace arno. 'Mae rhywun siŵr o gwmpo dros hwn.' Gafaelodd ym mag gwaith ei gŵr a'i luchio i'w gôl.

Cododd hwnnw ei aeliau a dianc i'r llofft i newid.

Aeth Grace yn ôl i loetran wrth ffenest y parlwr. Codai ei chalon wrth weld golau yn dod dros y Twmp. 'Plis, plis, plis mai rhywun sy'n rhoi reid gartre i Alaw yw hwn,' gweddïodd yn dawel. Ond parcio o flaen tŷ rhywun arall a wnaeth bob car.

Clywodd Siôn yn dod o'r llofft ac aeth i waelod y grisiau.

'Cer draw i ofyn i Ceri a yw hi'n gwybod lle mae Alaw,' meddai Grace, gan ei ddilyn i'r gegin wedyn.

'Dwi newydd newid i fy slipers,' atebodd ei gŵr a chodi'r papur o'r bwrdd. 'A pham holi Ceri ta beth?' holodd wrth setlo yn ei gadair wrth yr Aga gynnes.

'Mae Ceri fel tase hi'n gwybod mwy am Alaw na finne dyddie 'ma.' Roedd ei llais yn crynu.

Agorodd Siôn y papur. Roedd yn amlwg nad oedd yn mynd

i gyffroi. Byddai'n rhaid i alwad ffôn wneud y tro felly. Trueni hefyd, roedd rhywun yn cael cymaint mwy o wybodaeth o holi rhywun wyneb yn wyneb. Ond yn sicr, nid oedd hi Grace yn mynd i fynd ar ofyn Ceri. Cododd y ffôn, deialu a gwrando am funud cyn rhoi'r ffôn i Siôn.

'Ceri,' meddai, mewn ymateb i'w edrychiad diddeall. Beth oedd yn bod ar y dyn? Roedd Alaw'n ferch iddo fe hefyd, ond hi oedd yn gorfod gwneud y becso i gyd.

'O, helô, ie, sori, Ceri, Siôn sy 'ma, tad Alaw. Sori i darfu… Na, na, dim problem. Dwi'n lico ambell i lased fy hunan…'

Safodd Grace o'i flaen yn fygythiol. Roedd Alaw allan yn rhywle, yn nhywyllwch canol gaeaf, ar ei phen ei hunan bach, ac roedd hwn yn fflyrtio gyda dyn.

'Ydy Alaw wedi galw draw?'

Aeth Grace at y sinc, arllwys glased o ddŵr a chymryd dwy dabled parasetamol o'r drôr. Gwyddai o osgo'i gŵr na chafodd ateb cadarnhaol gan Ceri.

'Na, o wel, os digwydd iddi alw heibio…'

Llyncodd Grace y tabledi. Roedd yn casáu'r blas sur a adawent yn ei cheg a'r effaith ar ei stumog dila. Ond roedd hynny, siawns, yn well na'r pen tost difrifol yma.

'Ie, ie, diolch yn fawr, Ceri. A nos da nawr.'

'Wel?' gofynnodd Grace, gan wybod yr ateb yn iawn.

'Dyw Ceri heb ei gweld hi ers y bore 'ma. Roedd Alaw wedi dweud wrthi ei bod yn mynd i'r dre i gwrdd â'i ffrind. Dim byd arall.'

'Pa ffrind?' holodd Grace.

Cododd Siôn ei ysgwyddau. 'Sai'n gwbod, na'th hi ddim cynnig enw.'

'A wnest ti ddim gofyn?' saethodd Grace yn ôl.

Trodd Siôn ei sylw yn ôl i'r tudalennau chwaraeon. Hollol nodweddiadol, meddyliodd Grace, pen yn y tywod.

'Ma honna'n gwybod mwy nag y mae hi'n ei rannu, gei di weld,' meddai Grace yn dywyll, cyn bwrw 'nôl i'w gwylfan yn y parlwr.

Roedd golau un neu ddau gar arall yn dod dros y Twmp; doedd bosib nad oedd Alaw yn un ohonyn nhw. Ond troi i faes parcio'r Neuadd a wnaethant ac ni chroesodd neb y Sgwâr tuag at Rif 6. Wrth gwrs, roedd y clwb gwyddbwyll newydd yn cyfarfod heno.

Cododd yn sydyn a mynd ar ras wyllt i lofft Alaw. Roedd hi mor dwp. Dylai fod wedi edrych yno oriau ynghynt. Aeth yn syth i'r ystafell ymolchi *en suite*. Roedd brws dannedd ei merch yn dal yno, yn y cwpan cangarŵ a fu ganddi ers ei bod yn groten fach. Ac roedd ei chrys-t pỳg o dan y glustog hefyd.

Anadlodd Grace ryw fymryn yn rhwyddach. Doedd Alaw ddim adref, ond doedd hi ddim wedi rhedeg i ffwrdd chwaith. Daliodd ei hanadl eto. Ond roedd rhywun yn clywed am bethau ofnadwy yn digwydd, merched ifanc yn cael eu cipio, a gwaeth. Ond yn Llundain, ac mewn dinasoedd roedd hynny, nid ym Mhenbanc. Gorfododd ei hun i anadlu'n ddwfn a chyson fel y dysgodd y fenyw ioga iddyn nhw yn un o'r nosweithiau Merched y Wawr. Anadlodd i mewn i gownt o bedwar, ac allan yn arafach fyth. A gwnaeth hynny hanner dwsin o weithiau gan eistedd ar wely Alaw. Edrychodd o'i chwmpas. Tybed a oedd rhywbeth yma a fyddai'n datgelu pwy oedd ffrindiau newydd ei merch? Neu efallai nad oeddent yn newydd, efallai iddi ailgydio yn ei chyfeillgarwch â Lisa, Elin a Ffion. Dyna fe, mae'n siŵr, a bod ganddi embaras cyfaddef hynny gan iddi ddifrïo cymaint arnynt yn syth ar ôl yr arholiadau TGAU. Nid bod Grace wedi clywed manylion y cweryl, ond gobeithio wir bod hynny yn ddŵr dan y bont bellach. Efallai nawr y byddai Alaw yn barod i ailgydio yn yr ysgol; roedd Grace yn siŵr y medrai berswadio'r pennaeth i'w chroesawu'n ôl. Roedd ef ei hun wedi canmol ei chanlyniadau TGAU, wedi ymbil arni, bron, i ddychwelyd i'r chweched dosbarth.

Roedd Grace yn dechrau teimlo fymryn bach yn well pan drawyd hi gan y ffaith bod Lisa a'r criw yn yr ysgol tan bedwar o'r gloch, ac Alaw yn mynd i'r dref yn rheolaidd ar fws deg. Nid ei hen griw ysgol felly roedd hi'n eu cyfarfod, ond rhyw ddieithriaid. Cerddodd ias ar hyd ei chefn unwaith yn rhagor.

Daeth golau car arall i oleuo'r Sgwâr ac aeth Grace i sbecian wrth y ffenest. Ond Huws Tŷ Capel oedd yno, yn cymryd hydoedd i barcio ei Volvo lathenni o'r pafin. Caeodd y llenni, diffodd y prif olau a chynnau'r lamp wrth ymyl gwely Alaw er mwyn gwneud yr ystafell mor groesawgar â phosib i'w merch pan ddôi adref. Roedd droriau'r cwpwrdd wrth ymyl y gwely yn rhyw hanner agored, yn y ffordd ddidaro honno a gynhyrfai Grace. Tynnodd y drôr top a thwtio'r cynnwys cyn ei wthio ynghau. Ond roedd rhywbeth yn ei atal, rhywbeth wedi cwympo y tu cefn i'r drôr. Ymbalfalodd a rhoi plwc egr i'r llyfr a oedd yn achosi'r annibendod.

'Be the real you.' Beth yn y byd? Agorodd yr wynebddalen. 'Being honest about who you really are is the key to happiness,' gwaeddai'r is-deitl. Roedd enw, mewn inc du, yn hawlio perchnogaeth ar dop y dudalen hon. 'Ceri Roberts.' Trodd Grace i'r dudalen nesaf, ei dwylo'n chwys oer a'i stumog yn troi.

'Chapter 1 – Gay? Trans? Or Even Hetro?!'

Caeodd y llyfr a'i wthio'n ôl i'r drôr gan ruthro o'r ystafell. Yn yr ystafell ymolchi ar y landin, clodd y drws ac eistedd ar y llawr, ei chefn yn pwyso ar y wal oer. Roedd yn gwybod wrth gwrs, ers dwy flynedd. Roedd Alaw wedi dweud wrthi. Ond er iddi glywed, nid oedd wedi derbyn. Cyfnod oedd e, mae'n siŵr, roedd teimladau pobl ifanc yn aml yn gymysg oll i gyd, on'd oeddent? Cofiai gyfnod tebyg ei hun, pan oedd wedi gwirioni ar yr athrawes ymarfer corff. Crysh ar yr athro Daearyddiaeth ifanc, syth o'r coleg, oedd gan weddill y merched.

Petai Grace yn hollol onest roedd wedi amau ymhell cyn i Alaw ddweud wrthi. Byddai Grace yn mynnu bod Lisa, ffrind gorau Alaw, a phob ffrind arall a ddôi i aros, ers i Alaw droi'n bedair ar ddeg, yn cysgu yn yr ystafell sbâr. Gwnâi hynny gan esgus bod y merched, o gael rhannu ystafell, yn siŵr o wneud gormod o sŵn, o fod ar ddihun am hanner y nos. Braidd y medrai gyfaddef hyd yn oed iddi'i hun mai pryder am rywioldeb ei merch oedd wrth wraidd y rheol. Roedd Alaw wedi protestio, wedi dweud nad oedd y *sleepovers* yn ei thŷ hi hanner gymaint o hwyl ag yr oeddent yn nhai'r lleill. Ac fe aethant yn brin, nes peidio'n gyfan gwbl. Wrth gwrs, nid oedd ganddi unrhyw reolaeth dros yr hyn a ddigwyddai pan fyddai Alaw yn mynd ar y mynych *sleepovers* i gartrefi'r merched eraill.

A nawr hyn. Ceri oedd wrth wraidd hyn. Ceri yn plannu rhyw syniadau eithafol ym mhen merch ifanc fregus.

Clywodd y drws cefn yn cau a sŵn sgwrsio yn y gegin. Gwrandawodd yn astud. Ie, diolch byth, llais Alaw. Golchodd ton o ryddhad drosti, ond roedd arni eisiau cyfogi hefyd. Penliniodd wrth y toiled a phwyso yn erbyn y porslen lleddfol oer, ond doedd dim modd codi'r surni o'i stumog. Datglodd y drws a mynd yn syth i'w gwely; ni allai wynebu Alaw heno.

Ymhen rhyw hanner awr daeth Siôn i'r llofft i edrych amdani, ond ni stwriodd. Teimlodd ei gyffyrddiad ysgafn wrth iddo lapio'r cwilt amdani'n ofalus. Petai ei gŵr wedi plygu i'w chusanu byddai wedi teimlo ei bochau'n llaith.

14

Dihunodd Grace drannoeth gan deimlo ei bod heb gysgu dim. Cofiai daflu'r cwilt yn ôl droeon yn ystod oriau mân y bore, ac wedyn ceisio cysgu ag un goes noeth ar ben y dillad gwely. Am dri o'r gloch roedd wedi codi a hyrddio'r ffenest ar agor ac aros wrth ei hymyl yn llowcio awel iasoer Tachwedd. Teimlai fel un o'r cŵn hynny a wthiai eu pennau di-gorff drwy ffenestri cilagored ceir gordwym mis Awst. Roedd y chwa o wynt sydyn wedi deffro Siôn, ac ildiodd a gadael am yr ystafell sbâr gan fwmian rhywbeth am 'Siberia'.

Ond bellach roedd hi wedi naw o'r gloch. Roedd hi'n amlwg iddi gysgu wedi'r cyfan, rywbryd ar ôl pedwar y bore. Ac mae'n rhaid iddi gysgu'n drwm gan na chlywodd Siôn yn cael cawod, na'r clindarddach mawr a fyddai wedi deillio o'i ymdrechion i baratoi brecwast iddo'i hun cyn bwrw i'w waith.

Casglodd Grace ei chôt wlân goch o'r cwpwrdd ar y landin. Roedd drws ystafell Alaw ar gau. Gobeithiai mai cysgu roedd Alaw ac nad oedd eisoes wedi mynd i'r dref. Yn sicr, nid oedd am ei dihuno a rhoi'r cyfle iddi ddal bws deg. Tynnodd ei bŵts byr dros ei thrywsus a chau'r drws cefn yn dawel cyn brysio ar draws y Sgwâr. Roedd am ddal Ceri a dweud ei dweud cyn i'r grŵp gwau gyrraedd. Llew oedd yn arwain y grŵp hwnnw. Roedd yr holl weithgareddau a drefnwyd gan Ceri a'r Banc wedi rhoi ystyr newydd i'w fywyd, a hynny wedi ysgafnhau ei baich hithau. Ddoe ddiwethaf roedd Llew wedi panso dweud wrthi nad oedd angen iddi alw heibio bob bore bellach, na dod â chinio iddo chwaith. Dylai hi fod yn ddiolchgar am hynny.

Gwthiodd ddrws y Neuadd ar agor. Yn blastr o'i blaen roedd llond wal o hen ffotograffau du a gwyn. Yr un cyntaf i ddal ei sylw oedd yr un o Ceri yn arwain y gerddorfa a baton yr Eos yn ei llaw. Hithau Grace oedd y feiolin cyntaf. Gwyddai'n iawn taw Nadolig 1987 oedd hi, a hithau'n ddwy ar bymtheg, yr un oed yn union ag Alaw nawr. Daeth chwa o wynt oer wrth i'r drws y tu ôl iddi agor.

'Bore da, Grace,' meddai Ceri'n sionc.

'Dewis ysbrydoledig i godi hen grachen,' atebodd Grace yn gyhuddgar gan droi i wynebu Ceri.

'Mae'n amlwg nad yw'r tymor ewyllys da wedi cychwyn cweit eto, gwta bum wythnos cyn y diwrnod mawr.' Sychodd Ceri ei bŵts ar y mat a thynnu ei chôt. 'Trueni na fase hwyliau pawb yn codi'r funud mae'r trimins yn dod i'r siope – bydde pawb yn hapus rhwng Calan Gaea a'r Calan wedyn,' ychwanegodd gan wenu ar Grace.

Tynnodd Grace y llun a'i cythruddodd a dilyn Ceri i'r oriel yn ddiwahoddiad. Gwyliodd wrth i Ceri blygu i gynnau'r tân trydan, codi a chynnau'r lamp ar ei desg a deffro'r cyfrifiadur. Roedd pob symudiad o'i heiddo'n llyfn a rhwydd. Doedd ryfedd bod hon wedi cael ei ffordd ei hunan erioed – roedd rhywbeth arbennig amdani. Carisma, dyna oedd e, mae'n debyg, rhywbeth a oedd mor anodd ei ddiffinio, ac anos byth ei feithrin.

'Ma'n ddigon oer i sythu brân allan 'na bore 'ma,' meddai Ceri gan roi siglad i'r llygoden cyn codi ei golygon i edrych yn syth at Grace.

'Bydd yr arddangosfa'n dlotach hebddo.' Pwyntiodd Ceri at y llun yn llaw Grace.

Edrychodd Grace ar y llun am eiliadau heb ddweud dim.

'Te?' gofynnodd Ceri'n dawel a chodi'r tegell a'i lenwi o'r sinc yn y gornel.

Ni ddywedodd y naill na'r llall ddim tra bod y tegell yn berwi. Ond rywsut doedd dim lletchwithdod yn y tawelwch.

'Llaeth, dim siwgr, Grace?' holodd Ceri, wrth droi'r te yn y tebot.

Nodiodd Grace.

'Ishte,' awgrymodd Ceri cyn rhoi'r ddwy baned ar y ddesg ac eistedd gyferbyn â Grace. Roedd y ffoto o'r gerddorfa yn dal yn ei llaw.

'O'dd yr Eos ymhell ohoni. Ti ddyle fod wedi cael y baton yna, o'dd pawb yn gwbod hynny.'

Nodiodd Grace. Ni feiddiai ddweud dim. Teimlai lygaid Ceri arni ond ni allai wneud dim ond syllu ar y mŵg Portmeirion o'i blaen. Roedd rhosyn mynydd pinc prydferth arno ac iâr fach yr haf yn hofran uwch ei ben yn barod i ddwyn ei neithdar.

'"It's a man's job to lead an orchestra" – fi'n gallu clywed e'n gweud hynny hyd yn oed nawr – deng mlynedd ar hugain yn ddiweddarach. Cofio'n iawn – 'na'r unig eiriau Saesneg glywes i o'i ene fe erio'd.'

Tawodd Ceri, yn amlwg yn disgwyl i Grace ddweud rhywbeth. Ond ni allai. Cymerodd lwnc o'i the. Roedd yn gryf. Person te gwan oedd hi Grace.

'Patriarchaeth yn dal yn ei grym yn Llan bryd hynny,' meddai Ceri wedyn.

'Mae'n amlwg nawr i ti gael y baton drwy dwyll,' ategodd Grace o'r diwedd, gan geisio gwneud i'r sylw swnio fel jôc.

Chwarddodd Ceri. 'Touché.'

Gwenodd Grace arni. Roedd Ceri'r crwt bach wedi bod yn awyddus i gymodi bob amser hefyd. Byddai'n aml yn sefyll ar ben drws Rhif 6 gyda rhyw lun lliwgar a dynnodd iddi'n offrwm heddwch yn dilyn eu cwympo mas plentynnaidd.

'Dim ond y trombôn o't ti'n whare – a hynny'n wael,' meddai Grace, gyda gwên, cyn cymryd llwnc arall o'r te.

'Ti yn llygad dy le. Do'dd gen i ddim dawn na chlust. A gweud y gwir, o'n i wedi anghofio'n gyfan gwbl am y blincin trombôn nes gweld ffoto wrth baratoi ar gyfer yr arddangosfa 'ma.'

Rhoddodd Grace y llun yr oedd hi wedi bod yn ei ddal drwy gydol y sgwrs ar y ddesg o'i blaen.

'O'dd bai ar yr Eos, ond ro'dd bai arna i hefyd. Ddylwn i ddim fod wedi derbyn y baton, ddylwn i fod wedi dweud yn blwmp ac yn blaen beth o'dd pawb arall yn 'i feddwl – taw ti o'dd yn haeddu'r anrhydedd.'

Nodiodd Grace yn ddiolchgar.

'Ond wnes i ddim.'

Edrychodd Grace i fyw'r llygaid gwyrdd am eiliad cyn edrych i ffwrdd o weld y dagrau'n cronni.

'Wnes i ddim achos o'n i isie plesio Mam-gu. O'n i wedi bod yn gyment o ben bach, yn "codi pip" arni fel bydde hi'n gweud, o'dd arwain y gerddorfa'n un ffordd o neud iawn…'

Tawodd Ceri ac yfed ei the. Ac yna gwenodd yn llydan.

'A wa'th i fi gyfadde ddim, wnes i dderbyn y baton hefyd achos o'n i isie mynd un yn well na Grace Wyn Jones am unwaith. Grace fach teulu perffaith, Grace fach ysgafndroed, Grace fach pìn mewn papur, Grace fach Gradd 8 piano a feiolin. Ti'n gwbod beth fydde Mam-gu yn dy alw di, yn barch diffuant i gyd?'

'Grace Yehudi Menuhin,' atebodd Grace gan chwerthin.

Nodiodd Ceri. 'Ti'n gerddor da, Grace.'

Ysgydwodd Grace ei phen. 'Fydden i wedi gallu bod, efallai,' meddai'n dawel.

Cymerodd y ddwy eu paneidiau a'u mwytho.

'Beth ddigwyddodd, Grace? O'n i'n meddwl bo ti â dy fryd ar fynd i goleg cerdd.'

Sythodd Grace yn ei chadair. Roedd hi wedi ystyried hyn droeon. Dros y blynyddoedd, Ceri fyddai'n cael y bai ganddi am newid cwrs ei gyrfa. Ceri a ddygodd faton yr Eos oddi wrthi. Yn sgil hynny roedd y Grace ddwy ar bymtheg oed wedi dechrau amau. Os oedd yr Eos yn meddwl bod bachgen didalent yn well na merch gerddorol, yna beth oedd y pwynt mynd i goleg cerdd a straffaglu byw ar arian bach am dair blynedd? Byd patriarchaidd oedd y byd cerdd tu hwnt i Lanfihangel hefyd, siawns.

Roedd yna ffactorau eraill wrth gwrs, a phetai'n hollol onest byddai'n cydnabod bod yr amheuon wedi dechrau egino cyn y cyngerdd tyngedfennol. Roedd ei rhieni yn awyddus iddi ddilyn gyrfa ym myd dysgu neu nyrsio, sicrhau jobyn sefydlog, 'job for life', chwedl ei thad. Ac yn ddwy ar bymtheg roedd wedi cyfarfod â Siôn, ifanc, golygus, siwtiog, a oedd newydd gyrraedd Caerlew i weithio yng nghymdeithas adeiladu'r Alliance & Leicester.

'Penderfynu cael y gorau o'r ddau fyd wnes i – bryd hynny ro't ti'n cael dy dalu i gael dy hyfforddi i fod yn nyrs, ac oedd digon o gyfleoedd i fwynhau cerddoriaeth fel hobi.'

'Difaru?' holodd Ceri, ei llais a'i hwyneb yn dangos ei chonsýrn.

Ie, dyma Ceri i'r dim – yn gwneud i rywun deimlo fel petai e'r person mwyaf diddorol yn y byd.

Gwthiodd Grace y ffoto at Ceri. 'Allwn ni ddim newid hanes,' meddai â gwên.

Nid oedd Grace am ateb cwestiwn Ceri. Ond roedd hwn yn gwestiwn a ofynnodd iddi'i hunan droeon. Roedd rhan ohoni, ar nosweithiau hir di-gwsg, yn meddylu. Peth petai? Yn dychmygu ei hunan ar lwyfan Neuadd Albert gyda Cherddorfa'r BBC yn gefn iddi, hithau mewn ffrog laes goch wrth y piano, yn hudo'r gynulleidfa â'i dehongliad o Chopin. Dylai fod wedi bod yn ddewrach, wedi mentro, wedi cymryd y cyfle i fyw ei diléit.

Ond sut wir allai hi ddweud iddi ddifaru? Roedd hi wedi mwynhau ei gwaith fel nyrs, wedi cael ei gwerthfawrogi ac wedi gwneud lles. Ac wrth gwrs, petai wedi gadael yr ardal i fynd i goleg cerdd mae'n bosib na fyddai ei pherthynas â Siôn wedi goroesi, ac wedyn ni fyddai Alaw'n bod. Ni allai ddychmygu'i byd heb Siôn ac Alaw. Chwarddodd yn ysgafn. Efallai i Ceri a'r Eos wneud cymwynas â hi wedi'r cwbl.

Clywodd y drws mas yn agor a chamau araf yn dod i gyfeiriad yr oriel.

'Llew,' meddai Ceri a Grace mewn unsain.

'Bore da, Ceri. O, bore da, Grace, o'n i ddim yn disgwyl dy weld di fan hyn. Mae mor oer â thrwyn ci mas fanna, odi wir.'

Roedd Llew yn cario ffon a bag plastig mewn un llaw, ac yn y llall roedd dalen wen a estynnodd i Ceri.

'Cynllun gwau bagiau i'w gwerthu er lles plant bach Affrica,' meddai, gan ddal y bag plastig ar agor a thynnu stribedi hir amryliw ohono, wedi eu torri o fagiau plastig eraill.

'Syniad gwych, Llew,' meddai Ceri'n frwdfrydig.

'Gwau plastig ychydig yn wahanol i wau sanau gwlân fel 'nes i ddysgu'n grwt,' meddai gan chwerthin, a phlygodd dros y tân trydan a rhwbio'i ddwylo.

'Bydd modd gwerthu'r rhain yn y cyntedd wedyn,' awgrymodd Ceri, 'ac yn y noson mins peis a gwin poeth, a'r ffair hefyd.'

Gwenodd Llew fel cath.

'I'r dim,' meddai gan symud yn raddol bach o'r tân. 'Gweld bod torchau Nadolig ar werth.'

'Gwaith Marj. Deg punt yr un, Llew.'

Nodiodd Llew a bwldagu. Roedd ei frest yn fegin swnllyd y bore 'ma. 'Cadw un i fi, wnei di, Ceri? Sai 'di addurno'r tŷ at y Nadolig ers i Mari...' Arhosodd eiliad i geisio tynnu anadl ddofn. 'Ond leni ma whant arna i neud.'

'Falch o glywed, Llew. Nawr 'te, dwi wedi rhoi wyth cadair a'r byrddau mas i chi'n barod yn y Neuadd,' meddai Ceri wrth i'r hen ddyn fynd tua'r drws.

'Diolch i ti, bach,' atebodd Llew dros ei ysgwydd. 'Cawn ni baned a chlonc nes mlân.'

Gwenodd Ceri gan aros i Llew ymlwybro ar hyd y coridor.

'Dwi'm wedi yfed cymaint o baneidiau erio'd,' meddai. Er y wên, clywodd Grace y rhwystredigaeth yn ei llais.

Yfodd Grace ddiferion olaf ei phaned a chodi ar ei thraed. Ac yna cofiodd yn sydyn am holl bwrpas ei hymweliad. Roedd yn gyndyn i godi'r pwnc nawr, dad-wneud y cymodi a fu rhyngddynt, ond gwyddai fod yn rhaid iddi leisio'i chonsýrn. Gallai dyfodol Alaw fod yn y fantol.

'Ddylet ti ddim bod wedi rhoi'r llyfr 'na i Alaw,' meddai'n dawel. Teimlodd ei hun yn gwrido at fôn ei chlustiau.

'Y llyfr am rywioldeb?' holodd Ceri.

Nodiodd Grace gan syllu ar y llun ar yr îsl. Llyn Awen, yn edrych mor llonydd, mor ddigynnwrf. Roedd hi'n gwybod yn iawn fod Ceri'n syllu arni, ond ni allai gwrdd â'r llygaid siâp almwn. Roedd am ddweud ei dweud ac nid oedd am i unrhyw garedigrwydd o du Ceri roi taw arni, na chwaith esgor ar ddagrau. Ers misoedd roedd ei hymateb i bethau dros bob man, doedd dim dal arni.

'Mae awgrym yn ddigon i arwain rhywun dwy ar bymtheg oed i... wel... wel, i wneud pethe twp iawn,' gorffennodd yn llipa. Sylwodd ar y tonnau bach yn tarfu ar y llonyddwch glasddu.

'Wyt ti wedi darllen y llyfr, Grace?'

'Wel, na, ddim o glawr i glawr ond...'

Gwthiodd Ceri ei chadair yn ôl i'w rhyddhau ei hun o afael y ddesg.

'Ma'n llyfr cytbwys, Grace,' meddai, gan ddod i sefyll wrth ei hymyl. Teimlai Grace yn hynod o fach yn ei hymyl. Camodd yn ôl i greu pellter rhyngddynt drachefn.

'Yn syml, mae'n rhoi hawl i bobl fod yn nhw'u hunen. Yn dangos bod pobl yn wahanol, a bod hynny'n ocê, yn naturiol,' meddai Ceri, a goslef ei llais yn gynnes.

Peidiodd Grace â syllu ar y llyn a throi tuag ati. Roedd wyneb Ceri yn llyfn, ddibryder.

'Naturiol?' Cododd llais Grace ar ei gwaethaf. 'Dyn a menyw gyda'i gilydd, 'na beth sy'n naturiol. Dyna beth mae'r Beibl yn ddweud.'

'Fel Adda ac Efa,' meddai Ceri'n ysgafn. 'A drycha'r siop siafins wnaethon nhw o bethe.'

Roedd Grace yn adnabod Ceri'n ddigon da i wybod taw ceisio defnyddio'i doniolwch i ysgafnhau'r tensiwn yr oedd hi, ond nid oedd mewn hwyliau i ganiatáu hynny.

'Jôc yw'r holl beth i ti, yntife?' Trodd a mynd am y drws. 'Dyw Alaw yn ddim o dy fusnes di,' meddai gan droi yn ei hôl. 'Cadwa led braich o 'nheulu i. Iawn?'

Ni chlywodd ateb Ceri i'w gorchymyn.

15

ROEDD Y GOEDEN noeth yn lliwiau i gyd. Chwarae teg i Steve, roedd wedi gweithio'n galed iawn ben bore i hongian goleuadau fry yn uchelderau'r goeden gastan a hefyd wedi creu ymbarél disglair o oleuadau bach gwyn o gylch y canghennau isaf. Roedd y canghennau hynny, hyd yn oed, ymhell o afael Ceri ond roedd Steve wedi gadael y *cherry-picker* bach ar y Sgwâr, ac unwaith y cyrhaeddai Alaw a'r lleill fydden nhw fawr o dro yn ychwanegu eu haddurniadau nhw. Roedd hi'n oeri'n gyflym; byddai'n rhewi erbyn i bobl ymgasglu ar gyfer y cyngerdd carolau am saith o'r gloch. Diolch byth bod Steve wedi gosod basgedi tân yma a thraw, a'u llwytho â phentwr o goed tân a gafodd gan Jones Ty'n Berllan yn gyfnewid am balu ei glwt llysiau.

Trodd Jeep i mewn i'r maes parcio. Erbyn hyn roedd Ceri yn adnabod sŵn y gwahanol gerbydau. Iola oedd hon. Gwelodd ddau ddrws yn agor. Roedd Iola wedi cario Ann gyda hi, mae'n amlwg. Brysiodd draw atynt i ofyn am help i gludo'r lanternau y bu Alaw a'i grŵp ffotograffiaeth yn eu creu.

'Alaw heb gyrraedd?' holodd Iola wrth iddynt gario'r tri bocs yn llawn lanternau i'r Sgwâr a'u gosod ar y fainc.

'Na, dwi'm wedi'i gweld hi heddi o gwbl.'

'Mor ddi-ddal â cheiliog y gwynt,' meddai Ann wrth i Iola fynd i Rif 6 i hela Alaw.

Ymhen munudau daeth yn ôl ar ei phen ei hun.

'Grace ddim wedi'i gweld hi ers ben bore,' rowliodd ei llygaid.

'A'i syniad hi, Alaw, o'dd hyn i gyd.' Stopiodd Ann yn bwt wrth i Celia a Rhian gyrraedd i helpu.

'Sut wyt ti wedi cael dy draed yn rhydd, 'te, Rhian?' holodd Iola wrth iddynt dynnu'r lanternau o'r bocsys.

Gwenodd Rhian, ei hwyneb yn loyw yng ngolau'r tân.

'Ma Steve wedi mynd â'r plant i Gastell Pigyn. Ma Llŷr yn neud rhyw brosiect am gestyll. Meddylia, neud prosiect a fynte ond yn bump oed! A gan fod Steve wedi cynilo cymaint yn y Banc Amser o'dd e'n gallu gwario'r credydau ar docynne i'r castell.'

'CADW wedi bod yn grêt, chware teg, yn cefnogi'r Banc fel hyn. Y gobaith nawr yw perswadio'r Cyngor Sir i wneud yr un peth,' meddai Ceri gan ddod at y tân i gynhesu.

'Dyfal donc,' ategodd Ann, 'a dyr y garreg,' ychwanegodd y lleill gan chwerthin.

'Bydde'n grêt tase Steve yn medru defnyddio'r credydau i fynd â'r plant i nofio, ac iddyn nhw gael mynd i sesiynau pêl-droed a phethe,' cytunodd Rhian yn frwd. 'Digonedd o gyfleoedd ar ga'l os oes digon o fodd 'da rhywun...'

Tywalltodd Ceri ddiod o win cynnes o'r thermos fawr i'r pump ohonynt. Roedd wrth ei bodd gydag arogl y sinamon a'r sinsir. Arogl y Nadolig.

'Sai wedi yfed o gwpanau melamin ers blynydde,' meddai Celia gan fwrw golwg amheus ar y llestri, cyn cymryd cwpan melyn yr un fath.

'Llestri picnic Mam-gu,' esboniodd Ceri wrth estyn un yr un i'r lleill. 'Ond dyma'r tro cynta i'r llestri 'ma flasu gwin, fentra i – te a pop *Dandelion* a *Burdock* fydde Mam-gu yn eu gweini. Iechyd da! A Nadolig hapus pan ddaw e,' cynigiodd Ceri'n llwncdestun.

'Iechyd da a Nadolig hapus,' cydadroddodd y lleill.

'Mm, jyst y peth,' meddai Iola.

'Prynu aerwy cyn prynu buwch,' meddai Ann wedyn.

Chwarddodd pawb, gan gynnwys Ceri, er na ddeallai ystyr y sylw.

'Rhoi'r cert o flaen y ceffyl. Mwynhau diod cyn gwneud y gwaith,' esboniodd Ann, yn amlwg wedi deall nad oedd neb wedi ei deall hi!

'Mae Ann yn llygad ei lle,' meddai Celia, gan godi pwl arall o chwerthin.

'Falle dylen ni ddechre clwb rhigyme ac idiome, Ceri,' mwydrodd Rhian. 'Ma clwb i bopeth arall yn y lle 'ma erbyn hyn.'

Yfodd Ceri weddill y gwin cynhesol a rhoi ei chwpan yn ôl yn y fasged wellt.

'Awn ni amdani, ferched, ma'n oeri'n glou, ac erbyn i ni roi'r lanternau yn eu lle, bydd pobl yn dechre cyrraedd.'

Hawliodd Ann ei lle ym mocs y *cherry-picker* gyda Iola yn ei reoli, ac ymhen dim roedd pob un o'r lanternau wedi eu hongian.

Safodd y pump ohonynt mewn tawelwch am eiliad i edmygu eu gwaith.

'Mae'n union fel petai'r hen bobl yma gyda ni,' sibrydodd Celia.

'Mmm,' mwmialodd un neu ddwy o'r lleill.

Ar Ceridwen y syllai Ceri. Ceridwen a het wellt ar ei phen yn eistedd ar draeth ar ryw drip ysgol Sul, yn gwenu'n hapus a hufen iâ yn ei llaw. Pan soniodd Alaw wrthi am y syniad o lungopïo hen luniau, eu lamineiddio, a'u gludo ar lanternau gwydr, gan oleuo'r lanternau wedyn â chanhwyllau batri, roedd hi'n ofni y byddai'r effaith yn grotésg, yn amharchus. Ond roedd Alaw wedi ei pherswadio â'i brwdfrydedd, a hi oedd yn iawn.

Erbyn i dyrfa dda o garolwyr ymgasglu o gylch y goeden,

roedd y tanau yn llifo'r Sgwâr â golau cynnes eu fflamau. Roedd hi'n noson ddigwmwl a'r sêr fry uwchben yn fflachio a gwibio a dawnsio fel petaen nhw hefyd yn cael parti. Grace oedd yn codi canu, ei llais soprano hardd yn cyrraedd uchelderau 'Clywch lu'r nef' yn ysgafn a diymdrech.

Roeddent ar fin canu'r garol olaf pan ddaeth Alaw ar ras o gyfeiriad y maes parcio. Safodd wrth ymyl Ceri, sibrwd 'sori' ac ymuno i ganu 'Tawel Nos' â brwdfrydedd. Roedd ganddi lais arbennig fel ei mam, ond llais alto cyfoethog ydoedd, llais triog du. Wrth i'r canu ddod i ben ac i bobl ymgasglu am sgwrs o amgylch y basgedi tân, rhoddodd Alaw ei braich ym mraich Ceri a'i thynnu ychydig o'r neilltu.

'Dwi mor sori, Ceri, es i 'nôl i fflat Moli, ac anghofio popeth. Chi gyd wedi gwneud jobyn lyfli o'r goeden – y *lanterns* yn cŵl, ti'n hoffi nhw?'

Yng ngolau'r goeden gallai Ceri weld bod llygaid Alaw'n disgleirio. Roedd Ceri'n teimlo'n hapus braf, y cydganu wedi codi ei chalon, a gweld pobl nawr yn mwynhau'r gwmnïaeth yn ei phlesio'n odiaeth. Teimlai'n rhy fodlon ei byd i ddannod i Alaw iddi fod yn hwyr.

'Mae'r lanternau'n grêt, Alaw,' meddai gan wenu. 'Ond pwy yn union yw Moli?' holodd.

'Fy nghariad i,' atebodd, ei llais a'i hwyneb yn wên i gyd.

Rhoddodd Ceri ei braich o gylch ysgwyddau esgyrnog y ferch ifanc gan roi gwasgiad bach i'w braich.

'A! Moli yw 'i henw hi, ife? Wedest ti bo ti wedi cwrdd â rhywun ond…'

Roedd Ceri'n ysu am gael gwybod mwy ond gwelodd Llew yn ymlwybro tuag atynt yn chwifio'i ffon. O brofiad, gwyddai Ceri y gallai hyn olygu un o ddau beth – ei fod yn grac neu ei fod wedi ecseitio'n lân.

'Mae'r goeden yn edrych yn hyfryd iawn, chi'ch dwy,' meddai

Llew gan ymuno â nhw, ei frest yn canu. 'Mae fel tase Mari yma gyda fi, odi wir.'

Roedd dagrau colled, neu ddagrau hapusrwydd, yn ei lygaid wrth iddo ffarwelio â nhw a throi am adref. Gwyliodd Ceri ef yn mynd o glun i glun gan gyfarch hwn a'r llall.

O'r tanllwyth tân agosaf i'r goeden roedd Grace hefyd yn gwylio. Gwelodd yr hen ddyn yn ymadael gan bwyso'n drwm ar ei ffon, a'i merch wedyn yn rhoi ei llaw ar fraich Ceri a phennau'r ddwy yn closio fel un.

Byddai'n rhaid iddi dderbyn bod Ceri bellach yn rhan o fywyd Alaw, yn rhan o'u bywydau nhw i gyd mewn gwirionedd. Byddai'n rhaid iddi dderbyn rhywioldeb Alaw hefyd, neu ei cholli.

Ar ôl y sgwrs yn oriel Ceri dair wythnos ynghynt roedd wedi'i gorfodi ei hun i wynebu'r gwir. Roedd wedi eistedd yn y tŷ bach cloëdig yn darllen y llyfr a roddodd Ceri i'w merch, ac wedi dod i benderfyniad. Nid ei bod yn hapus am y peth. Roedd popeth yn newid, ac unwaith iddi gydnabod yr hyn a gredai am Alaw, fyddai pethau byth yr un peth eto. Ni fyddai eto'n medru ffantasïo am eistedd o gylch bwrdd cinio dydd Sul gyda Siôn, ac Alaw a'i gŵr a'u plant bach pen golau.

Dros yr wythnosau diwethaf roedd wedi amau i Alaw ddod i benderfyniad terfynol am ei rhywioldeb. Ac roedd wedi beio Ceri i raddau am hynny, ond hi, Grace, oedd yn bennaf gyfrifol.

Cofiai ei merch, yn groten fach, yn dweud i'w nain ddatgelu taw bachgen oedd Alaw i fod – bod Grace wedi dewis enw bachgen, ac wedi peintio'r ystafell fach yn las a phopeth. Rywsut, dros y blynyddoedd, roedd Alaw wedi sgiwio'r stori honno a dod i gredu taw bachgen roedd Grace wedi'i ddeisyfu. Doedd hynny ddim yn wir o gwbl. Roedd Grace wedi rhagweld cael llond tŷ o blant a doedd ganddi mo'r ots yn y byd pa un ai merch ynte bachgen oedd y cyntaf. Ond roedd Mari Llaeth wedi ei sicrhau taw bachgen roedd hi'n ei gario, ac roedd Mari'n iawn yn fwy aml na heb. Dyna oedd y rheswm am yr ystafell las, a'r enw. Gwern. Ni chafodd ddefnydd i'r enw fyth.

Ond ers y bore 'ma roedd pethau wedi newid i Grace. Ar ôl brecwast, wrth i Alaw baratoi i adael y tŷ eto fyth, roedd Grace wedi mynnu bod ei merch yn pwyllo, esbonio i ble roedd hi'n mynd, a gyda phwy.

Ac roedd Alaw wedi dweud wrthi am Moli, y manylion yn llifo'n rhwydd fel petai argae wedi'i agor, fel petai wedi bod yn aros, neu hyd yn oed yn deisyfu i Grace ei holi. Clywodd am Moli, am ei gwaith fel plismones, am ei chwerthiniad heintus ac am ei llygaid brown.

Ar ôl i Alaw adael am y dref roedd Grace wedi mynd at y piano. Twriodd yn y sedd am ei chopi o'r 'Minute Waltz', nid bod angen copi arni mewn gwirionedd – roedd y sgôr wedi'i serio ar ei chof, yn un o'r darnau y byddai'n ei berfformio mewn cyngherddau flynyddoedd ynghynt. Ac roedd pob nodyn yn ei le o hyd. Wrth i'w bysedd lithro i lawr yr wythfedau ar ddiwedd y darn teimlai ryw lonyddwch na theimlodd ers hydoedd. Roedd wedi eistedd yn llonydd wedyn yn gwneud dim ond meddylu. Roedd ei merch wedi cyfaddef bod ganddi gariad hoyw, newyddion a fyddai wedi'i llorio ddwy neu dair blynedd ynghynt. Ond nawr rhyddhad, ie'n bendant, dyna a deimlai. Rhyddhad bod Alaw wedi ymddiried ynddi a rhyddhad bod Moli'n swnio'n ferch ddymunol.

'Gwasanaeth hyfryd, a lanternau Alaw yn effeithiol iawn,' meddai Celia gan dorri ar ei myfyrdod. 'Mae Alaw yn edrych yn hapus,' meddai wedyn, 'mae wedi sionci drwyddi'n ddiweddar.'

'Ydy,' meddai Grace gan wenu. 'Mae ganddi gariad.'

'O? Ydw i'n ei nabod e?' Cydiodd Celia yn ei braich a chlosio ati.

'Na, sai'n credu.'

Saib.

'Moli yw ei henw hi,' meddai wedyn yn fwriadol araf er mwyn sicrhau nad oedd unrhyw gamddeall.

Roedd llygaid Celia yn fawr, a gwenodd Grace arni gan deimlo rhyw ysgafnder hyfryd.

16

G OSODODD CERI'R LLUN o Lyn Awen uwchben y lle tân.
Roedd wedi ei phlesio, er i'r darlun gymryd wythnosau
i'w gwblhau. Bu'n rhaid iddi ei ailweithio droeon yn y cyfnodau
byr a ddygwyd rhwng dyletswyddau'r Banc Amser a'r galwyni
o de a yfai yng nghwmni Llew, neu bwy bynnag arall a alwai
heibio i'r oriel.

Roedd y pedwar mis ers iddi ailgartrefu yn y Llan wedi
hedfan, ac roedd hi'n gwybod erbyn hyn mai fan hyn oedd ei
lle hi. I feddwl ei bod wedi tin-droi cyhyd cyn symud yn ôl,
wedi ofni'r ymateb i'w hunaniaeth gan bobl a oedd wedi cael
llawer llai o brofiad o ffyrdd gwahanol o fyw na thrigolion
cosmopolitan Llundain. Ond 'na fe, roedd teledu yn dod â'r byd
a'i bethau i lolfa pawb ym mhobman erbyn hyn. Heblaw am
Grace, a Bronwen a roddodd y gorau i'w haelodaeth o Ferched
y Wawr a phostio ei cherdyn aelodaeth wedi ei dorri'n ddarnau
mân drwy ddrws ffrynt Ceri, ac wrth gwrs yr amlenni beiro
goch a'r dom da na lwyddodd fyth i ddarganfod eu tarddiad,
prin bu'r feirniadaeth ohoni – o leiaf yn ei hwyneb. Roedd pobl
yn chwilfrydig, wrth gwrs, yn syllu arni ar y stryd, ond roedd
hynny'n rhywbeth hollol wahanol – yn naturiol.

Roedd wedi synnu hefyd nad oedd yn colli nemor ddim am
ei hen fywyd dinesig. Petai rhywun wedi dweud wrthi flwyddyn
yn ôl y byddai wrth ei bodd yng nghinio Nadolig Merched y
Wawr yn y Baedd ym Mhenbanc, byddai wedi ei chael hi'n
anodd credu. Wedi'r cyfan, dyna oedd un o uchafbwyntiau'r
flwyddyn i'w mam-gu dros chwarter canrif ynghynt. Ond roedd

pethau wedi newid hefyd. Efallai eu bod yn dal i fwyta twrci ond prin y byddai digrifwraig a oedd yn gwneud jôcs am PMT, y newid, a charu yn oes yr aps yn siaradwraig wadd bryd hynny. Wrth gwrs, roedd yn gweld eisiau'r cyfle i fynd i'r orielau a'r mynych arddangosfeydd difyr a oedd i'w gweld yn Llundain, ac yn colli cwmnïaeth ambell ffrind hefyd. Ond roedd hi'n ddigon hawdd mynd am dro i'r ddinas am ychydig ddyddiau petai'n torri ei bol i wneud hynny.

Ond nawr trip i'r haul a ddeisyfai yn fwy na dim. Roedd hi'n hiraethu am liwiau, a gwres, a sawr blodau, ac am glywed y criciaid yn galw ar ei gilydd fin nos; hiraethu am fefus a blas yr haf arnynt, ac am eistedd yn y gwyll cynnes yn yfed gwin. Efallai y dylai godi pac a mynd i rywle dros y Nadolig. Byddai modd cau'r Banc am gyfnod byr; byddai'r mwyafrif o'r cleientiaid yng nghofl eu teuluoedd beth bynnag. Roedd Llew eisoes wedi cyhoeddi ei fwriad i fwrw'r gwyliau gyda nith iddo yn y de ac wedi plesio Marj drwy archebu torch arall i fynd gydag ef. Roedd Rhian, chwarae teg iddi, wedi ei gwahodd am ginio Nadolig yn ei chwmni hi, y plant, Steve a'i fam-gu. Ond roedd wythnos o haul, a'r cyfle i beintio yn yr awyr agored, yn fwy o dynfa.

Agorodd botel o win coch a blasu'r haf yn yr hylif lliw garned. Deffrôdd ei chyfrifiadur a phori'r tudalennau o foroedd glas, traethau euraid a thai gwyngalch, a *bougainvillea* pob lliw yn ymdonni drostynt. Mewn cwta hanner awr roedd wedi penderfynu ar fwthyn glan môr yn Puerto de Mogán ar ynys Gran Canaria. Byddai'n hedfan ymhen deuddydd.

Edrychodd ar ei horiawr – hanner awr wedi chwech. Perffaith. Roedd hanner awr cyn i Alaw gyrraedd i drafod rhyw syniad a oedd ganddi. Roedd mor frwdfrydig ar y ffôn ben bore, ac er i Ceri gynnig gohirio'r trafod tan y flwyddyn newydd, roedd Alaw wedi mynnu cael picio draw. O wel, câi Ceri ddechrau ar y pacio nawr, a gorffen ar ôl i Alaw fynd tua thre.

Gosododd y dillad ysgafn ar y gwely. Roedd wrth ei bodd â dillad haf, ac yn arbennig dillad gwyliau llachar a lliwgar, dillad a oedd yn bloeddio. Agorodd y drôr a dewisodd lond dwrn o sgarffiau sidan. Byddai'r rhain yn mynd gyda hi i bobman, yn cuddio'r afal freuant a allai ei bradychu. Roedd wedi ystyried llawdriniaeth i leihau'r asgwrn hwn yn ei gwddf, ond temtio ffawd oedd ildio i anaesthetig eto yn ddianghenraid, a beth bynnag, erbyn hyn roedd y sgarffiau yn rhan o'i delwedd. Byddai Ceri ddi-sgarff mor ddierth â Rhian mewn dillad sobr.

Rhoddodd ysgytwad da i'r ffrog fwslin werdd a'i gosod ar y pentwr cyntaf. Dyma'r drefn bob tro. Dau bentwr, y pilynnau yn y cyntaf yn cael pàs yn syth, yr ail yn bentwr o bosibiliadau. Roedd y gêm hon yn rhan o'r gwyliau i Ceri. Sipiodd ei gwin wrth bendroni a ddylai bacio'r sgert â'r disgiau metal wrth ei godre, a ganai wrth iddi gerdded; roedd hon wedi teithio gymaint roedd yn haeddu ei phasbort ei hun.

Roedd yn dal mewn cyfyng-gyngor sgertaidd pan deimlodd ei brest yn tynhau'n annioddefol, fel petai rhywun wedi rhwymo band o'i hamgylch ac yn ei dynnu'n dynn. Saethodd llafn o boen ar hyd ei braich chwith. Dyna pryd y gollyngodd y gwydr; ymledodd y staen coch ar draws y gwely gwyn. Gorweddodd Ceri yn y cawdel yn chwys drabŵd nes bod y boen yn dechrau pylu. Ceisiodd godi wedyn, ond roedd hi mor wan.

Gwyddai'n iawn beth oedd yn digwydd. Gwyddai hefyd mor bwysig oedd cael triniaeth brydlon – diffyg hynny a gipiodd ei mam-gu oddi arni mor sydyn, a hithau heb gyrraedd ei thrigain. A'r bore hwnnw roedd wedi clywed rhywun ar y radio yn sôn am yr 'awr aur', yr awr gyntaf, dyngedfennol honno. Ble roedd y ffôn? Siawns ei fod ar fwrdd y gegin. Ceisiodd godi, ond daeth pwl arall o boen i'w llethu. Ni feiddiodd geisio symud wedyn, rhag ofn. Edrychodd ar y cloc gan gymryd eiliadau i ffocysu. Gwnaeth yr ymdrech iddi chwydu. Dwy funud i saith. Diolch byth, dylai Alaw fod ar gyrraedd.

'Sdim dal arni', 'Methu dibynnu arni', 'Fel ceiliog y gwynt', daeth yr adlais o rywle wrth i lafn arall o boen dreiddio drwy ei chorff.

*

Blîp… blîp… blîp…

Rhoddodd Grace ei braich o gwmpas ysgwyddau ei merch. Roedd y ddwy wedi eistedd wrth erchwyn gwely Ceri am yr awr ddiwethaf. Nid bod Ceri yn ymwybodol o hynny.

'Fydd hi'n iawn, Mam?' gofynnodd Alaw eto.

Gwasgiad tyner i ysgwydd ei merch oedd ei hateb fel o'r blaen.

Eisteddodd y ddwy ochr yn ochr mewn tawelwch am funudau wedyn. Tynnodd Grace ei braich chwith oddi ar ysgwyddau ei merch gan roi ei llaw'n ysgafn ar law Alaw am eiliad i roi stop ar y crafu tawel.

'Bydd Ceri yn iawn, yn bydd hi, Mam?'

Roedd blynyddoedd o brofiad fel nyrs yn dweud wrth Grace am beidio ag addo rhywbeth na allai fod yn sicr ohono. Y gwir oedd na fedrai neb ragweld beth fyddai'n digwydd yn yr oriau nesaf. O leiaf, tra bod Ceri'n anymwybodol nid oedd mewn unrhyw boen.

'Lwcus dy fod ti wedi cyrraedd pan wnest ti. Y gwahaniaeth rhwng byw a…'

Ni orffennodd Grace y frawddeg. Trodd yn ddiolchgar o glywed y drws y tu cefn iddynt yn agor. Daeth nyrs i mewn, nodio ar y ddwy, a sefyll wrth ymyl y gwely gan ganolbwyntio ar yr oriawr a wisgai ar ei diwnig wen.

'Mesur cyflymdra'r anadl,' esboniodd Grace yn dawel wrth ei merch.

Daeth y nyrs i ben â'i dasg, gwenu arnynt a'u gadael eto. Byddai Grace wedi hoffi tynnu sgwrs ag e, rhywbeth i dorri ar y tawelwch trwm. Ond gwyddai o brofiad ei fod yn brysur, bod cant a mil o alwadau arno.

Roedd ei merch yn ddywedwst heno, yn naturiol felly ar ôl y sioc o ganfod Ceri'n ymladd am ei bywyd. Hyd yma ni chafodd Grace nemor ddim o fanylion yr helynt ganddi. Ond bellach roedd rhywfaint o liw yn dychwelyd i wyneb gwelw Alaw.

'Sut o't ti'n gwybod beth i'w wneud?' gofynnodd Grace yn dawel.

'*Casualty*.'

Gwenodd Grace. ''Na fe, 'te, sdim angen ysgolion meddygol costus rhagor, dim ond ishte doctoriaid a nyrsys o flaen y teledu...'

'Job done,' gorffennodd Alaw drosti, gan roi gwên wan.

Am eiliadau wedyn bu tawelwch swnllyd eto a'r peiriant yn rhygnu ei rythm cysurlon. Yn y coridor y tu allan i'r ystafell roedd rhywun yn gwthio troli gwichlyd, a rhywun arall yn rhedeg. Synau amharchus o normal. Ond yn yr ystafell antiseptig hon dim ond y peiriant oedd yn prepian.

'O'dd hi'n gallu siarad pan gyrhaeddais i, ond wedyn... yn sydyn...'

Nodiodd Grace. 'Mae hynna'n medru digwydd ar ôl trawiad yn anffodus – rhyw fath o *aftershock*.'

'O'dd dim pyls, Mam, o'dd 'i chalon hi wedi stopio – o'n i ddim yn gallu clywed curiad na dim.'

Siglodd Grace ei phen. 'Y tebygrwydd yw taw curo'n llawer rhy gyflym oedd ei chalon hi, mor gyflym fel na fyddet ti'n medru ei glywed na theimlo pyls,' meddai'n dawel.

Estynnodd Grace am law dde ei merch unwaith eto a'i dal yn dynn. Roedd y pothelli'n gwaedu eto.

'Fi'n credu bo chi fod i wasgu tri deg gwaith, yna stopio, tri deg arall... Ond o'n i methu cyfri, methu...'

'Fe wnest ti'n wyrthiol, Alaw. Ffonio'r ambiwlans a'i chadw hi'n fyw nes iddyn nhw gyrraedd,' meddai Grace yn bendant.

Cododd Alaw ei hysgwyddau main a siglo'i phen.

Bu tawelwch eto wedyn. Y ddwy'n syllu'n syth o'u blaenau ar y corff llonydd yn y gwely.

Am y tro cyntaf medrai Grace edrych ar y fenyw olygus yma'n hir a llawn, heb embaras. Edrychai'n hollol ddibryder, ddi-boen.

'Mae wedi neud cymaint...' meddai Alaw wedyn.

Prin y medrai Grace ei chlywed. Closiodd yn nes fyth at ei merch.

'Wedi rhoi'r hyder i fi...' Eto aeth yn nos arni.

'I gwrdd â Moli,' gorffennodd Grace drosti.

Nodiodd Alaw.

Bu tawelwch eto am funudau. Teimlodd Grace ei merch yn crynu er gwaetha'r ffaith bod yr ystafell yn rhy dwym yn ei barn hi. Estynnodd am ei sgarff a'i lapio o gylch gwar Alaw a'i dal yn dynn.

'Fyddet ti'n lico dod â Moli adre i gael swper neu rywbeth?' gofynnodd Grace o'r diwedd. Teimlodd y tyndra yn ysgwyddau Alaw. Ei bai hi wrth gwrs. Nid nawr oedd yr amser i drafod pethau felly. Ceisio codi calon Alaw roedd hi, ond dylai fod wedi bod yn fwy sensitif.

'Diolch, Mam.' Roedd Alaw yn dal i syllu ar wyneb tawel Ceri.

Daeth nyrs, un arall y tro hwn, i mewn i gymryd y pwysau gwaed cyn gadael eto yn ddi-ddweud.

'Ma Ceri yn rhy ifanc i gael trawiad,' meddai Alaw ymhen sbel.

Nodiodd Grace. 'Ond mae 'di gorfod cymryd hormonau am flynyddoedd, ac efallai nad yw gwin…'

'Ond ma gwin coch fod yn dda i chi, Mam,' meddai Alaw.

Clywodd Grace y dinc gwerylgar yn ei llais.

'Ac fe ddes i â photel iddi…' meddai Alaw wedyn.

Rhoddodd Grace wasgiad bach arall i'w merch.

Tawelwch eto. Rhywle, y tu allan, roedd seiren ambiwlans yn rhuo, wrth iddo ruthro rhywun arall, mae'n siŵr, i ofal yr ysbyty.

'Fydde Ceri ddim wedi neud hyn yn fwriadol, Mam,' meddai Alaw, ei llais yn cracio.

'O Alaw! Na, wrth gwrs na fydde hi. Dim dyna o'n i'n feddwl o gwbl. Mae Ceri'n llawn bywyd, llawn cynlluniau…'

Blîp… blîp… blîp.

Roedd y golau gwyrdd a redai fel ton ar draeth yn dechrau codi pen tost ar Grace. Ond roedd holl osgo ei merch yn dweud nad oedd hi'n barod eto i adael yr ystafell wen hon lle'r oedd amser fel petai ar stop.

Gorfododd Grace ei hun i eistedd yn dawel am ddeng munud arall cyn aflonyddu rhyw ychydig yn ei sedd. Efallai y byddai hynny'n ddigon i ysgogi Alaw i fod eisiau symud hefyd. Ond ni symudodd Alaw fodfedd. Llusgodd Grace ei golygon o'r gwely gan droi at ei merch. Roedd honno fel petai mewn breuddwyd. Rhoddodd Grace ei llaw i bwyso'n ysgafn ar ei braich.

'Dwi'n mynd i neud i'r cynllun weithio, bydde hynny'n plesio Ceri,' meddai Alaw gan droi ati fel petai wedi dihuno o'i llesmair. Er ei bod yn dal i siarad yn dawel roedd rhyw dinc yn ei llais.

'Cynllun?' holodd Grace, wedi blino'n lân erbyn hyn.

'Ie, y cynllun o'n i'n bwriadu'i drafod gyda hi heno.'

Blîp… blîp… blîp.

'Cerdyn siopa lleol – busnese a siopau'r cwm i gynnig disgownt i bobl yr ardal. A phobl Llan, Penbanc ac Aberwennol i brynu'n lleol yn lle mynd i'r dre, neu siopa ar-lein. *Win-win.* Pawb ar eu hennill.' Roedd y geiriau'n llifo'n rhwydd nawr.

Gwelodd Alaw yn troi i edrych ar Ceri cyn troi yn ôl ati hi. Roedd golwg ddisgwylgar ar ei hwyneb, golwg y ferch ddeuddeg oed a erfyniodd am ganiatâd i beintio'i stafell wely'n ddu.

Ond doedd yr amser ddim yn iawn. Roedd cymaint i'w wneud. Byddai angen i rywun ymgymryd â'r gwaith roedd Ceri'n ei wneud eisoes. Sicrhau bod y Banc a'r holl weithgareddau newydd a gychwynnwyd yn y Neuadd yn goroesi, a dod â chynllun y gymuned i ymgymryd â rhedeg y Llyfrgell i fwcl oedd y flaenoriaeth nawr, nid cychwyn rhywbeth arall eto.

'Falle byddai'n well…'

Roedd Alaw wedi troi oddi wrthi at Ceri unwaith eto.

Stopiodd ar hanner brawddeg. Dyma'n union beth oedd ei angen ar Alaw, ac arni hithau hefyd.

'Mae'n syniad grêt, Alaw,' meddai'n gynnes. 'Ac fe wnawn ni'n siŵr bod popeth arall yn cael ei gynnal hefyd nes bod Ceri 'nôl wrth y llyw. Mae pobl Llan yn dda am dynnu at ei gilydd.'

Gwenodd Alaw arni a'i thynnu ar ei thraed cyn bwrw un olwg olaf ar y corff llonydd.

Hefyd gan yr awdur:

Un diwrnod yn Aber

Pam?

DANA
EDWARDS

yⓁolfa

£8.99

£7.99

GWALES

CATRIN DAFYDD

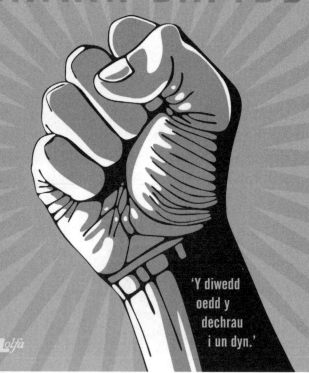

'Y diwedd
oedd y
dechrau
i un dyn.'

yLolfa

£9.99

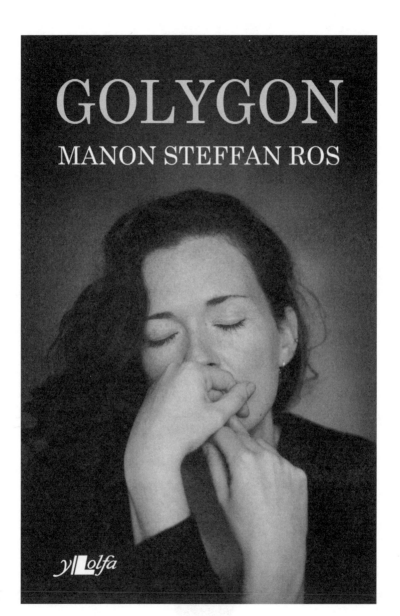

GOLYGON
MANON STEFFAN ROS

y Lolfa

£7.99

Am restr gyflawn o lyfrau'r Lolfa, mynnwch
gopi am ddim o'n catalog
neu hwyliwch i mewn i'n gwefan

www.ylolfa.com

lle gallwch archebu llyfrau ar-lein.

TALYBONT CEREDIGION CYMRU SY24 5HE
ebost ylolfa@ylolfa.com
gwefan www.ylolfa.com
ffôn 01970 832 304
ffacs 832 782